ars vivendi
Krimi

Roland Ballwieser & Petra Rinkes

SchneeWehen

Simpels und Zieglers dritter Fall

Kriminalroman

ars vivendi

Originalausgabe

Erste Auflage November 2014

www.arsvivendi.com

Lektorat: Johanna Cattus-Reif
Umschlaggestaltung: ars vivendi verlag unter
Verwendung einer Fotografie von plainpicture/Caterina Sansone
Druck: CPI Ebner & Spiegel, Ulm

Printed in Germany

ISBN 978-3-86913-467-3

SchneeWehen

»Pressen, du musst pressen! Verstehst du? Ja, gut so, gleich ist es da, dann hast du es geschafft.«

Hoffentlich. Irgendetwas stimmte hier nicht. Es dauerte einfach zu lange. Die beiden hatten gesagt, das Mädchen wäre nie beim Arzt gewesen. Nicht ein einziges Mal, die ganzen neun Monate. Aber jetzt galt es, Ruhe zu bewahren. Bei dem Schneesturm kamen sie sowieso nicht mehr rechtzeitig ins Krankenhaus. Die Straßen waren schon seit dem frühen Morgen nahezu unpassierbar.

»Ja, gut so. Kannst dich kurz erholen und dann noch mal fest pressen. Verstehst?«

Ein mattes Nicken war die einzige Antwort.

Es klopfte ungeduldig an der Tür. Eine dumpfe Stimme fragte: »Und? Is scho da, des Kind? Warum dauert denn des so lang?«

Was wollten die denn? Sie tat ja, was ihr möglich war.

»Bleibt draußn, euch könn mer edz ned brauchn. Ihr werdet scho wartn müssn. Wer is denn eigentlich der Vater von euch zwei?«

»Des geht dich nix an, mach dei Arbeit, so wie mer's ausgmacht ham.«

»Seid froh, dass ich euch helf, ihr …« Der Rest ging in einem lauten Aufstöhnen der werdenden Mutter unter.

Es war so weit.

»Gut, und jetzt fest pressen. Ich seh schon den Kopf. Noch einmal, gut so, gleich – oh Gott!«

Sie hatte ja gewusst, dass da etwas nicht stimmte. Der kleine Junge war tot, das sah sie sofort. Er war ganz blau im Gesicht.

Sie traf keine Schuld, da hätte ein Arzt auch nichts machen können, bestimmt nicht. Oder doch?

Wieder die zwei mit ihrer Klopferei.

»Ja, gleich, edz wartets halt mal.«

Sie wickelte das tote Baby in ein Handtuch. Das Mädchen auf dem Bett stöhnte laut auf. Ja, natürlich, die Nachgeburt. Sie ließ das Kind erst einmal liegen, dem konnte man sowieso nicht mehr helfen. Aber der Mutter. Da durfte jetzt nichts schiefgehen. Und dann musste das Mädchen in ein Krankenhaus! Darauf würde sie bestehen. Egal, was die beiden sagten, oder womit sie ihr drohten. Eigentlich hatte sie die zwei immer ganz nett gefunden. Aber das hier war ja wohl das Allerletzte.

Ach du meine Güte. Von wegen Nachgeburt. Da kam noch ein Köpfchen.

»So, jetzt presst du noch mal, ganz fest. Hast mich verstanden?« Das Mädchen war so fertig, sie konnte nicht einmal mehr nicken.

»Noch ein bisschen, ja!«

Herrgott, bitte mach, dass dieses Kind lebt, bitte!

Jetzt war es da … und es lebte. Wieder ein Junge. Schwach, aber er schrie. Nicht sehr laut, aber er schrie. Danke, lieber Gott, danke. Sie arbeitete jetzt ganz schnell, versorgte das Baby und die Mutter, wie sie es gelernt hatte.

Da flog die Tür auf. Einer der beiden stürmte ins Zimmer.

»Was is jetzt? Is edz endlich vorbei?«

»Ja, es is vorbei. Schau her, der Kleine muss ganz schnell in eine Klinik, der is total schwach, hast ghört?«

Und dann leiser, damit es die Mutter nicht hören konnte. »Der andere is tot. Ich kann nichts dafür. Er war schon tot, als er rauskam.«

Der Mann starrte auf das tote Baby, dann auf die Mutter. »Freilich, ich kümmer mich drum«, sagte er. »Ich bring die beidn ins Krankenhaus, mit dem Traktor komm ich scho irgendwie durch.«

In dem Moment kam der andere ins Zimmer, drückte ihr einen Umschlag in die Hand und schob sie zur Tür hinaus. Aber sie war doch noch nicht fertig. Sie wollte doch mit in die Klinik.

»Geh, wir machen des scho. Los, verschwind endlich!« Sie konnte gerade noch sehen, wie er mit beiden Babys auf dem Arm aus dem Zimmer lief. Mit dem toten Baby und dem lebenden.

Dieses Bild sah sie immer wieder in ihren Albträumen. Und jedes Mal wachte sie schweißgebadet auf, seit nunmehr dreißig Jahren.

***

»Wenn's so weiterschneit, dann muss ich heut noch Schnee schippn, a schöner Mist. Und des bei meiner Erkältung.«

Prompt bekam Hauptkommissar Horst Vogel einen Hustenanfall, der gar nicht mehr enden wollte.

Stefan Simpel sah von seinen Papieren auf. »Was hast du gesagt?«

»Ich habe gesagt, wenn es weiter so schneit, muss ich heute noch Schnee schippen«, sagte Horst Vogel, langsam und auf Hochdeutsch, nachdem sein Hustenanfall endlich vorüber war. Dabei zeigte er aus dem Fenster, wo der Wind die Schneeflocken durcheinanderwirbelte.

Simpel sah hinaus und dachte an seine Winterreifen. An die Winterreifen, die immer noch in der Garage an der Wand hingen. Irgendwie war er noch nicht dazu gekommen, sie zu montieren.

»Ach, die paar Flocken«, winkte er ab. Er loggte sich schnell ins Internet ein. »Das hört am Wochenende auf, und ab Montag soll es wieder wärmer werden.«

»Scho, aber mir ham erst Oktober, vor a paar Jahr bin ich da noch im Rothsee schwimmen gwesn.«

Simpel klickte weiter.

»Ist aber nicht allzu ungewöhnlich, Schnee im Oktober. Der Wetterochs sagt, laut Statistik ...«

»Ach, hör auf! Die Statistik is mir wurscht. Ich hab fünfundsiebzig Meter Gehsteig zu schippn. Da kommt ka Wetterochs zum Helfn. Wie wär's, wenn du a weng vorbeikommst, a zweite Schneeschaufel hätt ich scho.«

Tina Kaczmarek, die Sekretärin, steckte ihren Kopf durch die Tür.

»Schönen Gruß vom Chef! Meeting in einer halben Stunde im großen Konferenzraum.«

Simpel und Vogel blickten sie fragend an.

»Ich weiß nichts, wirklich nicht, ich schwöre!«, sagte sie und hob zwei Finger.

Manuel Küppers, der jüngste Kommissar der Schwabacher Mordkommission, kam aus dem Nebenraum.

»Vielleicht bekommen wir endlich den neuen stellvertretenden Dienststellenleiter. Der Jochen ist ja schon fast ein halbes Jahr weg.« Er hielt Tina eine Tüte Mokkatrüffel hin. »Magst du? Die hat mir meine Mutter geschickt. Selbstgemacht. Die sind echt lecker.«

Tina lächelte ihn an und griff in die Tüte.

»Stellvertretender Dienststellenleiter? Bloß ned«, sagte Vogel. »Ich bin froh, dass wir hier nur einen Chef ham. Der Hans-Georg red uns so wenig wie möglich in unsre Arbeit nei. Der weiß, wie er den Ladn am Laufn hält. Des Letzte, was wir in Schwabach brauchn, is so a karrieregeiler Jungspund mit lauter spinnerte Ideen. In meinem letztn halbn Jahr will ich in Ruh mei Arbeit machn.«

Er schielte zu der Tüte mit Süßigkeiten in Küppers' Hand, aber der hielt sie noch immer Tina hin und machte keine Anstalten, den anderen auch etwas anzubieten.

»Vielleicht geht es aber auch um etwas ganz anderes«, vermutete Simpel. »Um den Feuerteufel zum Beispiel. Kann sein, dass die Mayr vom Branddezernat Hilfe braucht.«

»Die Sabine schafft des scho allein. Des Madla hat schließlich alles von mir glernt, was sie weiß. Und a paar fähige Leut hat s' ja auch noch«, sagte Vogel und wandte sich dann an Küppers. »Sag mal, Manuel, wir kriegn wohl nix ab vo deine Kugln? Mir sin natürlich auch ned so charmant wie die Tina, aber trotzdem.«

Küppers beeilte sich, seinen Kollegen die Tüte hinzuhalten, und verschwand dann schnell wieder im Nebenraum.

»Okay, lassen wir das Spekulieren und schauen lieber, dass wir noch den Bürokram wegschaffen. Dann können wir gleich nach dem Meeting Feierabend machen.«

Simpel wandte sich wieder seinem Bericht zu.

»Klar, Chef! Wird gemacht«, sagte Vogel und salutierte.

»Ihr fragt euch sicher, warum ich euch zu dieser späten Stunde zusammengerufen habe. Für die Weihnachtsansprache ist es schließlich noch ein wenig zu früh.«

Hauptkommissar Hertle, Dienststellenleiter der Kripo Schwabach, lachte. Die Polizisten lachten halbherzig mit. Wenn Hertle schlechte Witze machte, dann war die Lage wirklich ernst.

»Na ja, um es kurz zu machen. Es hat mich ziemlich böse erwischt. Ich habe einen Bandscheibenvorfall und muss nächste Woche ins Krankenhaus.«

Sofort erhob sich ein aufgeregtes Stimmengemurmel.

»Das heißt«, fuhr Hertle fort, »dass ich für einige Zeit ausfallen werde. Und dass ihr in der Zeit einen neuen Chef bekommt. Mein bisheriger Stellvertreter, der Jochen, ist ja nach Rosenheim versetzt worden. Es wird vermutlich bis nächstes Jahr dauern, bis die Stelle neu besetzt wird. Eigentlich wäre dann der Horst dran. Als Dienstältester müsste er die Inspektion übernehmen.«

Horst Vogel erbleichte. Er hatte schon die Leitung der Dienstgruppe Simpel überlassen, weil er sein letztes halbes Jahr nicht mit Verwaltungskram verbringen wollte. Er öffnete den Mund, aber bevor er etwas sagen konnte, sprach Hertle weiter.

»Keine Angst, Horst, das tu ich dir nicht an. Das Präsidium schickt jemanden. Einen mit Erfahrung, hat man mir versichert, einen, der sich mit Personalführung auskennt. Schließlich stehen ab Januar die dienstlichen Beurteilungen an. Aber ich habe nicht vor, so lange wegzubleiben. Wenn alles gut geht, bin ich Weihnachten wieder da. Das war's eigentlich schon. Die Dienstgruppenleiter kommen noch kurz in mein Büro, und an alle anderen: Einen schönen Feierabend!«

Es wurde dann doch fast sieben, bis Simpel seinen PC ausschaltete. Er packte seine Sachen zusammen und dachte über Hertles Neuigkeit nach. Mike Ziegler war der letzte Neue, den er in der Inspektion erlebt hatte. Und mit dem war es nicht immer einfach gewesen.

Vielleicht würde der … Aber nein, der war ja noch mitten in der Wiedereingliederung. Hoffentlich kam nicht …

Schluss damit. Warum beschäftigte er sich mit Dingen, die er nicht beeinflussen konnte? Er musste einkaufen gehen, das war jetzt viel wichtiger. Astrid übernachtete heute bei ihm. Endlich mal wieder. Sie sahen sich viel zu selten. Immer hatte einer von ihnen Dienst. Es war wirklich nicht leicht, in ihrem Beruf eine Beziehung zu führen.

Sie wollten heute ein Safranrisotto machen, und er hatte sich gestern Abend die Einkaufsliste auf seinem Blackberry gespeichert. Simpel griff nach seiner Jacke und war schon auf dem Weg zum Treppenhaus, als er seine Kollegin Sabine Mayr von der Brandermittlung traf.

»Schönen Feiertag, Sabine.«

Seine Kollegin winkte ab.

»Ich weiß nicht, ob ich überhaupt einen Feiertag haben werde. Wir kommen bei dieser Brandserie einfach nicht weiter. Ich hoffe bloß, dass unser Zündler heute an Halloween nicht auf die Idee kommt, mal wieder ein Feuerchen zu schüren. Aber dir wünsche ich einen schönen Feierabend. Wir sehen uns dann am Freitag wieder.« Damit verschwand sie in ihrem Büro.

Simpels Abteilung hatte es momentan nur mit langweiligem Routinekram zu tun, und er war fast ein bisschen neidisch auf seine Kollegin. Doch dafür hatte er einen freien Abend, den er mit Astrid verbringen durfte.

Sein Fall für diesen Abend hieß *Risotto*, und den würde er hoffentlich erfolgreich lösen.

***

Die haarige Hand des Zombies näherte sich langsam dem Hals des Mädchens. »Ich will dein Gehirn!«, stöhnte er.

Das Mädchen machte einen Satz nach hinten. »Ey Alter, spinnst du? Willst du mich zu Tode erschrecken? Aber das Kostüm ist echt cool. Los, gehen wir endlich, die anderen warten.«

Vor dem verlassenen Gasthaus trafen sie die restliche Clique. Sie wollten ein bisschen die Dorfbewohner erschrecken, vielleicht einen kurzen Abstecher zum Kanal machen und dann zu Richi auf ein paar Wodka-Redbull. Nicht gerade das große Programm für einen Halloweenabend, aber mehr war halt nicht möglich, hier draußen am Land.

Es wehte ein eisiger Wind. Die drei Mädchen hüpften von einem Bein auf das andere und hielten dabei ihre

Hexenhüte fest. Der Schnee hatte mittlerweile nachgelassen, nur noch ein paar einzelne Flocken tanzten durch die Luft.

»Also, bei wem klingeln wir?«

Die Frau zog die Kapuze ihres Mantels tiefer ins Gesicht. Auch sie hatte mit dem Wind zu kämpfen. Sie drückte sich eng an die Hecke und wartete, bis die jungen Leute verschwunden waren. Dann schlüpfte sie durch das offen stehende Gartentor des Gasthofes und ging mit schnellen Schritten zu dem alten Walnussbaum. Dort verharrte sie eine Weile, zog dann etwas aus der Manteltasche und legte es auf den Boden. Sie bekreuzigte sich und wischte sich die Tränen aus den Augen. Dann drehte sie sich um und ging langsam zurück. Am Gartentor blieb sie stehen. Die Straße war leer. Sie zog die Kapuze noch tiefer ins Gesicht. In dem Augenblick löste sich ein Schatten von der Hauswand und packte sie am Arm. Eine große Hand legte sich ihr über den Mund und erstickte ihren Schrei.

»Gehen wir zur alten Gruber, die regt sich immer so schön auf. Dann gibt's endlich was zum Lachen«, schlug Paul vor.

Also zogen sie los zum anderen Ende des Dorfes. Sie klingelten Sturm und schoben sich schnell die Masken übers Gesicht.

Eine dicke Frau, weit über siebzig, öffnete die Tür.

»Naa, is scho widder so weit. Ihr mit euerm bleeden amerikanischn Gschmarri. Schaut bloß, dass ihr weiterkommt. Und dass euch ned eifällt, irgendwas kaputtzumachn.« Die alte Gruber fuchtelte mit den Armen. Franzi grapschte mit ihrer Teleskop-Skeletthand an den dicken Busen der Frau. Die packte die Hand und schmiss sie ins Gebüsch. »Geht lieber amoll in die Kirch, do sicht ma euch ned, aber Leit erschreckn mit dem Heidenzeich, des könnt ihr.«

Die Tür flog zu.

Franzi holte ihre Skeletthand aus dem Gebüsch, und die Gruppe trabte weiter. Nächstes Jahr mussten sie sich etwas anderes einfallen lassen. Die Gruber zu ärgern wurde langsam langweilig. Aber vielleicht hatte Paul nächstes Jahr schon seine eigene Bude in Nürnberg. Dann konnten sie alle auf eine geile Party und mussten nicht mehr bei Eiseskälte in diesem stinklangweiligen Dorf abhängen.

Sie machten sich auf den Weg zum Kanal. Da oben war es um die Zeit immer schaurig neblig. Auf dem Weg dorthin klingelten sie noch an ein paar anderen Häusern, aber entweder war keiner da, oder niemand machte auf. Nicht einmal der Waldmüller, der sonst keine Gelegenheit ausließ, wenn es darum ging, zukünftige Wähler für die Landratswahl zu ködern.

Zum Glück hatte Richi eine Flasche Schnaps dabei, die half gegen die Kälte.

»Wartet mal«, sagte Franzi, kurz nachdem sie zum zweiten Mal am alten Gasthaus vorbeigekommen waren. »Ich glaube, ich habe vorhin meine Handschuhe auf der Eingangstreppe vergessen. Ich schau mal schnell, ich bin gleich wieder da.«

Die anderen hatten es sich kaum am Buswartehäuschen bequem gemacht, da kam Franzi schon wieder angerannt.

»Was ist los, hat dich ein Geist erschreckt, oder warum rennst du so?« Der Junge mit der haarigen Zombiemonsterhand wedelte damit in Franzis Gesicht herum.

»Lass das. Ich weiß nicht, aber da war wirklich etwas. Im Gasthaus war jemand, ich habe so komische Geräusche gehört.«

Die anderen lachten sie aus.

»Ach komm, da trinkst du einen Schnaps und schon hörst du Gespenster. Gehen wir weiter. Wenn wir Glück haben, findet die Franzi am Kanal noch eine Wasserleiche.«

»Ihr seid echt blöd«, sagte Franzi und reihte sich hinter Paul ein. Im Gänsemarsch liefen sie den Trampelpfad entlang die Böschung zum Kanal hoch.

Richi erreichte die Dammkrone als Erster und drehte sich zu den anderen um, die hinter ihm heraufkeuchten. Da sah er hinten im Dorf …

»Feuer! Der Gasthof brennt!«

***

Simpel stellte die Tüten mit den Einkäufen auf den Küchentisch. Draußen schneite es immer noch. Nicht mehr so stark wie nachmittags, aber Vogel würde wohl ums Schnee schippen nicht herumkommen. Während er die Tüten ausleerte, dachte Simpel wieder an seine Winterreifen. Die musste er morgen unbedingt aufziehen. Es klingelte. Das war sicher Astrid. Sie hatte zwar einen eigenen Schlüssel, benutzte ihn aber selten. Simpel drückte den Türöffner, ließ die Wohnungstür angelehnt und ging wieder in die Küche. Kurze Zeit später hörte er ein seltsames Geräusch aus dem Hausflur. Es klang wie ein Minitiger, der vergeblich versucht, gefährlich zu brüllen. Simpel schlug sich an die Stirn. Halloween! Das war gar nicht Astrid. Simpel schnappte sich die Tüte Gummibärchen, an die er im Supermarkt gerade noch gedacht hatte.

Vor seiner Wohnungstür standen drei seltsame Gestalten, der Größte ging ihm gerade mal bis zum Bauch, der Kleinste hatte einen Totenkopfschnuller im Mund. »Schüsches oder Schaures«, tönte der Große. Wegen des Vampirgebisses konnte er nicht deutlicher sprechen.

»Oh je, jetzt habe ich aber schreckliche Angst, was mache ich denn jetzt?«, sagte Simpel und versuchte dabei, möglichst ängstlich zu schauen.

»Ich glaube, du musst diesen schrecklichen Vampiren etwas geben«, sagte Astrid, die gerade die Treppe hochkam.

»Ja, das glaube ich auch. Vor allem der Kleine«, Simpel deutete mit gespielter Zittrigkeit auf den Schnullerträger, »macht mir echt Angst.«

Die Vampire hielten ihm Plastikeimerchen hin, die aussahen wie ausgehöhlte Kürbisse, und Simpel schüttete Gummibärchen hinein. Astrid legte noch ein paar Schokoriegel dazu, und dann hüpften die drei Gruselgestalten die Treppe hinunter, jeder mit einem Mund voller Gummibärchen.

»Danke und schönen Abend«, hörten sie eine Erwachsenenstimme aus dem Erdgeschoss.

Astrid lachte.

»Hey, ich wusste gar nicht, dass du so gut mit Kindern umgehen kannst, das ist ja süß«, sagte sie und gab Simpel einen Kuss.

Der wurde ein bisschen rot. Eine Eigenschaft, die er an sich hasste, aber einfach nicht unter Kontrolle bekam. Ahnte Astrid, dass er wirklich schon ein paar Mal an ein gemeinsames Kind gedacht hatte? Nicht jetzt gleich, aber in ein paar Jahren.

»Also ... jetzt sollten wir mal mit dem Risotto anfangen, das dauert ja eine Weile«, sagte er und ging in die Küche. Er schaltete sein iPad ein, holte die Küchenwaage aus dem Schrank und zeigte Astrid das Rezept.

»Ich habe schon mal ein Risotto gekocht«, sagte sie, nachdem sie das Rezept durchgelesen hatte. »So genau müssen wir das gar nicht machen, da nehmen wir einfach …«

Doch Simpel hatte schon begonnen, den genau abgewogenen Reis, die gehackten Schalotten und die anderen Zutaten in kleinen Schälchen vor sich aufzubauen. Astrid sah ihm schmunzelnd dabei zu.

»Ich glaube, es ist besser, du machst das Risotto alleine. Ich wasche inzwischen den Salat und decke den Tisch. Unsere Art zu kochen ist doch sehr unterschiedlich.« Sie warf demonstrativ zwei Körner Reis in das bereits abgewogene Schälchen. Simpel drohte ihr mit dem Kochlöffel. »Polizeimeisterin Leninger, ich verweise Sie meiner Küche, wenn Sie meine Vorbereitungen weiter sabotieren.«

»Super, dann kann ich gemütlich fernsehen, während du die Reiskörner polierst. Ziel erreicht.«

Sie fing das Geschirrtuch auf, das Simpel ihr an den Kopf warf, schlang es ihm um den Hals und gab ihm einen Kuss.

»So, ab jetzt lass ich dich in Ruhe, sonst bekommen wir heute nichts mehr zu essen. Multitasking ist ja nichts für euch Männer.«

Simpel tat entrüstet, konzentrierte sich dann aber tatsächlich auf das Kochen, schließlich wollte er Astrid beeindrucken. Er genoss diese seltenen gemeinsamen Abende. In letzter Zeit dachte er häufig daran, dass es besser wäre, sie würden zusammenziehen. Sie hatten so wenig gemeinsame Freizeit. In einer gemeinsamen Wohnung würden sie sich wenigstens täglich sehen. Und außerdem musste Astrid dann nicht immer nach Lauf fahren, wo sie doch sowieso in Nürnberg arbeitete.

Am Ende war Simpel recht zufrieden mit seinem ersten selbst zubereiteten Risotto. Es hatte zwar ziemlich lange gedauert, und er hatte so oft probiert, dass er davon schon fast satt war, aber am Ende kratzte Astrid sogar die Reste aus dem Topf, das war wohl eindeutig ein Lob.

Als sie nach dem Essen satt und zufrieden auf dem Sofa kuschelten, fragte Astrid:

»Sag mal, du Meisterkoch, es ist zwar noch einige Wochen hin, aber hast du dir schon überlegt, wie wir das an Weihnachten machen wollen? Weil, meine Eltern haben gefragt, ob du mitkommst an Heiligabend?«

Simpel wusste nicht, was er darauf antworten sollte, und schwieg. Astrid nahm die Zeitung und tat so, als würde sie lesen. Aber sie wartete auf eine Antwort, das wusste er. Eigentlich war er Heiligabend immer in Regensburg bei seinen Eltern gewesen. Andererseits wäre er diesmal gerne mit Astrid zusammen. Aber mit ihr alleine, nicht mit ihrer ganzen Familie. Sie hatte einen älteren Bruder, den hatte er nur einmal kurz gesehen, der würde sicher auch da sein. Und vielleicht wollte Astrid ganz traditionell feiern. Mit allem Drum und Dran, und nicht alleine mit ihm hier, ohne Weihnachtsbaum und das ganze Zeug. Legte sie eigentlich auf so etwas Wert?

Astrid kuschelte sich an ihn, und er legte den Arm um sie.

»Stefan? Wenn du lieber alleine bist an Weihnachten, oder bei deinen Eltern, das ist kein Problem für mich, weißt du? Du musst es nur sagen.«

»Nein … ja … ich weiß nicht. Es ist doch wirklich noch lange hin. Müssen wir das jetzt gleich entscheiden?«

Herrgott, was druckste er denn wieder so blöd herum. Astrid musste ja denken, dass er sie nicht sehen wollte an Weihnachten. Und wirklich, sie löste sich aus seinem Arm und stand auf. »Schon gut, ich sag meinen Eltern einfach, dass du Dienst hast.« Dann verschwand sie im Bad.

War sie jetzt sauer auf ihn? Wundern würde es ihn nicht. Warum konnte er nicht einfach sagen, dass er gerne mit ihr alleine sein wollte?

»Stefan, du bist mal wieder ein absoluter Idiot«, sagte Simpel laut zu sich selbst und ging in die Küche, das Geschirr abwaschen.

***

Simpel gähnte, als er am nächsten Morgen das Tor zu seiner Garage aufschloss. Astrid war schon weg, sie hatte Dienst, und er musste den freien Vormittag unbedingt nutzen, um seine Winterreifen aufzuziehen. Dazu legte er sich erst einmal alle Werkzeuge zurecht: Wagenheber, Radkreuz, Drehmomentschlüssel, Reifenmarkierungsstift und eine Dose für die Radmuttern. Gute Vorbereitung ist Gold wert, sagte sein Vater immer. Keine Frage, den Ordnungsfimmel hatte er von ihm geerbt. Simpel zog sich einen gebrauchten Spurensicherungsoverall über und bekam gleich ein schlechtes Gewissen. Eigentlich dürfte er den gar nicht benutzen. Doch seine geliebte Arbeitshose, die er schon seit seiner Zeit bei der Bereitschaftspolizei besaß, hatte er wegschmeißen müssen, nachdem Astrid das gute Stück aus Versehen für einen alten Lappen gehalten und eine Benzinlache damit aufgewischt hatte. Und er war noch nicht dazu gekommen, sich eine neue zu kaufen.

Simpel gähnte noch einmal. Astrid und er hatten gestern Abend noch lange geredet und noch länger Versöhnung gefeiert. Zum Glück hatte er sich doch noch einen Ruck gegeben und ihr erklärt, warum er sich so komisch verhalten hatte. Astrid war dann auch nicht mehr sauer gewesen, und sie hatten schließlich beschlossen, erst kurz vor dem Fest zu entscheiden, wie und wo sie feiern würden. Simpel gähnte noch einmal. Er wäre am liebsten zurück ins Bett gekrochen. Arme Astrid, sie war sicher genauso müde wie er, und sie musste heute eine ganze Schicht durchstehen.

Simpel setzte gerade den Wagenheber an, als es am Garagentor klopfte. Manuel Küppers musste den Kopf einziehen, als er hereinkam. Simpels Garage war nicht für einen Zweimetermann gebaut.

»Hallo, Stefan, entschuldige, dass ich dich stören muss.«

Simpel wischte sich die Hände ab.

»Kommst du zum Helfen, oder hat es in der Inspektion gebrannt?«

»In der Inspektion nicht, aber gebrannt hat es schon.«

»Aha«, sagte Simpel. »Und Sabine Mayr braucht jetzt doch Unterstützung. Aber ich habe heute frei, und meine Winterreifen haben oberste Priorität. Da müssen halt du und der Horst ran, ihr habt doch Bereitschaft. Also, wenn du keine Leiche zu bieten hast …«

Simpel stockte, als er Küppers' Gesicht sah. Der nickte.

»Es hat einen Toten gegeben, in Eckerslohe, in der Nähe von Roth. Bei einem Brand. Sabine und ihre Leute sind schon unterwegs. Es tut mir leid wegen deinem freien Tag, aber Horst liegt krank im Bett.«

»So wie sich sein Husten gestern angehört hat, wundert mich das nicht. Na, da kann man nichts machen. Ich geh mich schnell umziehen. Hast du ein Auto da?«

»Nein, die Dienstwagen sind alle unterwegs, und mein eigener ist in der Werkstatt.«

»Dann müssen wir wohl meinen nehmen. Auch ohne Winterreifen.«

Simpel warf einen kritischen Blick auf die Straße. Der Schnee war schon fast wieder weggetaut, aber wer weiß, wie es draußen hinter Roth aussah.

***

»Verdammter …«

»Frau Doktor Pfeiffer – hoppla!«

Simpel hatte der Gerichtsmedizinerin gerade noch die Hand reichen können, sonst wäre sie ohne Zweifel auf ihrem Hosenboden gelandet. Die gefrorenen Löschwasserpfützen waren tückisch. Wie erwartet, war es hier draußen auf dem Land deutlich kälter als in Schwabach.

»Danke. Sieh an, der Kommissar mit dem empfindlichen Magen. Wo ist denn Ihr charmanter Kollege?«

Simpel erinnerte sich nur ungern an die Szene in der Rechtsmedizin, als ihm während der Obduktion der Goldschläger-Leiche speiübel geworden war. Und das ausgerechnet unter den spöttischen Augen von Mike Ziegler.

»Hauptkommissar Ziegler ist nach Nürnberg versetzt worden. Aber vielleicht haben Sie bald die Gelegenheit ihn wiederzusehen, er ist dort ebenfalls bei der Mordkommission.«

»Grüßen Sie ihn bitte recht herzlich von mir. Doch genug geplaudert. Was haben Sie für mich?«

»Eine unbekannte Leiche, völlig verbrannt. Den Kleidungsresten nach zu urteilen eine Frau. Die Feuerwehr hat sie erst heute Morgen bei den Aufräumarbeiten gefunden. Sie war unter dem Schutt begraben.«

Dr. Pfeiffer sah sich um. Beißender Brandgeruch lag in der Luft. Überall verkohlte Balken, zerbrochene Dachziegel und kaputte Fenster. Das Haus war nur noch ein Trümmerhaufen. »Die Decke ist eingestürzt, ich sehe schon. Weitere Opfer?«

»Keine. Das Gebäude ist ein alter Gasthof, der schon länger leer steht. Die Tote, falls unsere Vermutung stimmt, dass es sich um eine Frau handelt, stammt aller Wahrscheinlichkeit nach nicht aus dem Dorf. Es wird jedenfalls niemand vermisst. Mehr wissen wir noch nicht.«

»Na, jetzt bin ja ich da. Wäre doch gelacht, wenn wir unserer Unbekannten ihre Geheimnisse nicht entlocken könnten.«

Sie zog sich den Einwegoverall über und machte sich an die Arbeit. Simpel schaute ihr eine Weile zu. Dr. Pfeiffer blickte zu ihm auf.

»Haben Sie nichts zu tun? Zeugen befragen oder so?«

Simpel wurde rot. Er hätte der forschen Rechtsmedizinerin gerne eine passende Bemerkung zurückgegeben, aber ihm fiel natürlich nichts Entsprechendes ein. Also ging er zur Absperrung. Dort stand Küppers und kritzelte etwas in sein Notizheft.

»Was Interessantes bisher?«, fragte Simpel.

»Eigentlich nicht. Niemand hat irgendwas gesehen, außer dem Feuer natürlich. Ein paar Jugendliche haben am Kanal Halloween gefeiert und den Brand entdeckt. Danach war das ganze Dorf auf den Beinen und hat bei den Löscharbeiten zugesehen. Wie der Brand entstanden ist, dazu konnte bisher keiner etwas sagen. Zumindest diejenigen nicht, die wir angetroffen haben. Die anderen befragen wir später.«

Sabine Mayr von der Brandermittlung schlüpfte unter der Absperrung hindurch. Sie hatte ein junges Mädchen dabei.

»Das ist Franziska Eberlinger. Ihr ist gestern Nacht etwas aufgefallen. Das wird euch sicher interessieren«, sagte sie.

»Ich weiß nicht … Wahrscheinlich war da gar nichts … Ich habe nur gedacht …« Das Mädchen sprach sehr leise.

»Was haben Sie gedacht?« Simpel lächelte die junge Frau an. »Jede Beobachtung kann uns weiterhelfen, auch wenn sie Ihnen noch so unbedeutend erscheinen mag.«

»Na ja«, fuhr das Mädchen etwas lauter fort, »wir haben Halloween gefeiert, also die anderen und ich, und wir haben uns beim *Krug* getroffen.«

»*Dorfkrug*, so hieß das alte Gasthaus«, erklärte Mayr.

»Und da hab ich meine Handschuhe liegen lassen«, fuhr das Mädchen fort. »Und als ich sie später geholt habe, da …«, sie zögerte, »… da habe ich was gehört.«

»Was haben Sie gehört?«, fragte Simpel.

»Ich weiß nicht, aber da waren so Geräusche, ein Poltern, und dann klang es, als wenn etwas über den Boden geschleift wird, aber nur ganz leise, und vielleicht war es auch nur der Wind. Es war Halloween, und ich habe gedacht, ich bilde mir das ein, wegen dem ganzen Gruseln und so. Und die anderen haben nur darüber gelacht. Aber jetzt ist jemand tot, und ich …«

Das Mädchen stockte und ein paar Tränen liefen ihr über die Wangen.

»Vielleicht, wenn wir nachgesehen hätten …«

Die Brandermittlerin gab ihr ein Taschentuch.

»Machen Sie sich darüber keine Gedanken. Sie konnten ja nicht ahnen, was dort los war«, sagte Simpel.

»Erinnern Sie sich noch, wie spät es gewesen ist, als Sie die Geräusche hörten?«

»Ich weiß nicht genau, aber so halb zehn ungefähr.«

Simpel schrieb sich die Adresse des Mädchens auf.

»Vielen Dank, dass Sie zu uns gekommen sind. Wenn Ihnen noch etwas einfällt, rufen Sie uns bitte an.«

Das Mädchen nickte und ging zurück hinter die Absperrung zu ihren Freunden, die das Treiben der Spurensicherung gebannt beobachteten.

»Der Brand wurde kurz vor zehn entdeckt. Könnte also schon etwas miteinander zu tun haben«, sagte Simpel.

»Oder sie hat sich das wirklich nur eingebildet«, meinte Mayr. »Bestimmt war Alkohol im Spiel. Wenn junge Leute feiern, gehört das ja dazu.«

»Wer ist eigentlich der Eigentümer des Gebäudes?«, fragte Simpel.

Mayr zog ihren Notizblock heraus und blätterte. »Michaela Sterz, wohnt in Roth. Die ist aber nicht zu Hause. Die Nachbarn meinten, sie sei im Urlaub. Die Kollegen versuchen, sie ausfindig zu machen.«

»Hoffentlich ist sie wirklich im Urlaub«, sagte Simpel.

Mayr deutete mit dem Kopf zu Dr. Pfeiffer, die neben der Toten kniete. »Denkst du, Frau Sterz ist unsere Leiche?«

»Könnte schon sein. Aber was hatte die mitten in der Nacht in ihrem verlassenen Gasthof zu tun?«

»Vielleicht ein warmer Abriss«, sagte Mayr. »Wäre nicht das erste Mal, dass so etwas vorkommt. Und dabei ist dann irgendwas schiefgegangen.«

Ein Mann, etwa Ende vierzig, mit sauber gestutztem Bart und Brille, kam auf sie zu und streckte Simpel seine Hand hin. »Entschuldigung, sind Sie der leitende Kommissar?«

Der Mann trug einen eleganten Mantel. Seine Lederschuhe waren schlammbespritzt.

»Martin Waldmüller«, sagte der Mann. »Ich bin der Zweite Bürgermeister und voraussichtlich der neue Landrat. Sie haben ja sicher vom tragischen Unfall des bisherigen Amtsinhabers gehört.«

Simpel schüttelte ihm die Hand. »Nein, davon weiß ich nichts.«

»Ein Unfall mit dem Ultraleichtflugzeug. Schlimme Sache. Ich kenne die Familie sehr gut. Ja, und deswegen gibt es in drei Monaten Neuwahlen. Ich wurde von der Partei gebeten zu kandidieren, und so wie es aussieht, habe ich durchaus große Erfolgsaussichten.«

»Das freut mich für Sie, Herr Waldmüller, aber was kann ich eigentlich für Sie tun?«

»Wissen Sie …«, Waldmüller schob sich ein Stück näher an Simpel heran und senkte seine Stimme, »wir leben hier in einer ländlich geprägten Gegend, in einer heilen Welt sozusagen, da wirbelt so ein Vorfall ziemlich Staub auf. Erst die Brandserie im Landkreis Roth, und jetzt sogar eine Tote hier bei uns im Dorf. Ich als Bürgermeister fühle mich irgendwie verantwortlich. Noch dazu liegt unser Erster Bürgermeister wegen eines Herzinfarktes im Krankenhaus. Es hängt also alles an mir. Da wäre es schön, wenn Sie mich über Ihre Erkenntnisse informieren könnten. Dann fällt es mir leichter, die besorgten Bürgerinnen und Bürger zu beruhigen.«

Daher weht also der Wind, dachte Simpel. Der Herr Bürgermeister hat Angst um seine Wählerstimmen.

»Ich kann Ihnen leider nicht mehr sagen als jedem anderen auch. Über laufende Ermittlungen gebe ich grundsätzlich keine Auskünfte. Wenden Sie sich bitte an unsere Pressestelle, dort wird man Ihnen weiterhelfen, sobald die Informationen freigegeben sind.«

Der Bürgermeister setzte ein verschwörerisches Lächeln auf.

»Wissen Sie, wenn ich mich ein bisschen umhöre, erfahre ich bestimmt mehr als Sie von der Polizei. Die Leute hier sind Fremden gegenüber ziemlich misstrauisch.«

Simpel lächelte jetzt ebenfalls. »Das hört sich ja an, als wären wir in einem süditalienischen Bergdorf und nicht in Mittelfranken.« Er wurde ernst. »Jeder, der uns Informationen vorenthält, macht sich strafbar. Das müssten Sie als Bürgermeister eigentlich wissen. Und ich denke, jedem hier im Dorf muss daran gelegen sein, dass dieser Todesfall so schnell wie möglich aufgeklärt wird. Fragen Sie einfach mal herum, ob jemand vermisst wird. Hat jemand Besuch erwartet, der nicht eingetroffen ist? Steht irgendwo ein herrenloses Fahrzeug herum? Bei der Beantwortung dieser Fragen können Sie uns gerne behilflich sein, Herr Bürgermeister. Und jetzt muss ich wieder an meine Arbeit. Entschuldigen Sie mich bitte!«

Simpel nickte dem Mann knapp zu und ging wieder hinter die Absperrung, wo Sabine Mayr ein paar Proben in Plastiktütchen verpackte.

»Na, hat der Herr Bürgermeister jetzt versucht, dich auszufragen? Bei mir hat er es auch schon probiert, den habe ich aber eiskalt abblitzen lassen.«

»Was ist denn das für einer? Weißt du irgendwas über ihn?«, fragte Simpel.

»Nur, was halt so in der Zeitung steht. Ich komme ja aus Roth. Hier in der Gemeinde ist er nur der Zweite Bürgermeister, aber soweit ich weiß, ist er im Bauernverband irgendwas Größeres. Bezirksobmann, oder wie das bei denen heißt. Und jetzt will er Landrat werden. Da passt es ihm natürlich nicht, dass in seinem schönen Landkreis ein Feuerteufel umgeht. Schließlich steht seine Partei für Recht und Ordnung.«

»Für Recht und Ordnung sind immer noch wir zuständig!«, sagte Simpel. »Der soll sich schön raushalten aus unserem Fall, der Herr Möchtegernlandrat. Wenn er uns dazwischenfunkt, wird er sein blaues Wunder erleben.«

***

Pater José von den Philippinen blickte erfreut von der Kanzel herab. So viele seiner Schäfchen hatte er zur Abendmesse an Allerheiligen nicht erwartet. Er schrieb es der Qualität seiner Predigten zu, die er seit zwei Monaten in den Gemeinden rund um Roth und alle zwei Wochen auch in Eckerslohe hielt. Die Nachricht von dem Brand und dem Leichenfund war noch nicht bis in seine Studierstube gedrungen. Denn das war der eigentliche Grund dafür, dass fast alle hundertzwanzig Einwohner des Dorfes in der Kirche versammelt waren. Während des Gottesdienstes herrschte eine gewisse Unruhe, das bemerkte auch Pater José, doch er schob es auf das Thema seiner heutigen Predigt: *Der Tod ist nicht das Ende.*

Als der Gottesdienst vorbei war, versammelten sich die Gemeindemitglieder auf dem Kirchenvorplatz. In Grüppchen diskutierten sie. Leider nicht die Botschaft der Predigt, wie Pater José hoffte, sondern die Ereignisse des Tages.

»Wenn du mich fragst, da wird halt ein Landstreicher im *Dorfkrug* übernachtet haben, und den hat es dann erwischt, als der Brandstifter den Brand gelegt hat.«

»Aber ich hab heut ghört, als die Polizei da war, dass die gsacht ham, der Tote war eine Frau.«

»Na und, es gibt doch auch Landstreicherinnen.«

»Und wer denkt ihr, hat die Brände gelegt?«

»Ich hab ja keine Vorurteile, bestimmt nicht, aber es fällt schon auf, dass es bei uns nimmer so is, wie es mal war, seit die *Arche* hier ist.«

»Leut, was habts denn immer mit der *Arche*. Egal, was los ist, immer sollen es die von der *Arche* gewesen sein. Die Jugendlichen dort sind mit dem Gesetz in Konflikt geraten, ja.

Aber die haben alle ihre Strafe abgesessen, und sie leben auf dem Hof, weil sie wieder in unsere Gesellschaft eingegliedert werden sollen. Die sind bestimmt genug mit sich selber beschäftigt. Außerdem sind da dauernd Betreuer um die rum.«

»Betreuer nennst du diese Typen? Die Männer langhaarig und tätowiert, und die Frauen alle mit bunten Haaren. Vielleicht stecken die ja unter einer Decke mit den Brandstiftern.«

»Na, jetzt geht's aber los. Das sind studierte Sozialpädagogen vom Jugendamt. Meint ihr, die haben einen Nebenjob als Brandstifter?«

»Da sieht man mal, wie unsere Steuergelder ausgegeben werden. Solche Gestalten sollen straffällige Jugendliche wieder auf den rechten Weg bringen? Dass ich nicht lache. Einsperren und richtig hart arbeiten lassen, das wäre viel vernünftiger. Man darf des bei uns ja nicht sagen, aber beim Hitler …«

»Ich glaub, ich geh jetzt. Die Richtung, die dieses Gespräch nimmt, passt mir nicht. Bei uns im Dorf ist jemand ermordet worden. Darüber sollten wir nachdenken, statt braunes Gedankengut auszugraben.«

»Braunes Gedankengut? Damit hab ich nichts zu tun. Aber man wird doch wohl noch die Wahrheit sagen dürfen.«

»Wenn wir ehrlich sind, ist es doch gut für uns, dass der Gasthof abgebrannt ist, jetzt kann die Sterz keine Asylbewerber mehr dort unterbringen.«

»Es ist ein Mensch gestorben, und du denkst, dass des gut ist?«

»Jetzt dreh mir nicht das Wort im Mund rum. Ich habe nur gesagt, dass ich froh bin, dass kein Asylbewerberheim hier zu uns kommt. Reicht doch schon die *Arche*. Was denkst du, wie dein Haus an Wert verliert, wenn da lauter Afrikaner daneben wohnen.«

»Da könnt man ja meinen, einer aus dem Dorf hat den *Krug* angezündet, damit die Sterz endlich zur Vernunft kommt und das mit dem Asylbewerberheim fallen lässt.«

»Einer aus unserem Dorf? Nie und nimmer. Aber schau, da kommt der Waldmüller. Vielleicht weiß der was, der hat doch durch seine Partei gute Kontakte.«

Martin Waldmüller trat zu der Gruppe. »Leute, beruhigt euch. Ihr könnt sicher sein, dass ich alles dafür tun werde, dass wieder Ruhe in unser schönes Dorf einkehrt. Ich habe schon mit der Polizei gesprochen und stehe in engem Kontakt mit dem ermittelnden Kommissar von der Kripo in Schwabach.«

»Was denkst denn du, wer des gmacht hat?«

Alle sahen Martin Waldmüller erwartungsvoll an.

»Auf keinen Fall ist es jemand von den Alteingesessenen aus dem Dorf gewesen, da bin ich mir ganz sicher. Für die neu Zugezogenen kann ich natürlich nicht bürgen, die kenne ich nicht so gut. Aber wie gesagt, ich stehe in enger Verbindung zu den ermittelnden Behörden. Ich informiere euch, sobald ich etwas erfahre.«

Damit ging der Landratskandidat zur nächsten Gruppe, um denen das Gleiche zu sagen.

***

Am Montagmorgen traf Simpel kurz vor neun in der Inspektion ein. Als Tina ihn hereinkommen sah, verdrehte sie demonstrativ die Augen und deutete in Richtung Hertles Büro. Simpel wollte gerade fragen, was los sei, da öffnete sich die Bürotür mit einem energischen Ruck.

»Guten Morgen, Sie sind sicher Oberkommissar Simpel. Mein Name ist Sven Blume, ich leite jetzt diese Inspektion.«

Sven Blume war mindestens einen Kopf kleiner als Simpel. Er war schlank, drahtig und trug einen Bürstenhaarschnitt.

Simpel trat einen Schritt zurück, denn Herr Blume sprach sehr laut und sehr schneidig.

»Guten Morgen«, sagte er betont ruhig.

»Herr Oberkommissar, ich möchte etwas mit Ihnen besprechen, kommen Sie doch gleich mal mit in mein Büro.«

In Hertles Büro, verbesserte Simpel in Gedanken und folgte Sven Blume. Er drehte sich an der Tür noch mal um und sah, dass Tina wieder die Augen verdrehte.

Sven Blume setzte sich mit Schwung auf Hertles Sessel.

»Nehmen Sie Platz, Oberkommissar. Ich will nicht lange um den heißen Brei herumreden, das ist nicht meine Art. Sie haben einen heiklen Fall mit dieser unbekannten Brandleiche da draußen. Schätzen Sie Ihr Team so ein, dass die das stemmen können, oder wollen wir lieber gleich kompetente Leute aus Nürnberg dazuholen? Nur keine Scheu, sprechen Sie frei von der Leber weg. Wir sind ja unter uns.«

Simpel schluckte einmal kurz, dann sagte er: »Ich bin sicher, dass wir das schaffen. Wir haben sehr erfahrene Kollegen hier in Schwabach.«

»Damit meinen Sie doch nicht etwa Hauptkommissar Vogel, oder?«, erwiderte Blume und lachte kurz und trocken. »Der steht kurz vor seiner Pensionierung, und er hat es innerhalb von vierzig Jahren noch nicht einmal zum stellvertretenden Dienststellenleiter gebracht. Zusammen mit dem Anfänger Küppers nicht gerade ein Dreamteam, Herr Oberkommissar, was? Ihre eigene Kompetenz stelle ich natürlich nicht infrage, sonst würden Sie nicht hier sitzen, das ist ja wohl klar.«

Stefan Simpel wusste nicht, was er Hertles Vertretung antworten sollte. Wie kam der denn zu solchen Aussagen? Er kannte doch keinen der Kollegen persönlich. Simpel kochte innerlich, blieb aber nach außen hin ruhig.

»Unser Dienststellenleiter, Hauptkommissar Hertle, hat großes Vertrauen in alle seine Leute, auch und vor allem in Horst Vogel. Wir haben gemeinsam den Fall mit der Goldleiche gelöst, letzten Sommer. Und …«

»Nun ja, Dienststellenleiter bin nun ich, und jetzt zählt nur noch, wer mein Vertrauen genießt. Aber wenn Sie meinen. Wir können es ja mal versuchen mit Ihrem Team. Ein Scheitern müssten Sie dann aber auf Ihre Kappe nehmen, das ist wohl klar. Die Leute warten übrigens schon im Konferenzraum. Gehen wir!«

Nach der Besprechung, die eigentlich keine Besprechung war, denn gesprochen hatte nur Sven Blume, trafen sich Manuel Küppers, Horst Vogel, Tina Kaczmarek und Stefan Simpel im hinteren Pausenraum. Ganz zufällig, ohne dass sie das verabredet hätten.

»Was ist denn das für ein Idiot?« Tina sprach als Erste aus, was alle dachten.

»Fatzke«, sagte Manuel.

»Was hat der eigentlich von dir gwollt, vorhin im Büro, Stefan?«, fragte Vogel.

Simpel wollte auf keinen Fall auch nur einen Schimmer von Misstrauen bei seinen Kollegen aufkommen lassen. Deshalb wiederholte er im Wortlaut, was Sven Blume zu ihm gesagt hatte. Die anderen sagten erst einmal gar nichts.

Dann stand Horst Vogel auf.

»Wir haben einen Fall zu lösen, Leute. Manuel und ich fahren so bald wie möglich zusammen zum Tatort. Ich muss mir den unbedingt persönlich ansehen. Lassen wir uns nicht beirren, sondern sorgen wir dafür, dass dieses Blümchen bei uns nicht zum Blühen kommt. Auf geht's!«

»Schön hast du das gesagt, Horst«, meinte Tina.

»Und noch dazu auf Hochdeutsch!«, ergänzte Manuel.

***

Während Simpel auf die Besitzerin des Gasthofes wartete, machten sich Vogel und Küppers auf den Weg nach Eckerslohe.

Den ganzen Vormittag hatte es Schneeschauer gegeben, doch jetzt schien die Sonne und eine dünne Schneedecke lag über dem Land.

»Sieht eigentlich ganz nett aus«, sagte Küppers. »Wenn man nicht wüsste, dass jetzt sechs Monate Winter vor uns liegen.«

»Da hast recht.« Vogel schnäuzte sich. »Nächstes Jahr, wenn ich in Pension bin und mei Frau auch, dann fahrn wir im Winter für a paar Monate in den Südn, Italien oder Spanien oder so. Des ham wir scho beschlossn.«

»Das machst du, Horst. Ich komm dann nach, so in vierzig oder fünfzig Jahren, wenn ich in Pension gehe. Wenn es bis dahin überhaupt noch so etwas gibt. Vielleicht muss ich noch mit dem Gehwagen an Tatorten rumrutschen, das wird lustig. Und vielleicht ist dann immer noch dieses giftige Blümchen mein Chef. Wenn ihn bis dahin nicht schon längst jemand mit der Dienstpistole erschossen hat.«

»Naa, des wünsch ich dir ned, dass der dein Chef bleibt«, sagte Vogel. »Also mir is ja eigentlich wurscht, wer unter mir Chef is, aber ich hoff scho, dass der Hans-Georg bald wieder da is. Solche überkandideltn Schnösl, die meinen, sie ham scho von Haus aus die Weisheit mit Löffeln gfressn, die brauch ich wirklich ned mehr. So gsehn bin ich edz doch froh, dass ich bald mei Ruh hab.«

Küppers parkte das Auto vor dem abgebrannten Gasthof. Das Durcheinander von Balken und Steinen war kaum noch als Haus zu erkennen. Alles war mit einer dünnen Schneeschicht überzogen. Küppers zeigte Vogel die Stelle, an der man die Leiche gefunden hatte.

»Spuren find mer edz natürlich keine mehr, nach dem Neuschnee«, sagte Vogel.

»Ich habe jede Menge Fotos gemacht«, sagte Küppers. »Die kannst du dir nachher anschauen. Die Feuerwehr hat natürlich alles zertrampelt beim Löschen, die wussten ja nicht, dass das hier ein Tatort ist.«

Vogel prägte sich alles ein, damit er die genaue Lage im Kopf hatte, wenn er sich später die Fotos ansah. Dann meinte er. »Schaun wir uns mal im Dorf um. Treffn werden wir um die Zeit wahrscheinlich niemand. Die sin bestimmt alle zum Arbeitn in der Stadt.«

Küppers nickte, dann klingelte sein Handy.

Vogel ging schon mal los.

Einen richtigen Ortskern gab es in Eckerslohe nicht. Die älteren Häuser lagen an der kaum befahrenen Hauptstraße, die neueren ein Stück entfernt, zum Kanal hin. Große Einfamilienhäuser, dem Pseudo-Landhaus-Stil nach aus den Neunzigerjahren. Vogel ging die Hauptstraße entlang auf den Wald zu. Bis jetzt war er noch keinem Menschen begegnet. Wie viele Dörfer wurde auch dieses immer mehr zum Schlafdorf, und die Leute arbeiteten in der Stadt, Schwabach, Roth oder Nürnberg. Lediglich eine Handvoll Bauernhöfe machten den Eindruck, als würde da noch jemand Landwirtschaft betreiben, aber vermutlich auch nur im Nebenerwerb. Ganz am Ende der Straße, direkt am Wald, stand etwas abseits ein kleines Haus. Das sah anders aus als der Rest des Dorfes, nicht so aufgeräumt, nicht so viel gepflasterte Flächen, mehr Blumenbeete, soweit man das unter dem Schnee erahnen konnte. Am auffälligsten war ein buntes Fliesenmosaik rund um die alte Eingangstür herum. Nett sieht das aus, dachte Vogel. Es erinnerte ihn an etwas, das er im Spanienurlaub gesehen hatte, aber ihm fiel nicht mehr ein, wo. Als er so vor dem Gartentor stand, öffnete sich die Haustür und eine Frau Ende vierzig mit roten Locken trat heraus.

»Kann ich Ihnen helfen?«, fragte sie.

Vogel zog seinen Dienstausweis aus der Tasche.

»Vogel, von der Kripo Schwabach. Wir ermittln wegen der Totn in dem alten Gasthaus. Sie ham sicher davon ghört.«

»Natürlich. Das ist sogar bis zu mir an den Dorfrand gedrungen.«

»Darf ich fragn, ob Sie schon lange hier wohnen?«

»Drei Jahre werden es im April. Das Haus gehört mir aber schon länger. Zunächst habe ich es nur als Wochenendhaus benutzt, aber dann bin ich ganz aus Nürnberg hierhergezogen.«

Vogel hatte gleich vermutet, dass die Frau keine Altansässige hier im Dorf war. Und seiner Erfahrung nach konnten die Zugezogenen die Dorfstrukturen meist besser einschätzen als die Urdörfler.

»Frau …« Vogel schaute schnell auf das Schild neben der Gartentür. »Frau Gottschalk-Bosch, haben Sie ein bisschen Zeit? Ich hätt da ein paar Fragn, und Sie können mir vielleicht helfn.«

»Kommen Sie herein. Ich habe gerade Tee gemacht. Sie sehen aus, als ob Sie eine Tasse vertragen könnten.«

Eine halbe Stunde später kam Vogel wieder zum Gasthof. Küppers saß im Auto und spielte mit seinem Handy. Als er Vogel sah, stieg er aus.

»Da bist du ja endlich. Ich bin zweimal durch das ganze Dorf gelatscht, aber keiner Menschenseele begegnet. Die arbeiten entweder oder sitzen gemütlich hinterm Ofen. Von denen, die wir noch befragen müssen, war natürlich keiner daheim. Mir ist kalt. Fahren wir endlich zurück ins warme Büro.«

»Kalt? Mir is ned kalt. Ich hab grad einen feinen Tee getrunkn mit einer nettn Frau, die mir interessante Sachn über das Dorf erzählt hat. Aber fahrn wir erst in die Inspektion, dann muss ich's ned zweimal erzähln. Außerdem will ich mir die Tatortfotos anschaun. Und du kannst dich aufwärmen. Vielleicht hast Glück, und die Tina hat einen Tee und eine Decke für dich. Oder sie wärmt dich gleich selber. Des tät dir doch gfalln, oder?«

Küppers sagte nur: »Quatsch«, stieg dann schnell wieder ins Auto und startete.

Vogel sah ihn von der Seite an und grinste. »Hab ich was Falsches gsagt? Hatschi!«

***

Die Eigentümerin des abgebrannten Gasthofes war überpünktlich. Fünf Minuten vor der vereinbarten Zeit führte Tina Kaczmarek sie in Simpels Büro.

»Frau Sterz, Guten Tag. Setzen Sie sich doch bitte. Darf ich Ihnen einen Kaffee anbieten?«, fragte Simpel.

Michaela Sterz gab Simpel die Hand, schüttelte stumm den Kopf und setzte sich. Sie war eine sehr schlanke, fast hagere Frau Mitte fünfzig. Sie trug einen grauen Hosenanzug, einen schwarzen Rollkragenpullover und hatte kurzgeschnittene blonde Haare. Ihre Mundwinkel zuckten nervös, und man sah ihr an, dass sie wenig geschlafen hatte.

»Frau Sterz, wir müssen noch kurz auf Hauptkommissarin Mayr von der Brandermittlung warten, sie wird aber gleich da sein.«

Frau Sterz nickte wieder, dann begann sie plötzlich zu sprechen.

»Stimmt das, was mir meine Nachbarn erzählt haben? Es ist jemand ums Leben gekommen bei dem Brand?« Sie sah Simpel fragend an, doch bevor der antworten konnte, betrat Sabine Mayr das Büro.

»Frau Sterz, grüß Gott«, sagte die Brandermittlerin. »Wir müssen zuerst Ihre Personalien aufnehmen, dann kommen wir zu dem Brand. Wir haben viele Fragen an Sie.«

Der Verdacht auf Versicherungsbetrug bestand immer bei Bränden wie diesem. Deshalb hatten Simpel und Mayr nicht vor, Frau Sterz mit Samthandschuhen anzufassen. Nachdem die Formalien erledigt waren, begann Simpel mit der Befragung.

»Frau Sterz, Sie und Ihr Mann haben die Gastwirtschaft *Zum Dorfkrug* von 1980 bis 2010 geführt. Ist das richtig?«

»Ja. 2010 mussten wir schließen, weil sich die Krebserkrankung meines Mannes verschlimmert hatte. Alleine konnte ich den Gasthof nicht weiterführen. Und vor einem Jahr ist er ja dann gestorben, der Martin.«

Frau Sterz zuckte jetzt noch heftiger mit den Mundwinkeln.

»Der Gasthof war dann noch mal für sechs Monate geöffnet«, fuhr Simpel fort, »aber seit Mitte 2011 steht er leer?«

Frau Sterz nickte.

»So ein junges Pärchen aus Nürnberg wollte die Wirtschaft weiterführen, aber die hatten überhaupt keine Ahnung von Gastronomie. Wir haben das leider zu spät gemerkt, und im Nu waren sie drei Monate mit der Pacht im Rückstand. Da mussten wir ihnen natürlich kündigen. Nachdem mein Mann gestorben war, habe ich versucht, das Gasthaus zu verkaufen, aber das ist heutzutage nicht so einfach.«

Jetzt schaltete sich die Brandermittlerin ein.

»Haben Sie deshalb nach einer anderen Lösung für Ihr Problem gesucht? Wer hat den Gasthof angezündet, Frau Sterz?«

Einige Sekunden sah Frau Sterz die Polizistin mit offenem Mund an.

»Sie denken, dass ich den *Krug* angezündet habe? Aber ich war auf Gran Canaria, das wissen Sie doch.«

»Ja, das wissen wir«, erwiderte Mayr, »aber vielleicht haben Sie ja jemand anderen die schmutzige Arbeit machen lassen und sich mit dem Urlaub ein Alibi verschafft.«

»Nein«, Frau Sterz sprach jetzt sehr leise. »Auf so eine Idee wäre ich nie gekommen.«

»Frau Sterz«, sagte Simpel. »Sie haben mich vorhin gefragt, ob es stimmt, dass jemand bei dem Brand ums Leben kam. Ja, wir haben die Leiche einer unbekannten Frau am Brandort gefunden. Wenn Sie uns etwas zu sagen haben, dann tun Sie es jetzt, bevor alles nur noch schlimmer wird.«

Frau Sterz sah von Simpel zu Mayr und setzte sich dann ganz gerade hin.

»Ich habe meinen Gasthof nicht angezündet«, sagte sie mit fester Stimme. »Und ich habe auch niemanden dazu angestiftet. Vielleicht sollten Sie mal die Eckersloher genauer befragen. Ich bin vor einem halben Jahr aus dem Dorf weggezogen, nach Roth. Und wissen Sie, warum? Ich hatte es satt, mir dauernd die Reifen meines Autos zerstechen zu lassen oder anonyme Briefe zu bekommen.«

Simpel und Mayr sahen Frau Sterz erstaunt an.

Frau Sterz seufzte. »Nachdem es keine Kaufinteressenten für den Gasthof gab, habe ich gedacht, ich könnte vielleicht mein Problem lösen und dabei auch noch etwas Gutes tun. Aber das ist gar nicht gut angekommen bei meinen Mitbewohnern im Dorf. Sogar Morddrohungen habe ich bekommen.«

»Was meinen Sie damit?«, fragte Mayr.

»Ich wollte den Gasthof zu einem Asylbewerberheim umbauen lassen. Mit dem Landkreis war schon alles abgemacht. In einem Monat hätten die Arbeiten begonnen.«

Simpel und Mayr sahen sich an. Das warf ein ganz neues Licht auf den Brand.

»Haben Sie einen Verdacht, wer hinter den Drohungen gegen Sie stecken könnte?«, fragte Simpel.

Frau Sterz schüttelte den Kopf. »Nein, ich habe zwar so meine Vermutungen, aber ich werde den Teufel tun und irgendwelche Namen nennen, wo ich doch nichts beweisen kann.«

»Sie dürfen aber auch keinen Mörder decken«, sagte Mayr. »Alles, was Sie sagen, wird vertraulich behandelt, da können Sie sicher sein.«

Die ehemalige Gastwirtin zögerte kurz, schüttelte dann aber den Kopf.

»Und?«, fragte Mayr, nachdem die Frau gegangen war.

Simpel spielte mit seinem Kugelschreiber. »Hm. Der Fall hat mehr Facetten, als wir zunächst dachten. Da werden wir das Dorf genauer unter die Lupe nehmen müssen.«

»Vor allem diesen sauberen Bürgermeister«, ergänzte Mayr. »Wie ich dessen Partei so kenne, wird der nicht begeistert gewesen sein von einem Asylantenheim direkt vor der Haustür.«

»Langsam«, sagte Simpel. »Nur weil er unsympathisch ist, muss er noch kein Mörder und Brandstifter sein. Frau Sterz gehört auf jeden Fall trotzdem zu den Verdächtigen. Schließlich hat sie ein handfestes Motiv.«

Mayr nickte. »Massive Probleme mit dem Gasthof. Der Brand kommt ihr also sehr gelegen. Zweite Möglichkeit: Es war jemand aus dem Dorf.«

»Jemand, der das Asylbewerberheim verhindern wollte«, sagte Simpel. »Aber wie passt unsere Leiche dazu?«

»Vergessen wir nicht den Serienbrandstifter«, sagte Mayr. »Der treibt immer noch sein Unwesen. Vielleicht geht der Gasthof doch auf sein Konto. Und wenn ihn da jemand beim Zündeln überrascht hat …«

***

Als Vogel und Küppers von ihrem Besuch in Eckerslohe zurückkamen, beendete Simpel gerade ein Telefongespräch.

»Gut, dass ihr da seid. Dieser Blümchen ist in Nürnberg und kommt erst morgen wieder. Also können wir uns in Ruhe gegenseitig auf den neuesten Stand bringen, ohne dass er uns stundenlang zutextet.«

»Na, des sin ja gute Nachrichtn«, sagte Vogel, ließ sich auf einen Stuhl fallen und streckte die Beine aus. Küppers setzte sich neben ihn, musste aber ein Stück zurückrutschen, um seine langen Beine unter dem Tisch unterzubringen.

Vogel schnäuzte sich. »Gibt's scho was Neues zur Identität der Totn?«, fragte er.

Simpel schüttelte den Kopf. »Wir sind alle Vermisstendateien durchgegangen, auf den ersten Blick passt nichts zu unserer Leiche. Allerdings wissen wir über die auch noch nicht allzu viel. Wir müssen warten, bis uns Dr. Pfeiffer das Zahnschema gibt, dann können wir es mit bestehenden Vermisstenfällen abgleichen.«

»Was ist mit der Kette, die wir bei der Toten gefunden haben?«, fragte Küppers. »Das Amulett war doch ziemlich auffällig.«

»Da kannst du mal im Internet ein bisschen recherchieren«, sagte Simpel. »Vielleicht findest du den Hersteller heraus. Es sieht zwar aus wie ein altes Einzelstück, aber wer weiß. Wir könnten auch ein Foto des Amulettes in den örtlichen Zeitungen veröffentlichen. Vielleicht erkennt es jemand wieder.«

»Wann is die Pfeiffer denn mit der Obduktion fertig?«, fragte Vogel.

»In der Gerichtsmedizin grassiert die Grippe, und es hat sogar unsere toughe Frau Doktor erwischt«, sagte Simpel.

»Schau an«, unterbrach Vogel und schnäuzte sich ausgiebig. Simpel wich ein Stückchen zurück.

»Wir müssen also Geduld haben«, sagte er. »Die Befragung von Frau Sterz war übrigens hochinteressant. Sie hat den Gasthof fast dreißig Jahre lang zusammen mit ihrem Mann geführt, bis der vor einem Jahr gestorben ist. Verpachten hat nicht funktioniert, und deshalb steht er seit eineinhalb Jahren leer. Sie hat zwar versucht zu verkaufen und …«

»… wollte eine Asylbewerberunterkunft draus machn«, sagte Vogel.

»Ich sehe, du bist gut informiert. War wohl sehr aufschlussreich, euer Besuch in Eckerslohe?«

»Ja. Und schön hat's ausgschaut dort«, sagte Vogel. »Richtig malerisch, so mit Schnee überzuckert. Deshalb werd ich mir die Fotos genau anschaun müssn. Damit ich seh, wie's ohne Schnee war. Ansonstn war des Dorf ziemlich ausgstorbn, wie des in solche Käffer am Tag halt so is. Aber am Dorfrand hab ich eine Frau getroffn, und die hat mir a bissl was zum Dorf erzählt, auch über des geplante Asylantenheim. Des war ned uninteressant. Die Frau stammt zwar nicht aus Eckerslohe, weiß aber einiges über die saubere Gesellschaft dort.«

»Tee hat er mit ihr getrunken und mich in der Kälte stehen lassen«, maulte Küppers.

»Ja genau, einen gutn Tee hat s' ghabt, die Frau Gottschalk-Bosch. Aber des wollt ich eigentlich nicht berichtn. Sie hat mir desselbe erzählt wie dir die Frau Sterz. Und dass es im Dorf ziemlich Wirbel gegebn hat, wegen dem Asylbewerberheim, wo s' doch schon die *Arche* ham mit den kriminelln Jugendlichn.«

»Ehemaligen Kriminellen«, sagte Simpel.

»Ehemals kriminelln Jugendlichn«, verbesserte sich Vogel. »Jedenfalls gibt's da im Dorf an rechtn Wirbel deswegn. Viele glaubn, die in der Wohngruppe sin für die Brände im Landkreis verantwortlich. Und dann hat s' mir noch von den Waldmüllern erzählt.«

»Der Bürgermeister?«, fragte Simpel.

»Der Zweite Bürgermeister«, sagte Vogel. »Die Familie Waldmüller hat damals beim Bau vom Kanal einen ziemlichn Reibach gmacht. Andere auch, aber am meistn die Waldmüllers. Es gibt immer noch Gerede, weil der alte Waldmüller hat vor dem Bau billig Äcker kauft. Ein paar Jahr später hat er sie teuer abstoßn können, weil sie *zufällig* auf dem Gebiet vom Kanal lagn. Und weil er so gute Verbindungen in die Politik hat, glaubn manche, der hat schon eher gwusst, wo genau gebaut wird. Die Familie is seitdem die wohlhabendste in der ganzn Gegend, und der junge Waldmüller will jetzt Landrat werdn. Der jetzige Landrat is vor Kurzem verunglückt, deshalb gibt's eine außerplanmäßige Wahl. Und wie ich so rausghört hab, steckt der Waldmüller auch hinter der Hetze gegen die *Arche* und gegen des Asylbewerberheim. Natürlich macht der des ned offn, aber des kennt man ja.«

»Danke, Horst. Das ist wirklich interessant«, sagte Simpel. »Warten wir also ab, ob uns der Obduktionsbericht weiterhilft. Und spätestens am Freitag veröffentlichen wir das Foto vom Amulett in der Zeitung. Irgendjemand muss die Frau doch vermissen. In der Zwischenzeit gehen wir die Befragungen der Dorfbewohner durch und versuchen, diejenigen zu erreichen, die wir noch nicht sprechen konnten. Zur Not müssen wir da mal abends hin oder am Samstag. Und jemand muss den finanziellen Hintergrund von Frau Sterz überprüfen. Die Sabine denkt, es könnte ein warmer Abriss gewesen sein.«

Vogel nickte. »Des is scho möglich. Den Waldmüller solltn wir uns auch genauer anschaun. Und zu der *Arche* sollte mal jemand. Und ...«

»Morgen ist auch noch ein Tag«, sagte Simpel und schaute auf die Uhr. »Sehen wir zu, dass wir nach Hause kommen. Sonst taucht unser neuer Chef doch noch auf, und wir dürfen haarklein alles ein weiteres Mal durchkauen. Dann ist es aus mit dem Feierabend.«

Eine halbe Stunde später war die Abteilung leer. Simpel ging als Letzter. Es war schon dunkel, und im Lichtkegel der Straßenlaternen tanzten schon wieder Schneeflocken. Und Simpel dachte wieder an seine Winterreifen, die immer noch in der Garage an der Wand hingen.

***

Die Lampe im Schwesternzimmer leuchtete auf.

»Schon wieder der Huber!« Schwester Birgit stellte ihre Kaffeetasse ab. »Immer wenn wir Pause haben. Das ist hundertprozentig Absicht. Der denkt wohl, er kann sich alles erlauben, nur weil er Privatpatient ist.«

»Ich geh schon«, beruhigte Ute Schneider ihre Kollegin.

»Aber pass auf«, rief die ihr hinterher. »Als ich ihm gestern die Thrombosespritze geben wollte, habe ich die Decke zurückgeschlagen. Und weißt du was? Der alte Sack hatte keinen Schlafanzug an und hat noch dreckig gegrinst.«

Als Ute Schneider zurückkam, wurde gerade das Essen geliefert. Die beiden Krankenschwestern kontrollierten die Speisepläne und verteilten die Tabletts. Dann hatten sie wieder ein paar Minuten Ruhe. Birgit aß einen Apfel, und Ute Schneider las Zeitung.

Da klingelte das Telefon. Schwester Birgit nahm ab. Die Pforte. Ein Patient hatte seine Entlassungspapiere liegen lassen. Sie griff nach dem entsprechenden Umschlag.

»Typisch Freitag, echt der schlimmste Tag der Woche. Ich bin gleich wieder da. In Ordnung?«

Ihre Kollegin reagierte nicht, sie starrte auf ein Foto in der Zeitung. Als Schwester Birgit von der Pforte zurückkam, war Ute Schneider verschwunden.

***

Hauptkommissar Mike Ziegler zog seinen Kragen hoch. Vor dem Südklinikum wehte ein eisiger Wind. Es schneite ganz leicht, und die Mützen der Beamten, die an der Absperrung standen, waren von einer dünnen weißen Schicht bedeckt. Die Krankenschwester neben ihm trug nur ihren Kittel, aber sie weigerte sich, nach drinnen zu gehen. Ununterbrochen starrte sie auf den toten Körper ihrer Kollegin, der seltsam verrenkt am Boden lag. Endlich deckte der Arzt die Tote zu, und die Mitarbeiter der Gerichtsmedizin rückten an, um die Leiche abzutransportieren.

Ziegler zog die Krankenschwester sanft am Arm und bugsierte sie in ein kleines Büro, das man ihm zur Verfügung gestellt hatte. Sie ließ sich auf einen Stuhl fallen. Ihre Starre löste sich, und sie begann zu weinen. Ziegler ließ sie eine Weile in Ruhe. Es war schon lange her, dass er einen Selbstmord bearbeitet hatte. Schließlich war er vor seinem Unfall und dem Tod seiner Freundin jahrelang führender Ermittler im Drogendezernat gewesen. Aber nach den Jahren als Frühpensionär musste er eben mit Routineaufgaben zufrieden sein. Bald jedoch würde er die Ausbildung zum Profiler an der Polizeiakademie beginnen. Mit seiner Beinprothese die einzige Möglichkeit, wieder aktive Polizeiarbeit zu leisten.

Als Schwester Birgit sich etwas beruhigt hatte, begann Ziegler mit den üblichen Fragen.

»Ist Ihnen an Ihrer Kollegin in letzter Zeit, oder speziell heute, etwas aufgefallen?«

Die Krankenschwester schüttelte den Kopf.

»Nein, Ute war wie immer. Wir haben über einen etwas unangenehmen Patienten gesprochen, dann das Mittagessen ausgeteilt. Ich musste danach noch kurz zum Empfang. Freitag werden viele Patienten entlassen, da ist immer die Hölle los. Ute hat in der Zwischenzeit ein bisschen Zeitung gelesen. Alles war wie immer.« Schwester Birgit schüttelte ratlos den Kopf. »Und kurz darauf springt sie vom Dach. Ich verstehe das nicht – warum nur?«

»Kannten Sie Ute Schneider gut?«

»Gut? Nein, Ute war sehr verschlossen. Bei Betriebsausflügen und Weihnachtsfeiern war sie nie dabei. Aber sie war sehr hilfsbereit. Wenn eine von uns die Schicht tauschen wollte, dann haben wir Ute gefragt, die hat das meistens gemacht. Außer, es war irgendwas in der Kirche, wo sie hinwollte. Das war ihr immer sehr wichtig.«

Eine Sekretärin klopfte an, brachte zwei Tassen Kaffee und die Personalakte von Ute Schneider.

Schwester Birgit umklammerte mit beiden Händen die Kaffeetasse und trank in kleinen Schlucken. Ziegler blätterte die Personalakte durch.

Ute Schneider war 49 Jahre alt, ledig und seit über fünfundzwanzig Jahren im Nürnberger Klinikum beschäftigt. Sie besuchte regelmäßig Fortbildungen und war Mitglied der Prüfungskommission. Dort nahm sie die Abschlussprüfungen der Pflegeschüler ab.

Ziegler schloss die Akte wieder. Auch dort fand sich keine Erklärung, warum sich Ute Schneider hier und heute das Leben genommen hatte. Fremdverschulden konnte er ebenfalls ausschließen. Auf dem Dach hatte er nur die Spuren von einer Person entdeckt.

Vielleicht wussten die anderen Kollegen etwas.

»Kann ich Sie alleine lassen? Oder soll ich jemanden holen? Den Krankenhauspfarrer vielleicht?«, fragte Ziegler. Schwester Birgit starrte aus dem Fenster, wo die Schneeflocken immer dichter vorbeiwirbelten. Sie drehte sich zu ihm um. »Danke, ich möchte jetzt erst einmal alleine sein. Gehen Sie ruhig!«

Ziegler nickte ihr zu und machte sich auf den Weg ins Zimmer des Oberarztes, wo er die anderen Kolleginnen von Ute Schneider befragen wollte.

»Ute war ein Engel. Ich meine, alle Krankenschwestern sind irgendwie aufopferungsvoll, aber Ute ganz besonders. Für nichts war sie sich zu schade, hat die unangenehmsten Arbeiten erledigt und sich nie beklagt, wenn sie dafür von den Patienten auch noch dumm angeredet wurde. Wissen Sie, Demente können ganz schön grausam sein.«

»Sie war oft im Andachtsraum, sie war sehr gläubig. Darüber geredet hat sie aber nie.«

»Sie war eine Stille, die Ute. Gelacht hat sie nur selten. Manchmal saß sie da und war ganz in Gedanken versunken. Aber wenn es ans Arbeiten ging, hat ihr keiner was vormachen können.«

»Eines war seltsam: Sie machte immer einen großen Bogen um die Geburtsstation. Da wollte sie auch nie arbeiten, obwohl das doch ein schöner Job ist. Vielleicht hätte sie gerne selbst Kinder gehabt, und es hat nicht geklappt. Aber ich weiß gar nicht, ob sie überhaupt einen Mann hatte.«

»Man soll über Tote ja nichts Schlechtes sagen, aber einmal habe ich sie dabei ertappt, wie sie eine Packung Schlaftabletten eingesteckt hat. Ganz im Vertrauen: Das tun hier einige. Wenn Sie wüssten, wie viele Schwestern und Ärzte medikamentenabhängig sind …«

Viel erfuhr Ziegler nicht über Ute Schneider. Bei ihren Kollegen und den Patienten war sie beliebt, aber niemand hatte außerhalb des Dienstes Kontakt zu ihr gehabt. Hinweise auf eine psychische Krankheit gab es nicht. Außer dass sie eventuell ab und zu Schlaftabletten genommen hatte. Sie war unverheiratet, und von einem Freund wusste niemand etwas. Selbstmord aus Liebeskummer war bei einer Fünfzigjährigen wohl auszuschließen. Oder doch nicht?

Ziegler sah sich die paar Habseligkeiten an, die im Spind der Krankenschwester lagen. Alles in allem nichts Ungewöhnliches. Ersatzkleidung, Schokoriegel, Cola, ein Buch mit den Herrnhuter Losungen. Wenn sich in der Wohnung der Toten auch nichts mehr fand, konnte er den Fall abschließen, tragisch, aber auch nichts Außergewöhnliches.

Trotzdem war er nicht zufrieden. Ihn störte zum Beispiel, dass es keinen Abschiedsbrief gab. Das war untypisch. Und dann, die Frau war sehr religiös, nahm sich aber ohne weitere Vorwarnungen das Leben. Ausgerechnet an ihrem Arbeitsplatz, wo sie ihre Arbeit doch anscheinend sehr mochte. Ziegler sah sich den Schreibtisch im Schwesternzimmer noch einmal an. Er blätterte in der Zeitung, in der die Tote, laut Schwester Birgit, kurz vor ihrem Selbstmord gelesen hatte.

Der Club hatte mal wieder den Trainer entlassen. Die Thomas Sabo Ice Tigers hatten das fünfte Spiel in Folge verloren. Er blätterte weiter zum Lokalteil. Von der Brandserie im Landkreis Roth hatte Ziegler schon gehört. Es hatte da letzte Woche sogar eine Tote gegeben. Wahrscheinlich bearbeitete sein alter Bekannter Stefan Simpel den Fall. Das hätte ihn auch gereizt. Das war was anderes als diese Routinesachen, mit denen er hier in Nürnberg abgespeist wurde.

Dann stutzte er. In der Zeitung war ein Amulett abgebildet, das bei dem bislang unbekannten Brandopfer gefunden worden war. Die Polizei bat um Mithilfe. Und neben dem Bild …

Vielleicht war dieser Selbstmord doch kein Routinefall.

Ziegler griff zum Telefon. So wie es aussah, würden der Kollege Simpel und er noch ein weiteres Mal zusammenarbeiten.

***

Ziegler fuhr gar nicht erst zurück ins Nürnberger Präsidium. Er wollte gleich zu Simpel nach Schwabach, um sich ein Bild von dessen Fall zu machen. Irgendwo musste es da einen Zusammenhang geben. In Nürnberg würde ihn sowieso niemand vermissen. Er war bis jetzt nicht richtig warm geworden mit den Kollegen. Wahrscheinlich waren die verunsichert und wussten einfach nicht, wie sie mit ihm und seiner Geschichte umgehen sollten. Außerdem war er in drei Monaten wieder weg, dann begann die Profilerausbildung. Man übertrug ihm deshalb Routinefälle, die keiner machen wollte, wie diesen Selbstmord. Aber diesmal steckte vielleicht mehr dahinter. Er freute sich auf das Wiedersehen mit den Kollegen in Schwabach. Während seines Praktikums dort hatte er sich sehr wohlgefühlt. Und der kniffelige Fall mit der Goldleiche hatte ihn und Simpel zu Freunden gemacht. Auch wenn es anfangs mit dem jüngeren Kollegen nicht immer einfach gewesen war.

»Der Mike! Des is a Überraschung. Hast du nix zu tun in Nürnberg? Schee, dass du mal vorbeischaust.«

Horst Vogel begrüßte ihn auf seine gewohnt herzlich-raue Art. Tina Kaczmarek kam dazu und umarmte ihn.

»Mike Ziegler. Endlich mal wieder ein charmanter Mann hier in diesen Mauern!«

»Aber du bist doch hier nur von netten Männern umgeben.«, stellte Ziegler fest. »Oder hat sich das geändert? Da muss ich mal ein ernstes Wörtchen mit denen reden.«

Simpel kam dazu.

»Mike, schön, dass du da bist. Ich glaube, Tina meint nicht uns. Hoffe ich zumindest. Stimmt's, Tina?«

»Nein, euch meine ich nicht. Ihr seid schon in Ordnung … meistens.« Sie zupfte verlegen an ihrem Pullover herum. »Und der Manuel sowieso. Aber der da …« Sie deutete auf Hertles beziehungsweise Blumes Büro.

»Hertle?«, fragte Ziegler erstaunt. Tina schüttelte den Kopf. »Hertle muss sich wegen seiner Bandscheiben behandeln lassen, und der Stellvertreter … Ach was, vergiss es. Schön, dass du da bist. Wie geht es dir denn?«

Simpel unterbrach die Kollegen.

»Mike hat etwas entdeckt, das mit unserer unbekannten Toten zu tun haben könnte. Besprechen wir das, bevor Blümchen aus seinem Büro kommt und uns das Leben schwer macht.«

»Blümchen? Seltsamer Name«, lachte Ziegler.

Nachdem auch Küppers vom Pausenraum zurück war, berichtete Ziegler von dem Selbstmord im Südklinikum.

»Eigentlich eine klare Sache. Nichts weist darauf hin, dass es kein Selbstmord gewesen ist, auch wenn es ungewöhnlich spontan wirkt und ich bisher keinen Abschiedsbrief gefunden habe. Aber dafür habe ich etwas anderes. Laut Aussage einer Kollegin hat die Krankenschwester kurz vor ihrem Sprung vom Dach in dieser Zeitung gelesen.«

Ziegler holte die Tüte mit der entsprechenden Seite aus seiner Tasche und deutete auf den Artikel über die unbekannte Tote aus Eckerslohe. Daneben war groß das gefundene Amulett abgebildet. Quer über den Artikel hatte jemand handschriftlich »Mea culpa« geschrieben.

»Der verwendete Kugelschreiber lag neben der Zeitung«, berichtete Ziegler weiter, »und eine Krankenschwester hat die Handschrift der toten Kollegin wiedererkannt. Natürlich kann es sein, dass die arme Frau einfach psychisch krank war und das alles nichts zu bedeuten hat, aber ich denke, die Spur ist es wert, verfolgt zu werden. Was meint ihr?«

In diesem Moment kam von der Tür her eine schneidige, laute Stimme.

»Darf ich fragen, wer Sie sind und welche Spur meine Ermittler Ihrer Meinung nach unbedingt verfolgen sollten?«

Ziegler drehte sich um. Er streckte Sven Blume die Hand hin und sagte: »Hauptkommissar Ziegler von der Kripo Nürnberg, und Sie müssen Herr Blümchen sein.«

Vogel wieherte los und bekam gleich darauf einen Hustenanfall. Blume sah ihn böse an. Dann wandte er sich an Ziegler. »Mein Name ist Blume, B-L-U-M-E, und ich bin hier der Dienststellenleiter. Ich kann mich nicht daran erinnern, die Nürnberger Kollegen in diesem Fall um Hilfe gebeten zu haben.«

»Herr Blume«, begann Simpel, »Hauptkommissar Ziegler bearbeitet einen Fall, der möglicherweise mit unserem –«

»Herr Simpel, Sie sollten wissen, dass Sie so etwas zuerst mit mir besprechen müssen. Verschiedene Dienststellen können doch nicht so mir nichts dir nichts zusammenarbeiten, wie die einzelnen Kommissare gerade Lust darauf haben.«

Da stand Manuel Küppers auf. Blume wirkte neben ihm wie ein Zwerg.

»Aber Herr Blume, Sie haben mir doch gestern erst gesagt, dass Sie darauf setzen, dass wir jungen Kollegen die teamübergreifende Arbeit, in der Synergieeffekte optimal ausgereizt werden, gegen den Widerstand der älteren Kollegen vorantreiben müssen und dass nur so moderne Polizeiarbeit möglich ist.«

Vogel bekam schon wieder einen Hustenanfall, dabei war seine Erkältung eigentlich fast vorbei.

Blume hatte bei seiner Erwiderung ein wenig an Schneidigkeit eingebüßt. Noch dazu musste er seinen Kopf in den Nacken legen, denn Küppers machte keine Anstalten, sich wieder zu setzen.

»Ja, ähäm. Herr Küppers, das ist schon wahr, das waren meine Worte. Schön, dass Sie sich das so gut gemerkt haben. Aber es muss ja trotzdem alles seine Ordnung haben. Ich werde mich also gleich mal mit Nürnberg in Verbindung setzen, nicht dass es da Schwierigkeiten gibt. Und dann, Herr Simpel, berichten Sie erst einmal mir von den neuesten Entwicklungen.«

Damit rauschte er ab.

Tina umarmte Küppers. Der schaute etwas verdattert.

»Das hast du toll gemacht, Manuel«, wisperte Tina. »Das hätte ich dir gar nicht zugetraut.«

»Echt Manuel, dem hast es gebn. Des war ein guter linker Hakn. Subber!« Vogel boxte Manuel an die Schulter.

»Vor lauter Begeisterung sollten wir aber nicht unseren Fall vergessen«, sagte Simpel. »Blümchen, also Herr Blume – sorry, Mike, aber das konntest du ja nicht wissen – ist erst mal beschäftigt. Zeigen wir Mike die Tatortfotos und überlegen, wie wir weitermachen.«

Auf den Fotos konnte man nicht allzu viel erkennen. Die Feuerwehrler hatten fast alles zertrampelt. Ziegler sah sich jedes Foto genau an und legte es zurück auf den Stapel. Vogel schaute ihm dabei über die Schulter und nahm ihm dann eines aus der Hand. Er stand auf, holte aus seinem Schreibtisch eine Lupe und betrachtete das Bild genauer.

»Hast du was entdeckt, Horst?«, fragte Simpel.

»Ich weiß ned genau. Aber …«

»Herr Kollege« sagte Blume, der unerwartet in der Tür stand, »haben Sie schon mal was von digitaler Bildbearbeitung gehört? Vielleicht kann Ihnen einer der Jüngeren helfen, die entsprechende Datei aufzurufen und auf dem Bildschirm zu vergrößern.« Damit ging er weiter Richtung Toilette.

»Da habt ihr ja wirklich einen besonders Netten erwischt«, sagte Ziegler. »Was hat denn den gebissen?«

»Der Ehrgeiz vermutlich«, antwortete Simpel. »Der will sich hier ein paar Lorbeeren verdienen für die nächste Beförderungsrunde. Was hast du denn eigentlich entdeckt, Horst?«

»Nix«, sagte Vogel. Er ging zu seinem Platz und startete den PC.

»Komm, sei nicht beleidigt«, sagte Simpel. »Wenn dir mit deiner erfahrenen Polizistennase etwas komisch vorkommt, dann ist da bestimmt auch etwas dran.«

Vogel schüttelte den Kopf. »Schmeicheln hilft edz auch ned. Ich werd *euch Jüngere* scho rechtzeitig informiern, wenn ich etwas hab, ganz synergetisch. Keine Angst.« Er tippte wild auf der Tastatur herum.

»Aber …«, begann Simpel. Ziegler unterbrach ihn. »Lass ihn, der beruhigt sich schon wieder. Ich wäre auch stinksauer, wenn mich jemand so dumm anredet. Aber was anderes. Wir müssen uns unbedingt mal wieder treffen. Vielleicht morgen zum Frühstück bei mir? Mit Astrid zusammen. Ich meine, wenn ihr Lust habt. Ist ja Samstag, oder hat sie Dienst?«

»Hat sie, und ich muss mich weiterbilden. Blümchen hat uns alle für morgen zu einer gigantisch wichtigen Fortbildung verdonnert. Dienstpflicht für alle, auch für Horst, obwohl ich nicht weiß, was der da soll, bei dem halben Jahr, das er noch hat.«

Vogel sah von seinem PC auf und schnaubte: »*Gender-Mainstreaming*, des hab ich erst mal im Internet nachschaun müssn, was des überhaupt is. Verstandn hab ich es aber trotzdem ned.«

Ziegler schüttelte den Kopf. »Ich habe die letzten Wochen auch so einigen Müll über mich ergehen lassen müssen. Völlig unnötige Besprechungen, schwachsinnige Fortbildungen. Und für die eigentliche Arbeit fehlt dann die Zeit. Manchmal frage ich mich, warum ich eigentlich so versessen darauf bin, wieder in den Polizeidienst zu kommen. Es hat sich viel verändert in den letzten Jahren.«

»Da hast recht«, meinte Vogel. »Ich bin edz richtig froh, dass ich bald aufhör. Vor allem, weil ich glaub, es kommen immer mehr so Blümchen in die Chefetagen.«

Simpel steckte die Fotos zurück in die Akte. »Ich schicke dir alles über den Fall per E-Mail nach Nürnberg und halte dich weiter auf dem Laufenden. Wenn etwas davon deine Selbstmörderin betrifft, gib mir Bescheid. Das mit dem Frühstück holen wir auf jeden Fall nach.«

»Das machen wir. Grüß Astrid von mir. Ich sehe sie kaum mehr, dabei wohnen wir doch beide in Lauf. Früher sind wir uns öfter mal über den Weg gelaufen. Aber wahrscheinlich steckt sie jetzt immer bei meinem lieben Kollegen Simpel in Schwabach.«

»Leider nicht so oft, wie wir es gerne hätten. Der Dienstplan macht uns da meistens einen Strich durch die Rechnung. Und dann immer die Fahrerei Lauf-Schwabach. Du kennst das ja. Die reinste Autobahnkreuz-Rallye.«

»Zieht halt zusammen, dann fällt wenigstens das weg«, sagte Ziegler und holte einen Cohiba-Zigarillo aus seiner Jackentasche. »Ich schau beim Rausgehen noch bei Tina vorbei. Macht's gut!«

»Du auch«, sagte Simpel. Beim Aufräumen seines Schreibtisches hallten Zieglers Worte noch in ihm nach. »Zieht halt zusammen.« Das war ja auch sein Wunsch.

Blume kam von der Toilette zurück und sah dem Hauptkommissar nach. Er wandte sich an Tina.

»Ein komischer Kauz, dieser Ziegler. Ich habe mit Nürnberg telefoniert. Er war lange wegen psychischer Probleme außer Dienst. Die wussten zwar nicht, weshalb, aber meistens steckt bei psychischen Problemen Alkohol dahinter. So einen haben wir bei den Ermittlungen gerade noch gebraucht. Und wie der läuft? Der schwankt doch, oder? Wissen Sie mehr über diesen Ziegler, Frau Kaczmarek?«

Tina atmete ein paar Mal tief ein und aus. Atemtechnik zur Beruhigung. Das hatte sie in ihrer esoterischen Phase gelernt. Doch dann platzte es trotzdem aus ihr heraus.

»Ja, ich kenne Mike Ziegler, Herr Blume. Und der ist ein ganz feiner Mensch und ein hervorragender Polizist, der so manchen Höherrangigen locker in die Tasche steckt. Und jetzt erzähl ich Ihnen, warum er so *komisch* läuft und warum er so lange außer Dienst war. Er hat vor einigen Jahren einen Drogendealer auf der Autobahn verfolgt. Dabei hat der Dealer eine Massenkarambolage verursacht. Mitten in dem Fahrzeugknäuel hat Mike Ziegler dann einen blauen Twingo entdeckt. Es war das Auto seiner Freundin, die ein Kind von ihm erwartete. Als er über die Fahrbahn zu ihr laufen wollte, hat ihn ein Feuerwehrwagen erfasst. Und Mike Ziegler hat seine Freundin, sein Baby und sein Bein verloren. Und das alles an einem einzigen Tag. Deshalb läuft er etwas seltsam und deshalb hatte er psychische Probleme. So, Herr Blume, jetzt wissen Sie Bescheid, und ich mache jetzt Feierabend. Es ist schon nach fünf. Auf Wiedersehen.«

Tina war im Laufe ihrer Rede immer lauter geworden, und so hatten auch Küppers, Simpel und Vogel den Ausbruch durch die halb offen stehende Bürotür mitbekommen.

Blume räusperte sich. »In Ordnung, Frau Kaczmarek. Das konnte ich ja nicht wissen. Das ist natürlich bedauerlich, sehr bedauerlich. Trotzdem weiß ich nicht, ob so jemand … Nun gut, schönen Feierabend.«

Tina schloss die Tür, etwas heftiger, als es notwendig gewesen wäre. Küppers ging zu ihr und drückte sie kurz an sich. »Dem hast du's aber gegeben.«

Auch Vogel und Simpel hoben ihre Daumen, und so spielte ein Lächeln um Tina Kaczmareks Gesicht, als sie die Inspektion verließ.

***

»Nächster Punkt auf der Tagesordnung: die geplante Änderung des Erneuerbare-Energien-Gesetzes. Im Landesvorstand wollen sie eine Petition verabschieden. Ich teile sie euch mal aus.«

Martin Waldmüller gab die Papiere herum. Die Sitzung des Bauernverbandes fand bei ihm auf dem Hof statt. Eigentlich hatten sie sich dabei abwechseln wollen, als der

Gasthof zugemacht hatte. Aber irgendwie trafen sie sich dann doch immer bei den Waldmüllers. Den Ehefrauen der anderen war es recht, so mussten sie nicht für zehn Mannsbilder Essen und Trinken vorbereiten. Die beiden Waldmüllers, Senior und Junior, schätzten es ebenfalls, wenn die anderen bei ihnen in der Stube saßen. Da hatten sie als Gastgeber das Geschehen voll unter ihrer Kontrolle.

Waldmüller hielt ein Geheft hoch. »Wer nimmt es dem Peter mit? Hans? Danke.« Er wartete ein paar Minuten, dann unterbrach er die Lektüre seiner Kollegen. »Ich denke, ausführlich kann sich das jeder zu Hause durchlesen. Ich fasse es mal kurz für euch zusammen: Es geht darum, dass die Zuschüsse für Biogasanlagen weiter gekürzt werden sollen. Und dass es nicht sein kann, dass wir Bauern die EEG-Umlage zahlen und gleichzeitig gehindert werden, daran zu verdienen, während die industriellen Mittelstands- und Großbetriebe von der Umlage befreit werden. Einen Schweinestall heizen kostet genauso Strom wie das Galvanisieren von schicken Badarmaturen. Diese Reform ist ein weiterer Schlag ins Gesicht der Bauernschaft. Und dagegen werden wir kämpfen.«

Die Vorstandsmitglieder klopften Beifall. Waldmüller schaute zu seinem Vater, der als Ehrenvorsitzender jeder Sitzung beiwohnte. Der nickte. Waldmüller fuhr fort.

»Gut, dann werde ich das so nach München weitergeben.« Er legte die Papiere zur Seite. »Also eigentlich sind wir fertig. Hat noch jemand was?«

Johann Hörl, ein hagerer Mittvierziger, meldete sich. »Was mach mer edz eigentlich mit dem Gasthof?«

»Wir?«, fragte Waldmüller. »Was sollen wir damit?«

»Mir sin doch hier alle aa Middglieder im Gemeinderat. Und ich denk, dass mir als Gemeinde des Grundstück kaufn solldn. Sonst kommt die Sterz nu auf die Idee, do a richdigs Asylandnheim zu baua. Dann hamma blödzlich hunderd Neecher bei uns schdadd blouß zehn oder fuchzehn.«

Waldmüller hob abwehrend die Hände. »Also erstens sind das Afrikaner und keine Neger, du weißt, da muss man aufpassen heutzutage, und zweitens, was soll die Gemeinde mit dem Grund?«

»Gar nix. Ich will bloß, dass do kanne Asylandn hiekumma. Mir langd scho des Gesoggs vo der *Arche*.«

»Also jetzt mach mal langsam, Johann. Erst mal muss die Brandstiftung aufgeklärt werden, vorher passiert mit dem Grund sowieso nichts. Und dann …«

»Und dann wartn mir die Wahl ab, und wenn du Landrat bisd, is dir des eh wurschd«, sagte Hörl. »Ich sags immer widder, wenn ma sich auf euch Bollidiger verlässd, dann is ma verlassn. Besser, ma nimmt die Sach selber in die Hand.«

Waldmüller konnte darauf nicht gleich antworten, denn die Tür zur Bauernstube öffnete sich. Karin Waldmüller, die Altbäuerin, schaute ins Zimmer.

»Seids ihr endlich fertig? Die Blauen Zipfel sind so weit.«

»Glei, Mutter. A weng no«, sagte Waldmüller.

»Da schau an«, spottete Hörl, »der Herr Landrat kann ja doch noch Fränggisch. Ich hab scho gmaand, des hast verlernt in der großn Bollidigg.« Johann Hörl lachte, und die anderen stimmten ein. Nur der Altbauer saß schweigend da.

»Ach wisst ihr«, verteidigte sich Waldmüller, »wenn man mit den Leuten in München redet, darf man nicht so …« Er stockte.

»… nicht so bäuerisch daherkomma«, brachte Hörl den Satz zu Ende. »Sag's doch glei, Martin. Aber vielleicht bräucherten wir mal an, der bäuerisch daherkommt, an, der red, wie ihm der Schnabl gwachsn is. Dem unsere Inderessen wichdicher sin als sei eigne Karrier.«

Waldmüller wechselte einen Blick mit seinem Vater. Dessen Miene blieb ausdruckslos.

»Des meinst du aber jetzt ned ernst, Johann«, sagte Waldmüller. »Willst du vielleicht sagn, dass ich ned alles für euch tu?«

Hörl verzog das Gesicht, vermied es aber, den Vorsitzenden anzusehen. »Des ned, aber es könnt scho mehr bassiern. Du hast es ja leichd. Ihr habt damals mit dem Kanal euer Geld gmachd. Wir einfachn Bauern hams da viel schwerer. Wir müssn unser Geld hart verdienen.«

Da richtete sich Adolf Waldmüller auf, und augenblicklich sahen ihn alle an.

»Normalerweise mische ich mich nicht ein, bei euren Sitzungen, obwohl ich als Ehrenvorsitzender stimmberechtigt bin. Ihr macht das alles schon recht vernünftig. Habe ich jedenfalls bisher gedacht.« Er ließ seinen Blick durch die Runde schweifen und sah jedem kurz in die Augen, auch Johann Hörl. »Aber wenn ihr ausgerechnet jetzt, wo mein Ziel so nah ist, anfangt querzuschießen, muss ich mich zum ersten Mal ernsthaft einmischen. So kurz vor der Wahl macht ihr mir nicht kaputt, was ich dreißig Jahre lang aufgebaut habe. Auf jedes Parteitreffen habe ich den Martin mitgeschleppt, seit er 18 ist. Und nicht nur auf die offiziellen. Die letzten Jahre habe ich den Hof fast allein geführt mit den zwei Frauen, weil er dauernd unterwegs war. Und zwar nicht für mich oder für ihn selber, sondern für euch. Wer hat es denn geschafft, dass die Bannwaldverordnung entschärft wurde? Und wer hat das neue Gewerbegebiet initiiert? Dadurch haben einige von euch ihre Äcker geradezu vergoldet.« Er sah Hörl direkt an. »Und zu dir, Johann.

Wenn dein Vater so dumm war, sein Land ein Jahr zu früh für einen Apfel und ein Ei zu verkaufen, dann ist das allein seine Schuld. Andere waren eben schlauer als er.« Der Altbauer verengte seine Augen zu Schlitzen. »Und wer in Zukunft auch nur ein Wort gegen den Martin sagt oder irgendeinen Zweifel äußert, dass er der beste Landrat sein wird, den wir hier je hatten, der wird mich kennenlernen. Und zwar richtig.«

»So, gnuch mit der Politik. Edz wird gessn.«

Die Altbäuerin hatte die Tür aufgestoßen und kam mit einem dampfenden Topf in die Stube. Alle atmeten tief durch. Und als hinter ihr Helen Waldmüller mit einigen Seidla Bier kam, wich die betroffene Stille endgültig einem lauten Zuprosten. Doch ganz so fröhlich wie sonst beim Bratwurstessen nach der Sitzung war die Stimmung nicht.

»Was war denn los?«, fragte Helen Waldmüller, als alle gegangen waren und sie die Teller abräumte. »Die waren so still. Und der Johann hat sein Bier fast nicht angerührt.«

Martin Waldmüller wollte gerade zu einer Erklärung ansetzen, als ihn sein Vater unterbrach. »Männersachen, geht euch nichts an.«

Helen Waldmüller schluckte, wurde aber von der Altbäuerin mit einem Stapel Teller beladen und in Richtung Küche geschoben.

Martin Waldmüller schloss hinter den beiden die Tür.

»Ich such mir mal den Ordner mit den Pachtverträgen raus. Soweit ich mich erinnere, haben die Hörls schon ewig einige Äcker von uns, ich glaub, hinten bei Schwand. Und die Pacht haben wir schon Jahre nicht mehr erhöht.«

Adolf Waldmüller nickte. »Manchmal hast ja sogar du gute Ideen. Normalerweise muss ich dich immer mit der

Nase drauf stoßen. Vielleicht wird doch noch was aus dir. Zeit wär's ja.«

Mit zusammengebissenen Zähnen verließ Martin Waldmüller den Raum.

***

Simpel schaute auf die Uhr. Seit fast einer Stunde saß er in dem griechischen Restaurant am Schwabacher Marktplatz und wartete auf Astrid. Sie hatte ihn vor einer dreiviertel Stunde angerufen, weil sie auf der Autobahn im Stau steckte. Nach dem Dienst war sie nach Lauf in ihre Wohnung gefahren, um sich umzuziehen. Und dann war sie auf der A9 in den Wochenendverkehr geraten.

Simpel wollte heute mal vorfühlen, was Astrid von einer gemeinsamen Wohnung hielt. Er dachte ja schon länger darüber nach, und Zieglers Bemerkung gestern hatte ihn bestärkt. Hoffentlich sah Astrid das genauso. Sie war eine unabhängige Frau, und er wollte sie nicht verschrecken. Außerdem war sie doch einige Jahre jünger als er und wollte sich vielleicht nicht gleich so fest binden. Er holte sein Blackberry aus der Jackentasche und schaute bei *Immowelt* nach. Konnte ja nicht schaden, sich mal zu informieren. Wie groß musste die Wohnung denn sein? Drei Zimmer waren sicher genug. Astrids jetzige Wohnung war winzig, und auch Simpel hatte nur zwei Zimmer. Sein Umzug von Regensburg nach Schwabach war erst zwei Jahre her, und er erinnerte sich mit Grausen an das Theater mit dem Fliesenleger. Aber egal, das würden sie schon hinkriegen. Mit Astrid lief es einfach super, und er wollte mit ihr zusammenbleiben. Doch wie dachte sie darüber?

Der Kellner kam und hinter ihm Astrid. Simpel steckte schnell das Blackberry weg.

Astrid gab ihm einen Kuss. »Stefan, es tut mir leid, aber diese elende Autobahn war total verstopft.« Sie ließ sich auf den Stuhl fallen und bestellte einen Tee.

»Trinkst du keinen Wein?«, fragte Simpel und bot ihr sein Glas an.

»Nein, danke. Ich brauche was Warmes, ein Tee ist da jetzt gerade richtig. Wie war deine Fortbildung?«

Simpel schüttelte den Kopf. »Gender-Mainstreaming! Alles, was man mit gesundem Menschenverstand eigentlich wissen sollte, verpackt in tolle neue Wortschöpfungen und natürlich mit Powerpoint präsentiert. Anschließend mussten wir einen vierseitigen Evaluationsbogen ausfüllen. Dabei hätte ich dringend meine Winterreifen montieren müssen. Das wäre dreimal sinnvoller gewesen.«

Der Kellner kam mit dem Tee, und Simpel bestellte eine gemischte Vorspeisenplatte mit zwei Tellern.

»Ich soll dich übrigens von Mike Ziegler grüßen«, sagte Simpel. »Wir arbeiten eventuell wieder zusammen.«

Er erzählte von Zieglers Besuch in der Inspektion und von Blumes abfälligen Äußerungen.

»Das gibt es ja nicht!«, sagte Astrid. »Der Typ redet die ganze Zeit von Teambildung, schickt euch zu diesem Gender-Zeug und benimmt sich selbst, als hätte er keine, aber auch wirklich gar keine Erziehung genossen. Wie hat Mike denn darauf reagiert?«

»Gar nicht, er war zum Glück schon weg und hat es nicht mitbekommen. Aber du hättest unsere Tina erleben sollen. Die hat sich mindestens genauso aufgeregt wie du jetzt, und sie hat kein Blatt vor den Mund genommen. Blümchen ist kleinlaut abgezogen. Aber ändern wird der sich trotzdem nicht, wir können nur hoffen, dass Hertle bald wieder da ist. Ich freue mich aber, wenn ich Mike jetzt wieder öfter sehe. Wahrscheinlich werden wir uns zwar nach kürzester Zeit wieder grässlich auf die Nerven gehen, aber trotzdem … Er hat mich gefragt, ob wir mal zu ihm zum Essen kommen, und er hat sehr bedauert, dass er dich in Lauf kaum mehr sieht. Außerdem meinte er, wir beide sollten zusammenziehen, dann wäre alles viel einfacher für uns. Ohne Autobahn und Stau.«

Simpel drehte verlegen an seinem Weinglas herum. Astrid studierte die Speisekarte und schien seine letzte Bemerkung nicht gehört zu haben. Bevor Simpel nachfragen konnte, kam der Kellner mit dem Vorspeisenteller.

Sie aßen eine Weile schweigend. Simpel fehlte der Mut, das Thema Wohnung noch einmal anzusprechen. Doch auch Astrid schien etwas zu beschäftigen.

»Weißt du, wer mich heute angerufen hat?«, sagte sie, nachdem der Kellner die leeren Teller abgeräumt hatte.

»Nein, wer denn?«

»Selma.«

Nun, das war eigentlich nichts Ungewöhnliches. Selma und Astrid kannten sich schon seit ihrer Kindheit, und Simpel war mit Astrid auf ihrer Hochzeit gewesen. Die erste türkische Hochzeit seines Lebens, und danach die erste gemeinsame Nacht mit Astrid.

»Stell dir vor«, sagte Astrid. »Selma ist schwanger. Sie und Hakan bekommen ein Kind.«

»Ach«, mehr sagte Simpel nicht.

»Ja, ich kann es gar nicht glauben. Wir Mädchen haben doch gerade noch mit Barbies gespielt, und jetzt wird die erste meiner Freundinnen Mutter.«

»Findest du es denn schlimm?«, fragte Simpel.

»Nein, natürlich nicht. Ich finde es toll. Ein Baby ist klasse. Aber ich habe einfach nicht damit gerechnet, dass es so schnell geht.«

»Aber warum denn nicht«, hörte sich Simpel sagen. »Über manche Dinge sollte man vielleicht nicht erst lange nachdenken, sondern sie einfach auf sich zukommen lassen.«

Astrid sah Simpel erstaunt an.

»Sag mal, wer bist du denn? Und was hast du mit Stefan gemacht? Das bist doch nicht du, der das gerade gesagt hat, Oberkommissar Simpel? Du, der nichts mehr hasst als Überraschungen. Ich glaub's ja nicht.«

Simpel wurde ein bisschen rot und trank einen großen Schluck Wein.

***

»Hallo! Ist da jemand? Frau Schneider-Brüskopp, sind Sie da?« Ziegler klopfte an die offen stehende Tür. Er war diesen Montagmorgen mit der Mutter der toten Krankenschwester verabredet. Vielleicht fand er in der Wohnung von Ute Schneider einen Hinweis, der diesen seltsamen Selbstmord erklärte.

Niemand antwortete. Ziegler trat trotzdem ein. Gleich nach einem winzigen Flur stand er im Wohnzimmer der kleinen, einfach eingerichteten Wohnung. An einem Tisch vor dem Fenster saß eine alte Frau und starrte auf ein Foto.

»Frau Schneider-Brüskopp«, sagte Ziegler noch einmal, leise, um sie nicht zu erschrecken.

Die Frau hob langsam den Blick und sah Ziegler an.

»Ich bin Hauptkommissar Ziegler, wir haben miteinander telefoniert.«

Sie wischte sich kurz über die Augen und stand schwerfällig auf.

»Ja, Herr Ziegler.« Sie gab ihm die Hand. »Es genügt, wenn Sie Frau Schneider sagen. Entschuldigen Sie, aber ich habe das am Telefon nicht richtig verstanden. Was hat die Kriminalpolizei mit dem Tod meiner Tochter zu tun. Es war doch Selbstmord.« Den letzten Satz hatte die alte Frau fast geflüstert. Die Mutter von Ute Schneider war klein und hager. Ziegler schätzte sie auf Ende siebzig. Sie trug einen schwarzen Rock und einen schwarzen Pullover. Ihr Rücken war gebeugt und ihre Hände von Gicht verkrümmt.

»Bei einem Selbstmord werden wir immer hinzugezogen, Frau Schneider, das ist Routine.«

Frau Schneider nickte und setzte sich wieder auf den Schreibtischstuhl.

»Darf ich fragen, ob Sie einen Abschiedsbrief gefunden haben?«, fragte Ziegler.

Die Frau schüttelte den Kopf. »Nein, bis jetzt nicht. Wissen Sie, ich verstehe das alles überhaupt nicht. Meine Tochter war sehr religiös. Ich weiß gar nicht, wie das bei ihr so kam, unsere Familie hatte mit Religion nie was zu tun. Aber Ute war irgendwann so geworden und …« Die alte Frau wischte mit einem Taschentuch über ihre Augen. »Da ist Selbstmord doch eine große Sünde. Und deshalb verstehe ich das alles nicht.« Sie sah Ziegler an, als erwartete sie, dass er ihr das jetzt erklären würde.

Der kam sich hilflos vor. Was sollte er ihr sagen? Womit hätte er sie trösten können? Früher hatte er damit weniger Probleme gehabt. Aber seit er selbst wusste, wie sich der Verlust eines geliebten Menschen anfühlte, war er dünnhäutig geworden. Das war nicht gut in seinem Beruf, das wusste er. Er tastete nach den Zigarillos in seiner Jackentasche. Er hätte sich jetzt gerne einen angesteckt. Dann holte er sich einen Stuhl aus der kleinen Küche und setzte sich neben Frau Schneider.

»Kam Ihnen Ihre Tochter denn in letzter Zeit irgendwie verändert vor? Hat sie Ihnen etwas erzählt, hat sie etwas bedrückt?«

Die alte Frau seufzte und fuhr sich mit dem Taschentuch noch mal über die Augen.

»Ute und ich hatten kein besonders enges Verhältnis. Ich lebe schon sehr lange in Köln, seit ich mit meinem zweiten Mann da hingezogen bin. Ute ist damals nicht mitgekommen, sie hatte gerade mit der Ausbildung angefangen, und außerdem hat sie sich nicht so gut verstanden mit Erwin. So hieß mein zweiter Mann. Der war ein richtiger Rheinländer, immer gut gelaunt und immer einen Witz auf Lager. Ute war zu der Zeit genau das Gegenteil, sehr verschlossen und still. Vielleicht hat ihr die Ausbildung zu schaffen gemacht. Krankenschwester ist ja kein einfacher Beruf. Sie hat im Schwesternwohnheim gelebt, schließlich war sie schon fast volljährig. Dann hat sie plötzlich diesen religiösen Fimmel bekommen und war nur noch mit irgendwelchen kirchlichen Gruppen unterwegs. Wir haben uns immer seltener gesehen. Es gab Jahre, da haben wir nur an Weihnachten und den Geburtstagen telefoniert. Als ich meinen dritten Mann geheiratet habe, war sie nicht einmal bei der Hochzeit, und auf seiner Beerdigung auch nicht. Sie musste arbeiten und konnte sich nicht freinehmen. Das hat sie jedenfalls gesagt.«

Die alte Frau schwieg eine Weile, Ziegler wartete.

»Aber vor vier Monaten ungefähr«, fuhr Frau Schneider fort, »hat Ute angefangen, mich wieder häufiger anzurufen, und sie wollte mich dieses Weihnachten sogar besuchen. Und jetzt … hat sie sich umgebracht.«

Sie schüttelte den Kopf. Ziegler drückte kurz ihre Hand, die verkrampft auf der Lehne des Stuhls lag.

»Frau Schneider, darf ich mich in der Wohnung ein wenig umsehen?«

»Ja, schauen Sie sich ruhig um. Ich mache mir Kaffee, wenn ich einen in der Küche finde.« Frau Schneider stand langsam auf. »Stellen Sie sich vor, Herr Kommissar, ich weiß nicht mal, ob meine Tochter Kaffee oder lieber Tee getrunken hat … schrecklich.«

Sie ging in die Küche, und Ziegler sah sich um. Die Wohnung war spartanisch eingerichtet, und außer einem Bild von Pater Anselm Grün und einem Wandkalender mit Kirchenfenstern waren die Wände kahl. Das Bücherregal enthielt ausschließlich medizinische Fachliteratur und religiöse Bücher. Im Schlafzimmer standen ein Schrank und ein schmales Bett.

Ziegler setzte sich an den Tisch im Wohnzimmer, an dem vorher die Mutter der Toten gesessen hatte. Das Foto, das Frau Schneider vorhin in den Händen gehalten hatte, zeigte ihre Tochter im Klinikum, mit einem Strauß Blumen in der Hand. Auf der Rückseite stand: *Zum 25-jährigen Jubiläum 2011.*

Ziegler blätterte einen Ordner mit Rechnungen durch und überflog die Kontoauszüge. In einer Schachtel fand er Weihnachts- und Geburtstagskarten und ein paar Briefe. Einige waren von der Mutter der Toten, teilweise Jahrzehnte alt, zwei waren von einem Mann, stammten aber ebenfalls aus den Neunzigerjahren. Ganz unten in der Schachtel lag ein Umschlag, der noch nicht vergilbt war, mit ausländischen Briefmarken. Ziegler holte seine Lesebrille aus der Tasche seiner Lederjacke und sah sich den Brief genauer an. Die Briefmarken stammten aus Italien. Ziegler wollte den Brief gerade aus dem Umschlag nehmen, als er Frau Schneider in der Küche aufschluchzen hörte. Er warf den Brief zurück in die Schachtel und ging zu ihr.

Frau Schneider stand neben dem geöffneten Küchenschrank und starrte auf ein Blatt Papier, das sie in der Hand hielt. Sie drehte sich zu Ziegler um und hielt es ihm hin. Dann schwankte sie, und Ziegler musste sie festhalten, damit sie nicht stürzte. Das Blatt fiel zu Boden. Er führte sie ins Wohnzimmer, wo sie sich auf das Sofa fallen ließ. Ziegler holte ein Glas Wasser, und nach ein paar Minuten schien sich die alte Frau etwas beruhigt zu haben. »Haben Sie es gelesen? Ich habe es neben den Tassen gefunden«, fragte sie Ziegler. Der schüttelte den Kopf, hob das Blatt vom Küchenboden auf und las. Danach legte er es auf den Beistelltisch neben dem Sofa.

»Und das hat sie mir nicht erzählt. Mir, ihrer Mutter.« Frau Schneider fing wieder an zu weinen. »Sie hatte Bauchspeicheldrüsenkrebs, unheilbar. Deshalb hat sie sich umgebracht.«

Ziegler blieb noch eine Weile bei ihr sitzen, bis er sicher war, dass sie sich erholt hatte. Er hatte sich offensichtlich getäuscht, und der Tod von Ute Schneider hatte nichts mit der Leiche in dem Gasthaus zu tun. Die Krankenschwester neigte vermutlich zu Depressionen und hatte Krebs im fortgeschrittenen Stadium. Es handelte sich also um einen normalen Selbstmord.

Was für ein zynischer Beruf, dachte Ziegler, als er die Wohnung und die alte Frau verließ. Ein *normaler* Selbstmord.

***

»Also war es doch ein normaler Selbstmord«, sagte auch Simpel am nächsten Morgen. »Eine unheilbar Kranke hat sich das Leben genommen. Schließlich war sie vom Fach und wusste, welche Quälerei auf sie zukam.«

Die beiden Kommissare befanden sich auf dem Weg nach Erlangen zur Gerichtsmedizin. Auch wenn Zieglers Fall geklärt schien, wollte er die Obduktion abwarten, bevor er ihn endgültig abschloss. Außerdem hatte er noch immer das Gefühl, dass mehr dahintersteckte, auch wenn es dafür eigentlich keinen vernünftigen Grund gab.

»Was mich am meisten stört, ist der fehlende Abschiedsbrief. Jemand, der so religiös war, kämpft doch lange mit sich, bevor er so eine Tat begeht. Das will man doch mitteilen und sich rechtfertigen. Außerdem ist da noch dieses *Mea culpa*.«

»*Mea culpa – meine Schuld.* Ist schon irgendwie merkwürdig. Das sagt man doch bei der Beichte, oder?«

»Genau, und wenn Ute Schneider mit ihrem Freitod eine Schuld tilgen wollte, würde ich gerne wissen, welche.«

»Schon richtig, aber wenn es keine anderen Anhaltspunkte gibt, würde ich den Fall abschließen. Die Frau war schließlich todkrank.«

»Du vielleicht, aber ich nicht. Ich …«

Ziegler unterbrach sich. Das hatte schärfer geklungen als beabsichtigt.

»Entschuldige«, sagte er. »Du hast ja recht. Lass uns sehen, was Dr. Pfeiffer herausgefunden hat.«

»Die ist ja zum Glück schnell wieder gesund geworden. Halb Franken scheint im Moment erkältet im Bett zu liegen. Ich habe schon befürchtet, das wird vor Weihnachten nichts mehr mit der Obduktion.«

Simpel verpasste die Einfahrt zur Gerichtsmedizin und irrte mehr als eine Viertelstunde im Erlanger Einbahnstraßenlabyrinth umher. Trotzdem waren sie zu früh dran, sodass Ziegler noch einen Zigarillo rauchen konnte. Simpel ging schnell noch einmal auf die Toilette. Ziegler musste grinsen. Das letzte Mal hatte Simpel die Toilette erst nach der Obduktion aufsuchen müssen.

Dr. Pfeiffer begrüßte die beiden auf ihre spezielle Art. »Müssen Sie bei der Polizei jetzt schon Fahrgemeinschaften bilden, um Geld zu sparen, oder warum kommen Sie gleich gemeinsam?«

Sie trug einen weißen Kittel und sah fast aus wie eine richtige Ärztin, wäre da nicht das leuchtend orange Piratentuch gewesen, das sie statt einer OP-Haube trug.

»Nein, so weit sind wir noch nicht«, sagte Simpel. »Aber es besteht die Möglichkeit, dass unsere beiden Fälle irgendwie zusammenhängen.«

Dr. Pfeiffer blickte von einem zum anderen. »Eine todkranke Krankenschwester und eine Italienerin, der man den Schädel eingeschlagen hat? Was soll es denn da für einen Zusammenhang geben?«

»Wie? Schädel eingeschlagen? Italienerin?«, fragte Simpel.

»Langsam, langsam«, sagte Dr. Pfeiffer. »Mit was soll ich anfangen?«

»Mit der Italienerin«, sagten Simpel und Ziegler gleichzeitig.

»Gut, ist ja auch der interessantere Fall.«

Dr. Pfeiffer nahm eine Akte vom Schreibtisch und ging mit den beiden Polizisten in den Obduktionssaal. Ziegler bemerkte, dass Simpels Gesichtsfarbe deutlich blasser wurde. Zum Glück waren alle Tische leer. Dr. Pfeiffer ging zu einer Kühlschublade und zog sie heraus. Sofort erfüllte intensiver Brandgeruch den Raum. Simpel holte eine Salbe aus der Hosentasche und strich sie sich unter die Nase.

»Ich sehe, Sie sind diesmal vorbereitet«, lachte Dr. Pfeiffer. »Haben Sie das bei *Schweigen der Lämmer* gesehen? Nützt aber nur solange etwas, bis man die Leichen aufschneidet.«

Simpel riss die Augen auf.

»Keine Angst«, sagte Dr. Pfeiffer. »Mit der Obduktion sind wir fertig. Ich will nur, dass Sie sich das hier anschauen.«

Sie nahm die Leiche und drehte sie auf die Seite. Das quietschende Geräusch dabei jagte selbst dem abgebrühten Ziegler eine Gänsehaut über den Rücken. Der Leichengeruch verstärkte sich, und auch er hätte jetzt gerne eine Portion von Simpels Salbe gehabt. Obwohl die nicht viel zu helfen schien, denn das Gesicht seines Kollegen begann, eine grünliche Färbung anzunehmen.

»Sehen Sie hier.« Dr. Pfeiffer deutete auf eine Stelle am Hinterkopf der Toten. »Eindeutig eine Verletzung durch einen stumpfen Gegenstand.«

»Vielleicht ein Dachbalken?«, fragte Simpel. »Schließlich ist das Haus über ihr zusammengestürzt.«

»Habe ich zuerst auch vermutet«, sagte Pfeiffer. »Dann habe ich mir die Fotos vom Tatort angesehen und dort nichts entdeckt, was zur Wunde gepasst hätte. Deshalb habe ich ein 3-D-Röntgenbild gemacht und es durch den Computer gejagt. Und der hat was gefunden.«

Sie schloss die Schublade wieder. Sowohl Simpel als auch Ziegler atmeten auf. Dr. Pfeiffer ging zum Schreibtisch und tippte auf ihrem Computer herum.

»Da ist es!«, sagte sie und deutete auf den Bildschirm.

»Ein Hammer«, stellte Ziegler fest.

»Ein Zimmermannshammer«, verbesserte Simpel. »Sind Sie sicher?«

»So sicher man sein kann. Die stumpfe Seite eines handelsüblichen Zimmermannshammers passt exakt zur Schädelwunde Ihrer Toten. Und das ist nicht beim Einsturz des Daches passiert. Da hat jemand mit ziemlicher Wucht zugeschlagen.«

Ziegler war fast ein wenig neidisch auf den Kollegen Simpel. Der hatte einen richtigen Mord zu untersuchen.

»Sie sagten vorhin, die Tote wäre Italienerin«, sagte Simpel.

»Ja.« Dr. Pfeiffer blätterte in der Akte. »Das hat die Isotopenanalyse ergeben. Sie muss ihr ganzes Leben in Norditalien verbracht haben, eher im Trentino als in Südtirol oder Venetien. Genauer kann ich das nicht sagen. Die Vergleichsdaten von dort sind nicht so präzise wie bei uns.«

»Präzise genug, dass wir bei den italienischen Kollegen nachfragen können, ob dort eine Vermisstenmeldung auf unsere Tote passt.«

»Sie hat übrigens mindestens ein Kind geboren, hatte also Familie. Es müsste sie jemand vermissen. Suchen Sie nach einer 1,68 Meter großen Frau, Anfang fünfzig, etwa sechzig Kilo schwer, mit dunkelbraunem Haar. Sie hatte Arthrose an beiden Knien und war am Blinddarm operiert. Als Kind hat sie sich zweimal den rechten Arm gebrochen. Das Gebiss war nicht das Beste. Sie hatte eine Teilprothese unten links und Füllungen in fast allen Backenzähnen. Das genaue Zahnschema liegt dem Obduktionsbericht bei. Ich denke, damit müssten die Italiener etwas anfangen können.«

»Bestimmt. Danke, Dr. Pfeiffer«, sagte Simpel.

Ziegler fiel plötzlich etwas ein. »Gibt es Hinweise darauf, dass die Tote in medizinischer Behandlung war? In einem Krankenhaus vielleicht?«

Dr. Pfeiffer blätterte wieder in der Akte. »Der toxikologische Befund zeigt nichts Auffälliges. Sie hat Ibuprofen genommen, vermutlich wegen ihrer Arthrose. Aber das ist frei verkäuflich, da hätte sie nicht mal zum Hausarzt gehen müssen.«

Also keine Verbindung zu seiner Krankenschwester. Ziegler war enttäuscht.

Dr. Pfeiffer hatte noch eine letzte Überraschung für die beiden. »Etwas noch. Ich habe Rauch in der Lunge des Opfers gefunden. Das heißt …«

»Sie hat noch gelebt, als sie verbrannte«, ergänzte Simpel.

Dr. Pfeiffer nickte.

Die Rückfahrt verlief weitgehend schweigend. Ziegler hatte über Ute Schneider nichts Neues erfahren. Jedenfalls nichts, womit man einen Zusammenhang zur Brandtoten herstellen konnte. Eine Nürnbergerin und eine Trentinerin – außer dass sie im gleichen Alter waren, hatten die beiden nichts gemeinsam.

Doch plötzlich schlug er sich mit der Hand vor die Stirn. »Der Brief!«, rief er.

Simpel hätte fast das Lenkrad verrissen. »Musst du mich so erschrecken? Was für ein Brief?«

»Der Umschlag mit den italienischen Briefmarken. Den habe ich in der Wohnung der Krankenschwester gefunden.«

»Und, was steht drin?«

»Das weiß ich nicht. Gerade als ich ihn öffnen wollte, hat die Mutter der Toten den Bericht des Arztes über die Krebserkrankung gefunden. Und dann habe ich nicht mehr daran gedacht. So ein Mist!«

»Dann ruf die Mutter an, dass du noch mal in die Wohnung musst. Vielleicht ist der Brief ja noch da.«

Ziegler zückte sein Handy. Teilnehmer nicht erreichbar. Verdammt! Warum hatte er die Wohnung nicht weiter durchsucht? So ein Fehler wäre ihm früher nicht passiert.

***

Der Wind war eisig, er zog die Kapuze noch tiefer ins Gesicht. Aber wenigstens regnete es nicht, wie noch heute Morgen. Er tastete die Taschen seines Parkas ab. Die Esbitwürfel und das Zippo waren da. Mehr brauchte er nicht.

Da lag sie auch schon, die alte Scheune. Mitten im Wald zwar, aber bei der Kälte bestand keine Gefahr, dass die Bäume Feuer fingen. Dafür wird die Hitze nicht ausreichen. Das Laub am Boden wird ordentlich qualmen, mehr auch nicht.

Er drehte noch eine Runde um die kleine Lichtung. Fehlte gerade noch, dass ausgerechnet heute Nacht einer der Jägerstände besetzt war. Aber alles war ruhig. Weiter hinten konnte man durch die Bäume die Lichter des nächsten Dorfes sehen. Saßen wahrscheinlich alle beim Fernsehen. Gut. Irgendjemand wird den Brand bemerken und die Feuerwehr alarmieren. Doch die Scheune werden die nicht mehr retten können. Ein wohliger Schauer lief ihm über den Rücken. Er bekam eine Erektion, wie immer vor diesem Moment. Schnell noch einen Blick hineinwerfen. Er schob ein loses Brett auf die Seite und riskierte sogar, mit der Taschenlampe hineinzuleuchten. Nur ein alter Traktor, ein verrosteter Heuwender und eine Egge. Kein Mensch. Nicht, dass jemand zu Schaden kam. Nach dem Gasthofbrand hatte er eigentlich beschlossen, damit aufzuhören. Aber jetzt waren fast drei Wochen vergangen, und er hielt es einfach nicht mehr aus. War ja nicht seine Schuld gewesen.

Er nahm einen Esbitwürfel in die Hand und wollte ihn anzünden. Der Wind blies mehrmals das Feuerzeug aus, aber schließlich gelang es ihm. Fasziniert starrte er in die bläuliche Flamme. Erst als er schon den Schmerz in den Fingern spürte, warf er den Würfel hinein. Das trockene Heu fing sofort Feuer. Die Hitze breitete sich aus, und er spürte den warmen Luftstrom durch die Lücke. Er zog seinen Penis heraus und begann zu onanieren. Das war immer der gefährlichste Augenblick. Wenn jetzt jemand kam, war er geliefert. Aber eben diese Furcht steigerte seine Erregung noch. Mit einem unterdrückten Stöhnen kam er zum Höhepunkt. Schnell blickte er sich um. Niemand zu sehen. Er vergewisserte sich, dass er alles wieder eingesteckt hatte. Um das Zippo wäre es echt schade gewesen. Das hatte ihm damals Tommie geschenkt. Er starrte kurz ins Leere. Dann schlug er sich in die Büsche. Sein Auto hatte er ein ganzes Stück entfernt geparkt. Bei dem Wetter hätten ihn Reifenspuren in der Nähe des Brandes verraten können. Er steckte die kalten Hände in die Taschen und drehte sich noch einmal um. Die Flammen schlugen jetzt schon aus dem Dach der Scheune. Im Dorf bellte ein Hund. Nicht mehr lange, und jemand würde nachsehen und Alarm schlagen. Den Rest des Weges pfiff er leise vor sich hin. Heute war ein guter Tag.

***

Als Ziegler am Mittwochmorgen ins Nürnberger Präsidium kam, versuchte er wieder, die Mutter von Ute Schneider anzurufen. Am Abend hatte er es noch ein paar Mal probiert, aber er hatte sie nie erreicht. Diesmal ging Frau Schneider beim zweiten Klingeln ran. Allerdings saß sie bereits im Zug zurück nach Köln. In zwei Wochen war die Urnenbeisetzung, da würde sie noch einmal nach Nürnberg kommen. Ziegler fragte nach dem Wohnungsschlüssel.

»Den hat der Hausmeister«, sagte Frau Schneider. »Aber die Wohnung ist schon leer. Ich habe eine Firma damit beauftragt, die mir der Hausmeister empfohlen hat. Die haben das gestern gleich erledigt. Es war ja nicht viel wegzuschaffen. Ich habe nur ein paar Fotos mitgenommen und die wichtigen Papiere natürlich.«

Ziegler fragte nach dem Brief.

»Der ist mir nicht aufgefallen. Ich habe nur mitgenommen, was irgendwie amtlich aussah. Die ganze Werbepost und die alten Rechnungen habe ich dagelassen. Bestimmt ist der Brief dort mit hineingerutscht.«

Frau Schneider versprach Ziegler, noch einmal in den Unterlagen nachzusehen, wenn sie zu Hause angekommen war.

Ziegler legte auf. Verdammt! Aber mit etwas Glück lag der Brief noch im Altpapiercontainer.

Ziegler rief den Hausmeister der Wohnanlage an. Hoffentlich waren die Behälter noch nicht geleert worden. Wieder ärgerte er sich darüber, dass er sich den Brief nicht schon beim ersten Mal genauer angeschaut hatte.

Aber vielleicht war doch alles nur ein Zufall und hatte nichts mit der toten Italienerin zu tun. Andererseits hatte Ute Schneider, nach Auskunft ihrer Kolleginnen, ein sehr einfaches und auch recht einsames Leben geführt. Ohne viele Freunde und ohne große Urlaubsreisen. Welche Verbindung hatte sie nach Italien? Dann war da noch der Zeitungsartikel. Es musste da irgendeinen Zusammenhang geben.

Es dauerte lange, bis der Hausmeister an sein Handy ging. »Also ich versteh zwar nicht, was Sie damit wollen, aber die Tonnen werden morgen geleert.«

Ziegler fuhr sofort los. Als er bei dem Wohnblock ankam, wartete der Hausmeister schon auf ihn. Ziegler zeigte seinen Ausweis.

»Hauptkommissar Ziegler, wir haben telefoniert.«

»Also, ich sperr Ihnen jetzt die Tür zum Papiermüll auf, aber helfen kann ich Ihnen nicht. Ich muss schon wieder den Weg streuen. Mistwetter. Erst taut's, und dann friert's wieder hin«, sagte der Hausmeister, ein kleiner, hagerer Mann. »Wie lange werden S' denn brauchen? Und hoffentlich räumen S' nachher wieder auf.«

»Ich gebe Ihnen Bescheid, wenn ich fertig bin, und keine Angst, ich hinterlasse alles wieder ordentlich«, sagte Ziegler.

Zum Glück handelte es sich um einzelne Tonnen und nicht um einen großen Container. Ziegler hatte sich in Gedanken schon in so einem Ding herumkrabbeln sehen. Das war nichts mehr für ihn und schon gar nichts für sein Bein. Er zog sich Handschuhe an, packte die erste Tonne und leerte den Inhalt auf den Boden.

Nach einer Stunde hatte er die Nase voll. Was die Leute alles mit ihrem Papiermüll entsorgten. Kartoffelschalen zwischen Kontoauszügen, Kondome unter Zeitungen. In der dritten Tonne waren ein paar Papiere, die von Ute Schneider stammten, Ziegler suchte Fetzen für Fetzen durch. Aber nichts von dem Brief mit den italienischen Marken, nur alte Autoversicherungsrechnungen und Quittungen aus dem Supermarkt. Ziegler hatte diese Spur wohl verloren. Er räumte das Zeug wieder in die Tonnen und gab dem Hausmeister Bescheid.

Dann zündete er sich einen Zigarillo an.

»Na, schaut ja wieder ganz ordentlich aus«, brummte der Hausmeister, als er den Müllplatz absperrte. »Haben Sie denn gefunden, was Sie gesucht haben?«

Ziegler schüttelte den Kopf. Der Hausmeister nickte.

»Das habe ich mir fast gedacht. Wissen S', mir ist vorhin etwas eingefallen. Als die Kerle von der Entrümpelung die Wohnung von der Schneider ausgeräumt haben, da kam gerade die Müllabfuhr für den Restmüll. Und da hat einer von denen eine Tüte schnell noch in den Mülleimer für den Hausmüll geschmissen. In der Tüte war Papier drin, das habe ich eindeutig gesehen. Ich wollt dann noch was sagen, aber dann habe ich mir gedacht, am End wird sowieso alles zusammen verbrannt, da leg ich mich jetzt nicht mit dem Typen an. Der war nämlich ein ziemlicher Schrank, der Kerl. Auf Wiedersehen, Herr Kommissar.«

Ziegler holte noch einen Zigarillo aus seiner Jackentasche und fluchte leise vor sich hin. Hatte er deswegen den ganzen Hickhack um die Wiedereingliederung auf sich genommen, um stundenlang vergeblich im Müll zu wühlen?

Er schaute auf die Uhr.

In einer Stunde sollte in Schwabach ein großes Meeting sein, hatte Simpel gesagt. Da wollte er dabei sein.

Von seiner Aktion als Müllgoggerer würde er dort allerdings nichts erzählen.

***

»Die Brandserie begann im September. Am 11.9. ging ein Papiercontainer in Georgensgmünd in Flammen auf. Wir gingen zunächst von betrunkenen Jugendlichen als Täter aus, da gleichzeitig Sachbeschädigungen an zwei in der Nähe geparkten Autos begangen wurden.«

Hauptkommissarin Mayr zeigte das nächste Bild.

»Am 29.9. brannte ein Altkleidercontainer in Allersberg. Beide Male wurde Esbit, also Trockenspiritus, als Brandbeschleuniger verwendet.«

Vogel beugte sich zu Simpel. »Esbit kenn ich. Damit ham wir bei die Pfadfinder unser Essen kocht. Ich wusst gar ned, dass es des noch gibt«, flüsterte er.

Simpel stieß Vogel in die Rippen. Blume sah sich um, wer die Frechheit hatte, hier die Besprechung zu stören. Vogel versuchte, möglichst unschuldig dreinzuschauen.

Blume hatte die ganze Dienststelle zu diesem Meeting zusammengerufen. Er hatte es dann dreimal verschoben und schließlich um eine Stunde vorverlegt, damit auch die Kollegen vom Diebstahl und vom Betrug dabei sein konnten. Völlig unnötig, fand Simpel. Erstens hatten die weder mit der Brandstiftung noch mit dem Mord zu tun, und zweitens hätten sie sich die Berichte auch im Netzwerk durchlesen können, falls es sie interessierte. Aber Blume hatte darauf bestanden. »Die offenbar seit Langem bestehenden Defizite im Teambuilding innerhalb der Dienststelle werde ich endlich aufarbeiten. Dazu gehören, neben diversen Unfreezing-Maßnahmen, auch neue Kommunikationsstrukturen. Jeder sollte jederzeit wissen, was der andere tut. Davon dürften ganz besonders Sie profitieren, da Ihre Abteilung doch so schwach besetzt ist«, hatte Blümchen gesagt.

Trotz des wirren BWL-Blablas war Simpel die Spitze gegen ihn und seine Leute nicht entgangen.

Er konzentrierte sich wieder auf Mayrs Vortrag.

»Nach dem Brand einer leer stehenden Scheune in der Nähe von Hilpoltstein am 17.10. und eines Gartenhäuschens in Büchenbach eine Woche später erscheint die Inbrandsetzung des Gasthofes mitten in Eckerslohe als alarmierende Eskalation, auch wenn das Gebäude unbewohnt war. Vorausgesetzt, es handelt sich um denselben Täter. Denn in Eckerslohe wurde wahrscheinlich ein Farbverdünner oder Ähnliches verwendet. Die chemische Analyse läuft noch.«

»Vielleicht is ihm des Esbit ausgangen«, meinte Vogel leise.

»Es könnte auch sein, dass der Täter seine Vorräte an dem alten Brandbeschleuniger aufgebraucht hat und nun auf andere Mittel zurückgreifen muss.«

»Hab ich doch gsagt«, sagte Vogel und lehnte sich zurück.

»Beim letzten Brand vom Wochenende handelte es sich wieder um eine leer stehende Scheune, etwas abseits des Dorfes Bernlohe. Der Brandstifter hat also wieder zurückgerudert. Es waren weder Menschen noch Wohngebäude in Gefahr. Welcher Brandbeschleuniger diesmal verwendet wurde, kann ich erst sagen, wenn die Laborergebnisse da sind.«

Hauptkommissar Blume stand auf.

»Vielen Dank, liebe Kollegin, für Ihren aufschlussreichen Vortrag, wenn ihm auch nicht alle mit der gebotenen Aufmerksamkeit gefolgt sind.«

Er sah Vogel streng an. Der bemerkte zufällig gerade in dem Augenblick, dass seine Schnürsenkel locker waren, und bückte sich, um sie neu zu binden. So ging Blumes ermahnender Blick ins Leere. »Als Nächstes bitte ich den Kollegen Simpel nach vorne. Er hat zwar nicht viel Neues zu berichten, aber er möchte uns unbedingt persönlich über den aktuellen Stand in Kenntnis setzen.«

Von wegen, dachte Simpel, auf den Vortrag hatte Blume bestanden.

»Herr Blume, vielen Dank. Im Memorandum, das Sie schon gestern per Rundmail an alle geschickt haben, war ja der direkte Link zu meinem Bericht angehängt. Ich denke also, die Kolleginnen und Kollegen haben sich bereits selbst ein Bild gemacht und ich kann Ihnen einen längeren Vortrag ersparen.

Der ausführliche Obduktionsbericht der toten Frau aus dem Gasthaus liegt inzwischen vor. Sie war mit ziemlicher Sicherheit Italienerin. Sie wurde mit einem Zimmermannshammer erschlagen, war aber noch am Leben, als der Brand ausgebrochen ist. Wer weitere Einzelheiten wissen möchte, kann den Bericht gerne einsehen. Die Kollegen in Italien sind informiert, haben aber noch nichts von sich hören lassen. Auch das Foto des Amuletts, das wir in der Zeitung veröffentlicht haben, hat uns nicht weitergebracht. Natürlich haben sich die üblichen Wichtigtuer gemeldet, aber ein ernsthafter Hinweis war nicht dabei. Der Brandstifter ist weiterhin unser Hauptverdächtiger, deshalb werden wir eng mit Sabine Mayr und ihrer Abteilung zusammenarbeiten. Aber auch die Einwohner von Eckerslohe werden wir noch mal unter die Lupe nehmen. Dort gab es massiven Widerstand gegen das geplante Asylbewerberheim. Wenn es sich allerdings um einen vorsätzlichen Mord an der Frau gehandelt hat, könnte es sein, dass der Täter den Brand nur gelegt hat, um Spuren zu verwischen.

Außerdem scheint es einen Zusammenhang mit dem Selbstmord einer Krankenschwester aus dem Südklinikum zu geben. Wir arbeiten da eng mit den Nürnbergern zusammen. Sobald neue Erkenntnisse vorliegen, werden Sie selbstverständlich sofort informiert.« Er blickte in die Runde. »Sollte es noch Fragen geben, bin ich gerne bereit, diese zu beantworten. Wenn nicht, können wir alle wieder zurück an unsere Arbeit.«

Er erntete zustimmendes Nicken, und natürlich hatte niemand eine Frage. Selbst Blume fiel nichts mehr ein, und so musste er notgedrungen die Versammlung beenden.

»Soso, in der Kürze liegt offensichtlich die Würze. Hoffentlich hat der Kollege Simpel das nächste Mal mehr zu berichten. Am besten von einer Verhaftung und einem Geständnis. Ansonsten wünsche ich allen noch einen erfolgreichen Tag, und denken Sie an das, was Margaret Thatcher einmal gesagt hat: Es kann vorkommen, dass du eine Schlacht mehr als einmal kämpfen musst, um sie zu gewinnen.«

Die Beamten verließen den Raum, einige von ihnen konnten sich ein Kopfschütteln nicht verkneifen.

An der Tür hielt Blume Simpel auf.

»Herr Simpel, Sie bleiben bitte noch kurz hier.«

Auch das noch, dachte Simpel. Wahrscheinlich eine Standpauke, weil er auf das Teambuilding-Zeugs nicht eingegangen war.

»Herr Simpel«, begann Blume, nachdem er sich vergewissert hatte, dass alle anderen gegangen waren. »Ich bin auf Ihrer Seite, vergessen Sie das nicht. Ich bin weit davon entfernt, Sie oder Ihre Abteilung zu kritisieren. Aber als Chef muss ich manchmal, sagen wir es mal so … einige aufmunternde Worte finden, um meine Mitarbeiter zu Höchstleistungen anzuspornen.«

Muntere dich selber auf, dachte Simpel. Du hast uns vor der gesamten Dienststelle zur Sau gemacht. Laut sagte er: »*Gerechtfertigte* Kritik nehme ich gerne an, Herr Blume. Aber verstehen Sie bitte, dass meine Methoden der Mitarbeitermotivation sich von Ihren etwas unterscheiden.«

Blume kniff kurz die Augen zusammen. Dann setzte er ein joviales Lächeln auf.

»Sie können das gerne auf Ihre Art und Weise machen. Schließlich stehen Sie in nächster Zeit vorzeitig zur Beförderung an und sind dann ganz offiziell Dienstgruppenleiter. Natürlich nur, wenn Ihre Beurteilung so bleibt, wie sie ist. Bisher sehe ich keinen Grund, daran etwas zu ändern.« Sein Lächeln wurde breiter. »Mit der Zeit werden Sie schon noch lernen, wie man mit den Leuten richtig umgeht. Ich stehe Ihnen da gerne zur Verfügung, wenn Sie einen Rat …«

»Guten Morgen, Stefan, guten Morgen, Herr Blü… ume«, sagte Ziegler, der soeben ins Zimmer kam. »Wie ich höre, habe ich die große Konferenz verpasst.«

Blume drehte sich zu ihm um. »Sie schon wieder? Ich dachte, der Selbstmord der Krankenschwester wäre geklärt. Sie hat sich doch das Leben genommen, weil sie todkrank gewesen ist.«

»Tja, ich dachte auch, der Fall wäre erledigt, bis zur Obduktion am Freitag, als sich herausstellte, dass Ihre Brandtote Italienerin war. Im Besitz der Krankenschwester befand sich nämlich ein Umschlag mit italienischen Briefmarken. Und dann die Notiz über dem Foto mit dem Amulett der toten Italienerin. Ein seltsamer Zufall, finden Sie nicht auch?«

Blume sah nicht sehr begeistert aus, musste Ziegler aber recht geben. »Na gut, wenn Sie das so sehen. Könnte ja tatsächlich was dran sein, und ich bin der Letzte, der engagierten Kollegen Knüppel zwischen die Beine wirft. Solange Ihr Nürnberger Chef nichts dagegen hat, arbeiten Sie mit Herrn Simpel zusammen. Der kann jede Unterstützung brauchen. Guten Tag.«

Simpel und Ziegler gingen in Simpels Büro und holten sich erst einmal einen Kaffee. Vogel und Küppers kamen dazu.

»Das ist ja wirklich ein unangenehmer Kerl, euer neuer Chef«, sagte Ziegler.

»Und ob, so ein hinterfotziges, angeberisches Arschloch …« Simpel hielt inne, als ihn alle entgeistert ansahen. »Was? Darf man hier nicht mehr die Wahrheit sagen? Irgendwann platzt auch mir der Kragen.«

Er stellte seine Tasse so heftig auf den Schreibtisch, dass der Kaffee überschwappte und sich über die Tischplatte ergoss.

»Und du solltest aufpassen, Mike. Ich wette, Blümchen telefoniert gerade mit deinem Chef.«

Simpel nahm ein Tempotaschentuch aus der Schreibtischschublade und wischte die Sauerei auf.

»Da kann er lange telefonieren«, sagte Ziegler. »Der Chef ist auf den Seychellen, tauchen. Und der Stellvertreter ist seit gestern krank.«

»Da läuft's meistens am bestn, wenn ka Chef da is«, sagte Vogel. »Ich hab mich übrigens mal umghört wegn dem Blümchen. Der is ganz schön rumkommen. Nirgendwo lang gebliebn. Immer haben s' ihn weitergschickt. Und was ich so ghört hab, kann den keiner richtig leiden. Ich zitier mal mein Freund Harry: Der Blume hat so braune Haare, weil er seinen Kopf immer so tief in den Arsch seiner Vorgesetzten steckt. Wie gsagt, is ned vo mir, aber ich glaub's sofort.«

»Typisch«, sagte Ziegler. »Jemand, der nichts taugt, wird nach oben weggelobt, anstatt dass man ihn aus dem Verkehr zieht. Am Ende werden die Unfähigen auch noch Chef, und wir dürfen es ausbaden.«

»So ist es nun mal«, sagte Simpel. »Wir müssen also entweder selber Polizeipräsident werden oder unsere Arbeit machen, egal, wer uns die Knüppel zwischen die Beine wirft. Was macht übrigens dein italienischer Brief?«

»Die Wohnung war leider schon leer geräumt«, sagte Ziegler. »Der Brief ist verschwunden. Ich schließe den Fall aber trotzdem nicht ab. Da gibt es noch einiges zu klären.«

»Was meinst damit?«, fragte Vogel.

»Na ja, warum nimmt sich eine strenggläubige Frau das Leben? Es ging ihr anscheinend noch recht gut, krankheitsmäßig meine ich. Und ausgerechnet während des Dienstes, der sie doch so ausgefüllt hat, springt sie vom Dach. Ohne dass irgendjemand irgendwelche Anzeichen bemerkt hat. Und dann die Sache mit der Zeitung. *Mea culpa*, quer über den Bericht über eure Tote. Da muss es einen Zusammenhang geben, oder meine Polizistennase ist nicht mehr das, was sie mal war.«

»So a Nase wie deine, die täuscht sich ned«, sagte Vogel.

»Danke, Horst. Deshalb wollte ich euch fragen, ob ihr mich mitnehmt, wenn ihr noch mal im Dorf Befragungen durchführt. Ich kann dann das Foto der Krankenschwester rumzeigen. Vielleicht kennt sie ja jemand.«

»Klar«, sagte Simpel. »Schaden kann es auf keinen Fall. Wir wollten morgen unsere Runde dort drehen. Kommst du zu uns, oder treffen wir uns gleich da?«

»Ich komm direkt hin, dann kann ich über die Dörfer fahren und spar mir die Rushhour auf der Autobahn. Also bis morgen dann. Und lasst euch nicht unterkriegen von irgendwelchen verkümmerten Blütengewächsen«, sagte Ziegler und nahm seine Jacke.

Hauptkommissar Blume steckte seinen Kopf aus der Tür. Er hatte das schallende Gelächter bis über den Gang gehört.

»Auf Wiedersehen, Herr Kollege«, sagte Ziegler im Vorbeigehen. Blume sah ihm hinterher, bis sich der Aufzug hinter ihm geschlossen hatte.

***

Ziegler blieb kurz an der Tür stehen, die ihm der alte Herr vor der Nase zugeschlagen hatte. Eigentlich hatte er ihm noch das Foto der Krankenschwester zeigen wollen.

Die Befragung der Dorfbewohner war nicht gerade einfach. Weder zur Italienerin noch zu seiner Krankenschwester hatte jemand etwas zu sagen. Manchmal hatte er den Eindruck, die Leute wussten etwas, sagten aber nichts, vor allem die Älteren. Er verließ das Grundstück und drehte sich am Gartentor noch einmal um. Am Fenster rechts bewegte sich der Vorhang. Ziegler seufzte. Natürlich war niemand begeistert, wenn die Polizei vor seiner Tür auftauchte, aber hier waren sie schon regelrecht feindselig.

Doch das durfte man nicht überbewerten. In seiner Zeit als Drogenfahnder war einmal eine junge Frau vor ihm geflüchtet. Quer durch den Fürther Stadtpark hatte er sie gejagt. Und am Ende hatte sich herausgestellt, dass sie lediglich versäumt hatte, einen Strafzettel zu bezahlen. Aber diese Dörfler hatten mehr zu verbergen als nur ein paar Knöllchen. Das sagte ihm sein Polizisteninstinkt. Die Frage war nur, was?

Ein Auto hielt neben ihm, Simpel und Küppers, die offenbar mit ihren Befragungen schon fertig waren. Simpel drehte die Scheibe herunter.

»Und? Glück gehabt?«, fragte er.

»Nein«, antwortete Ziegler. »Weder mit eurer Italienerin noch mit meiner Krankenschwester. Diese Eckersloher kommen mir vor wie die drei Affen, nichts sehen, nichts hören, nichts sagen.«

»Wie bei der 'Ndrangheta«, lachte Küppers. »Omertà in Franken. Das ist mal was Neues.«

»Manuel redet schon Unsinn«, sagte Simpel. »Wird Zeit, dass wir Feierabend machen. Kommst du mit?«

Ziegler schüttelte den Kopf. »Ich hab nur noch zwei Häuser. Aber wir könnten uns heute Abend auf ein Bierchen treffen. Ich ruf dich an.«

Simpel nickte, und die beiden fuhren davon.

Ziegler klingelte am nächsten Haus. Zwar bewegte sich der Vorhang, aber niemand öffnete. Ziegler seufzte und ging weiter.

Das letzte Haus am Waldrand sah anders aus als die Häuser, die er bisher gesehen hatte.

Um die Eingangstür rankte sich ein farbiges Mosaik. Das kunstvoll gravierte Namensschild über dem Messing-Klingelknopf verriet ihm, dass hier A. Gottschalk-Bosch wohnte.

Er klingelte. Die Frau, die ihm öffnete, war etwa Ende vierzig, Anfang fünfzig. Die schulterlangen Locken hatte sie mit einem roten Haarband zurückgebunden. Sie trug eine Latzhose und hatte grüne Farbspritzer im Gesicht.

»Hallo, Sie sind sicher von der Polizei. Kommen Sie doch rein«, begrüßte sie ihn. »Bitte entschuldigen Sie die Unordnung, ich streiche gerade die Fensterläden.«

»Ich kann gerne ein andermal wiederkommen«, sagte Ziegler.

»Nein, nein, ich wollte sowieso gerade Pause machen. Und außerdem kann ich eine helfende Hand brauchen. Ich meine, wenn es Ihnen nichts ausmacht, einmal kurz mit anzufassen.«

Ziegler machte es nichts aus. Mit so einem freundlichen Lächeln war er schon lange nicht mehr empfangen worden. Zusammen mit Frau Gottschalk-Bosch hob er einen schweren Fensterladen von den Malerböcken herunter und trug ihn ins Nebenzimmer zum Trocknen.

»Oh je, jetzt haben Sie sich schmutzig gemacht. In der Küche finden Sie Handwaschpaste. Ich bin gleich wieder da.«

Damit verschwand sie nach oben in den ersten Stock. Ziegler sah sich in der Küche um. Dort sah es genauso nett aus wie im restlichen Haus. Gemütlich, aber keine künstliche Puppenstuben-Gemütlichkeit, wie man sie so oft in renovierten Bauernhäusern fand. Neben dem alten Holzherd stand ein moderner Gasofen und auf dem Regal darüber eine Mikrowelle. Das schwarz-weiße Fliesenmuster auf dem Boden und an den Wänden wurde immer wieder unterbrochen durch kleine, farbige Mosaike, ähnlich denen am Eingang.

»Möchten Sie einen Tee?«

Frau Gottschalk-Bosch hatte die Latzhose gegen eine Jeans ausgetauscht, dazu trug sie ein weißes T-Shirt mit kurzen Ärmeln.

»Äh, danke, Frau Gottschalk-Bosch, aber ich will Sie nicht lange aufhalten«, sagte Ziegler. Er ertappte sich dabei, wie er auf ihren Hintern schaute, als sie sich bückte, um die Teekanne aus dem Schrank zu holen. Die Frau drehte sich zu ihm um und lächelte. Die Locken fielen ihr ins Gesicht, jetzt, wo sie vom Haarband befreit waren.

»Sagen Sie einfach Frau Bosch. Sonst bekommen Sie noch einen Knoten in der Zunge.«

»Gerne, Frau Bosch. Ich habe nur ein paar Fragen, dann bin ich wieder weg.«

»Aber erst, wenn Sie einen Tee mit mir getrunken haben. Nehmen Sie schon mal im Wohnzimmer Platz. Wenn Gaudi oder Güell auf dem Sofa liegt, scheuchen Sie ihn einfach weg.«

Tatsächlich lag ein schwarzer Kater mitten auf dem Sofa und schlief. Als Ziegler ihn vorsichtig anstupste, hob er den

Kopf und sah den Eindringling streng an, machte aber keine Anstalten, sich wegzubewegen. Ziegler nahm vorsichtig neben ihm Platz.

»Los, Gaudi, weg mit dir, wir haben einen Gast!«, schimpfte Frau Bosch, die mit einem Tablett hereinkam.

Der Kater erhob sich ganz langsam, sprang vom Sofa hinunter und verschwand durch die Katzenklappe in der Terrassentür, nicht ohne Ziegler einen letzten beleidigten Blick zuzuwerfen.

»Ich verwöhne meine Katzen zu sehr. Manchmal habe ich den Eindruck, sie sind der Herr im Haus, nicht ich«, lachte Frau Bosch.

»Sie leben alleine hier?«, fragte Ziegler.

Die Miene der Frau verdüsterte sich kurz. »Ich bin verwitwet. Aber das ist jetzt schon zehn Jahre her.«

»Das tut mir leid«, sagte Ziegler.

»Das Leben geht weiter. Feiere das Hier und Jetzt, ist meine Devise, wer weiß schon, was morgen ist.« Sie lachte. »Der Tee muss noch ein bisschen ziehen. Stellen Sie mir ruhig Ihre Fragen.«

Ziegler hätte gerne noch länger einfach so geplaudert, aber schließlich war er dienstlich hier.

Zu den aktuellen Ereignissen im Dorf konnte sie ihm nichts Neues sagen. Das meiste davon hatte er schon im Bericht von Vogel gelesen. Als er sie nach der *Arche* fragte, wurde sie heftig.

»Das ist ein paar Spießern hier natürlich ein Dorn im Auge. Straffällig gewordene Jugendliche, uh! Da muss man ja seine Türen abschließen, hier im idyllischen Eckerslohe, wo man sich noch beim Namen kennt.« Sie nahm einen Schluck Tee. »Entschuldigen Sie, aber manchmal geht mir die Heuchelei so was von auf den Geist. Die heile Welt auf dem

Lande. Und plötzlich wird jemand in dieser heilen Welt erschlagen und ein geplantes Asylbewerberheim angezündet.«

»Sie denken, es ist jemand von hier gewesen?«, fragte Ziegler.

»Das mit dem Brand würde ich einigen hier zutrauen, selbst unserem Bürgermeister Waldmüller. Der tut zwar vornerum tolerant und weltoffen, aber hintenrum hetzt er gegen alles, was anders ist und seiner Meinung nach nicht hierher passt.«

»Und die Tote?«, fragte Ziegler.

»Ich weiß nicht. Einen richtigen Mord traue ich eigentlich keinem zu.« Sie dachte nach. »Jedenfalls nicht an einer Wildfremden. Im Streit die Ehefrau erschlagen oder den Nachbarn, das ja. Oder …«, sie zögerte, »… die arme Frau hat vielleicht jemanden bei der Brandstiftung überrascht. Haben Sie daran schon gedacht? Aber natürlich haben Sie das, wie dumm von mir.« Sie lachte verlegen. »Lassen wir das Dorfgetratsche. Sie hatten ja nach der *Arche* gefragt. Die Jungs und Mädchen sind ganz okay. Ab und zu töpfere ich ein bisschen mit ihnen, helfe beim Brotbacken oder gebe Mosaikkurse. Mit der Brandstiftung haben die bestimmt nichts zu tun. Das habe ich auch Ihrem Kollegen Herrn Vogel neulich gesagt. Aber die Kids sind natürlich ein idealer Sündenbock.«

Frau Bosch hatte eine angenehme Stimme, und wenn sie beim Lachen ihren Kopf zurückwarf, erinnerte ihn das an eine Klassenkameradin, in die er in der zwölften Klasse verliebt gewesen war.

»Wollen Sie sonst noch etwas wissen?«, riss Frau Bosch ihn aus seinen Gedanken.

»Äh, ja«, sagte Ziegler. Er zeigte Frau Bosch das Foto der Krankenschwester, aber wie er erwartet hatte, kannte sie die Tote nicht. Jetzt war er eigentlich fertig mit seinen Fragen. Aber irgendwie fiel es ihm schwer, sich zu verabschieden.

Er sah sich im Zimmer um. In der Ecke, auf einem kleinen indischen Tischchen, stand ein Schachbrett mit handgeschnitzten Figuren. Er deutete darauf. »Spielen Sie?«

Frau Bosch lachte wieder. »Nur als Zimmerschmuck wäre das ein toller Staubfänger! Ich spiele oft mit einer Freundin übers Internet. Aber ich habe dabei lieber echte Figuren vor Augen als irgendwelche Symbole auf dem Bildschirm. Sind Sie auch Schachspieler?«

»Ja«, antwortete Ziegler. »Ich habe früher sogar regelmäßig im Verein gespielt.«

»Dann sollten Sie vielleicht mal auf eine Partie vorbeikommen«, sagte Frau Bosch. »Wenn Sie mal Zeit haben, meine ich.«

Ziegler war sich nicht sicher, ob sie das tatsächlich ernst meinte oder nur höflich sein wollte. Er stand auf, bedankte sich für den Tee und ging zur Tür.

»Es war mir eine Freude, Herr Kommissar. Ich wusste gar nicht, dass es bei der Polizei so nette Menschen gibt. Erst Ihr Kollege vor ein paar Tagen und jetzt Sie«, sagte Frau Bosch.

»Sie wissen ja, die Polizei, dein Freund und Helfer«, sagte Ziegler. Danach hätte er sich am liebsten auf die Lippen gebissen. So ein blöder Spruch!

Doch Frau Bosch lachte nur. »Dann kann ich ja wieder auf Sie zurückgreifen, wenn ich den nächsten Fensterladen herumwuchten muss.«

Ziegler lachte ebenfalls und ging. Am Gartentor drehte er sich noch mal um. Frau Bosch stand immer noch an der Tür und winkte ihm nach.

***

Das Irish Pub war nur wenige Schritte von Simpels Wohnung entfernt. Ziegler stand schon vor der Tür, mit dem unvermeidlichen Zigarillo in der Hand.

»Hallo, Mike. Ist Astrid auch schon da?«, fragte Simpel.

»Grüß dich, Stefan. Ich war noch gar nicht drin, ich wollte erst einen rauchen.« Ziegler machte den Zigarillo aus, und sie betraten das Pub.

Der Gastraum war zu dieser frühen Stunde noch fast leer. Lediglich ein junges Paar saß an einem Ecktisch und knutschte.

Simpel und Ziegler setzten sich an einen Tisch am Fenster und bestellten zwei Guinness. Ziegler streckte sein Bein ein wenig seitlich vom Tisch aus und massierte sein Knie.

»Ich glaube, es kommt wieder Schnee, so wie mein Bein heute zieht. Bei diesen öden Befragungen da draußen in dem Dorf habe ich es auch schon gespürt.«

Simpel nickte, ging aber nicht weiter darauf ein. Er wusste nie so richtig, wie er mit Zieglers Behinderung umgehen sollte. Meistens fiel sie gar nicht auf. Umso befangener machte es ihn, wenn Ziegler doch mal darüber sprach.

»Wie geht es dir denn jetzt eigentlich? Äh, ich meine, als zukünftiger Profiler?«

Ziegler nahm einen Schluck von seinem Bier.

»Ehrlich gesagt, weiß ich das selber nicht so genau. Ich habe ja lange dafür gekämpft, dass ich wieder richtig zur Polizei gehöre. Und jetzt? Ich bin nicht wirklich angekommen, glaube ich. Es hat sich viel verändert, es sind andere Leute da, ein anderer Umgangston – irgendwie ist es nicht mehr dasselbe. Und auch ich bin nicht mehr derselbe, der ich vor zehn Jahren war. Also kann ich dir auf deine Frage momentan keine Antwort geben. Aber vielleicht, wenn die Ausbildung erst richtig angefangen hat …«

Simpel war erstaunt. Eigentlich hatte er die Frage nur so aus Verlegenheit gestellt und jetzt das. Ziegler hatte doch unbedingt wieder zur Polizei gewollt. Und auf einmal hatte er Zweifel?

Eine Weile schwiegen sie beide. Ziegler schaute nachdenklich in sein Glas. Auch Simpel fiel nichts ein, was er hätte sagen können. Dann zuckte Ziegler mit den Achseln. »Hey, ich will dir mit meiner Laune nicht den Abend verderben. Euch geht es doch gut, dir und Astrid, oder? Sucht ihr schon nach einer Wohnung?«

»Ich weiß nicht so recht. Irgendwie kommt immer was dazwischen, wenn ich mit Astrid darüber reden will.« Simpel wurde ein bisschen rot. »Aber ich habe schon mal nach Wohnungen im Internet geschaut. Das ist nicht gerade einfach im Augenblick, aber …«

In dem Moment kam Astrid zur Tür herein. Simpel legte den Zeigefinger an den Mund.

Astrid wickelte sich den langen Schal vom Hals, gab Simpel einen Kuss und ließ sich auf einen Stuhl fallen. Sie war ein wenig blass und sah müde aus.

»Hallo, Mike, schön, dass wir uns endlich mal wieder sehen. Komischerweise laufen wir uns im Präsidium nie über den Weg.«

»Das ist ein großes Gebäude, und ich bin nicht so oft im Büro«, antwortete Ziegler und winkte der Bedienung.

»Trinkst du auch ein Guinness?«, fragte Simpel.

»Nein«, sagte Astrid, »ich nehme eine Cola. Mir ist irgendwie nicht so gut heute.«

Die nächste Stunde unterhielten sie sich über gemeinsame Bekannte, schimpften über das Kantinenessen im

Präsidium und ließen kein gutes Haar an Sven Blume. Schließlich fragte Astrid nach Derrick, dem alten Rauhaardackel, der eigentlich Zieglers Mutter gehörte, aber immer wieder für einige Zeit bei Ziegler wohnte.

»Er wird nicht jünger, der Gute«, antwortete Ziegler. »Momentan hat er ständig Verdauungsprobleme, aber er rappelt sich immer wieder auf. Am Sonntag hole ich ihn von meiner Mutter ab. Sie fliegt nach Teneriffa, und der alte Knabe bleibt zwei Wochen bei mir.«

Astrid lehnte sich zurück. »Teneriffa! Da hat sie recht, deine Mutter. Das Beste, was man bei dem Wetter machen kann.« Sie wandte sich Simpel zu. »Seid mir nicht böse, aber mir geht es irgendwie heute nicht so gut. Ich gehe schon mal in deine Wohnung. Aber du kannst ruhig bleiben, solange du möchtest. Ich will nichts als schlafen. Damit ich morgen früh wieder fit bin.« Sie küsste ihn auf die Wange.

»Soll ich dich nicht doch begleiten?«, fragte Simpel besorgt.

»Aber nein, das sind doch nur ein paar Meter. Ich brauche einfach ein bisschen Schlaf.«

Astrid verabschiedete sich von Ziegler, wickelte ihren Schal wieder um den Hals und verließ das Pub. Ziegler und Simpel bestellten zwei weitere Guinness.

Ziegler stieß mit Simpel an. »Auf Astrid, dass es ihr bald wieder besser geht.« Er zwinkerte ihm zu. »Spätestens in neun Monaten.«

Simpel riss die Augen auf und verschluckte sich dann so sehr, dass er sein Hemd voll Guinness spritzte und auf die Toilette verschwinden musste, um sich sauberzumachen.

***

Ziegler parkte etwas außerhalb des Dorfes auf einem Parkplatz am Main-Donau-Kanal. Sein alter Mercedes war sehr auffällig, da war es ihm lieber, wenn nicht jeder gleich wusste, dass er da war. Schließlich war er privat unterwegs. Derrick krabbelte von der Hinterbank, und Ziegler legte ihn an die Leine. Er hatte den alten Dackel von seiner Mutter abgeholt. Da ihnen beiden ein Sonntagsspaziergang guttun würde, war er spontan nach Eckerslohe gefahren. Derrick war es egal, wo er sich die krummen Beine vertrat, und Ziegler redete sich ein, nicht zu wissen, warum er ausgerechnet hierher gefahren war. Er zündete sich einen Cohiba-Zigarillo an, und sie liefen die Straße entlang durch das Dorf. Es war früher Nachmittag, und kein Mensch war draußen. In ein paar Häusern lief der Fernseher. Eine rote Katze rannte über die Straße. Sie warf Derrick einen misstrauischen Blick zu, aber der alte Rauhaardackel beachtete sie nicht weiter. Es war nasskalt und windig. Ziegler beschloss, den Spaziergang abzukürzen, nur zum Waldrand und zurück. Er kam an der Ruine des Gasthauses vorbei. Schon schade, dass es fast keine Dorfgasthäuser mehr gab. Aber von ein paar Bier am Abend konnte beim besten Willen keiner leben, und für ein Ausflugslokal fehlte es dieser Gegend an Attraktivität.

Als er sich dem Dorfrand näherte, konnte er sehen, dass Frau Bosch in ihrem Garten arbeitete. Sie schnitt verwelkte Pflanzenstauden ab. Er zögerte. Sollte er zu ihr gehen? Oder besser umdrehen? Was sollte er denn sagen, wenn sie fragte, was er am Sonntag hier zu tun hatte? Doch Derrick kam Ziegler zuvor. Er gab ein kurzes »Wuff« von sich und rannte los, soweit es die Leine zuließ. Frau Bosch drehte sich um und sah den Dackel an.

»Ja, hallo. Wo kommst du denn her?«, fragte sie. Ihr Blick folgte der dünnen Leine, und sie entdeckte Ziegler.

»Herr Ziegler, na so was. Haben Sie heute einen Spürhund dabei?« Sie streifte die Gartenhandschuhe ab, öffnete die Gartentür und streichelte Derrick, der sich das gerne gefallen ließ.

»Frau Bosch, grüß Gott. Das ist Derrick, der Hund meiner Mutter. Ich passe einige Zeit auf ihn auf, und da er heute noch nicht draußen war …« Ziegler war verlegen. Er wollte nicht aufdringlich erscheinen. Es gab schließlich keinen vernünftigen Grund dafür, dass er ausgerechnet hier seinen Dackel ausführen musste. Aber Frau Bosch schien das gar nicht merkwürdig zu finden, oder zumindest zeigte sie es nicht.

»Derrick … also doch jemand von der Polizei. Na, dann kommen Sie mal herein. Haben Sie etwas Zeit, dann könnten wir ja jetzt eine kleine Partie Schach spielen?«

»Stören wir denn nicht? Und Ihre Katzen? Ich meine, wegen dem Hund.«

»Ach, die sind unterwegs, und Sie stören überhaupt nicht. Im Gegenteil, ich freu mich.« Jetzt wirkte auch Frau Bosch etwas verlegen. Sie drehte sich schnell um, räumte die Gartengeräte in einen Schuppen und führte die beiden *Polizisten* ins Haus.

»Sie wissen ja, wo das Wohnzimmer ist. Machen Sie es sich bequem, ich wasche mir nur schnell die Hände. Was kann ich Ihnen anbieten, Tee, Kaffee, ein Bier, ein Glas Wein?«

»Ich will Ihnen wirklich keine Umstände machen, aber Kaffee wäre toll.«

»Kein Problem. Bin gleich wieder da.«

Ziegler ging in das Wohnzimmer und setzte sich auf das diesmal katzenfreie Sofa. Derrick machte es sich auf dem Teppich bequem und schlief sofort ein.

Nach ein paar Minuten erschien die Hausherrin mit einem Tablett in der Hand.

»Herr Ziegler, in der Küche steht eine Schale mit Wasser für den Kleinen, könnten Sie die holen?«

»Klar.« Ziegler sprang vom Sofa hoch und kam gleich darauf mit dem Wasser wieder.

Frau Bosch hatte inzwischen den Schachtisch zum Sofa gestellt. Kaffee, Kekse und Wasser standen auf einem zweiten Tischchen daneben.

Sie begannen zu spielen und sprachen dabei nicht viel. Derrick schnarchte leise.

Als die Partie zu Ende war, lehnte sich Frau Bosch in ihrem Sessel zurück.

»Sie sind gut, Herr Ziegler. Ich hatte keine Chance gegen Sie.«

Ziegler schüttelte energisch den Kopf. Es war ihm ein wenig peinlich, dass er gewonnen hatte. Sie hatte gut gespielt.

»Aber nein, ich hatte nur Glück. Sie werden sehen, das nächste Mal gewinnen Sie.« Das war ihm so rausgerutscht. Aber es war ihm ernst. Er wollte diese Frau wiedersehen, und das nicht nur wegen des Schachspiels.

Frau Bosch lächelte. Sie streckte ihm die Hand hin.

»Ich heiße übrigens Anne.« Dann zog sie die Hand wieder zurück. »Oder geht das nicht, weil Sie hier im Dorf ermitteln?«

Jetzt lachte Ziegler.

»Nein, du bist ja keine Verdächtige. Ich heiße Mike.« Er streckte ihr ebenfalls die Hand entgegen und freute sich. In dem Moment gingen plötzlich mehrere Alarmglocken in seinem Kopf los. Er dachte an Gabi, seine tote Freundin, und fühlte sich sofort schuldig. Schnell stand er auf.

»Entschuldige, ich gehe kurz mal raus, einen rauchen.«

Derrick hob den Kopf, blieb aber liegen. Vor dem Haus setzte sich Ziegler auf eine Bank und zündete sich seinen Zigarillo an. Er hatte mit einer attraktiven Frau Schach gespielt, mehr nicht, versuchte er sich zu beruhigen. Da war absolut nichts dabei. Als er wieder ins Haus kam, saß Anne auf dem Sofa, und Derrick ließ sich von ihr kraulen. Sie warf ihm einen kurzen prüfenden Blick zu. Hatte sie seinen Stimmungswechsel bemerkt?

Sie nahm ein altes Fotoalbum vom Tisch.

»Das wollte ich dir zeigen. Als ich das Haus hier gekauft habe, waren noch die Möbel der alten Frau drin. Die Erben wohnen weit weg und konnten sich nicht darum kümmern, und deshalb habe ich das meiste entsorgt. Dabei habe ich dieses alte Album gefunden. Ich habe es aufgehoben, weil viele Fotos von dem Haus drin sind, so wie es früher ausgesehen hat. Es sind auch ein paar von dem Gasthaus dabei. Interessiert es dich?« Sie klang ein bisschen unsicher.

Ziegler hatte sich wieder im Griff.

»Natürlich interessiert mich das.« Er setzte sich zu Anne auf das Sofa und blätterte das Album durch. Auf jeder Seite stand in gestochen scharfer Schrift das Datum und der Anlass für das Foto. Der Gasthof war oft darauf zu sehen. Bei einer Eröffnungsfeier, bei Kirchweihen und beim Maibaum aufstellen, immer wieder gab es Gruppenfotos vor dem Gasthaus. Ziegler blätterte weiter.

»Du hast das Haus aber schön wiederhergerichtet«, sagte er und deutete auf ein Foto von 1970, auf dem Annes Haus durch Eternitplatten verschandelt war.

»Danke«, sagte Anne. »Das war viel Arbeit, und fertig bin ich noch lange nicht.«

Ziegler blätterte noch mal zurück zu den Fotos mit dem Gasthof und schaute sich die Menschen darauf genauer an.

»Du kannst die Bilder auch rausnehmen, die sind nur in die Fotoecken gesteckt«, sagte Anne.

Ziegler nahm ein Foto heraus, auf dem *Eröffnungsfeier 1980* stand. Viele junge Leute waren darauf zu sehen, die einem Paar, das vor der Gasthofstür stand, zuprosteten.

»Hintendrauf haben alle unterschrieben«, sagte Anne, dann stand sie schnell auf, es hatte an der Haustür geklingelt. Ziegler drehte das Foto um. Er holte die Lesebrille aus seiner Lederjacke und schaute sich die Unterschriften an. Einige davon waren unleserliches Gekrakel, andere in ordentlicher Schulmädchenhandschrift. Da stutzte Ziegler. Er las noch mal, aber es gab keinen Zweifel. Er schaute sich die Gesichter genauer an, doch das war vor dreißig Jahren gewesen, und alle hatten schrecklich viele Haare im Gesicht hängen, wie es zu der Zeit eben Mode war. In dem Moment kam Anne wieder herein, und mit ihr erschien ein großer, breitschultriger Mann, der ihm kurz zunickte und ihn dabei genau musterte.

»Entschuldige, Mike«, sagte Anne »aber ich habe ganz vergessen, dass Bernd mich um fünf abholen wollte.«

Ziegler stand sofort auf und nahm Derrick an die Leine. »Das ist doch kein Problem, ich habe dich viel zu lange aufgehalten.« Er war schon fast zur Haustür draußen, als er sich noch mal zu Anne umdrehte, die ihn hinausbegleitete.

»Entschuldige, aber kann ich eines der Fotos mitnehmen?«

»Natürlich, nimm mit, was du brauchst, und es tut mir echt leid, dass ich dich so hinauswerfen muss.«

Ziegler lief schnell noch mal ins Wohnzimmer und holte das Foto. Als er an der Küche vorbeikam, traf sich sein Blick mit dem Blick von diesem Bernd, der sich gerade eine Flasche Milch aus dem Kühlschrank holte.

»Bis bald«, verabschiedete sich Anne.

»Ja, ich bring dir das Foto so schnell wie möglich wieder zurück«, sagte Ziegler und schloss die Gartentür hinter sich.

Auf dem Weg zum Auto war Ziegler ziemlich durcheinander. Zum einen wegen des Fotos. Es brachte ihn ein ganzes Stück weiter in seinem Fall. Aber weit mehr beschäftigte ihn dieser Bernd. Der schien sich ja richtig zu Hause zu fühlen bei Anne. Dabei war er doch bestimmt fünfzehn Jahre jünger. Oh Gott, jetzt wurde er aber spießig. Außerdem ging ihn das überhaupt nichts an, ermahnte sich Ziegler selbst. Ganz in Gedanken versunken wäre er fast an seinem Auto vorbeigelaufen, wenn nicht Derrick einfach stur davor stehengeblieben wäre.

***

Bis zu dem Meeting, das Blümchen einberaumt hatte, waren noch zehn Minuten Zeit. Simpel zog sich in sein Büro zurück und rief Astrid an. Sie hatte diesen Dienstag frei. Zu Hause war sie nicht, also probierte er es auf dem Handy. Es dauerte eine Weile, bis sie sich meldete.

»Stefan, hallo. Ich musste erst rausgehen, ich mag nicht in einem Wartezimmer telefonieren.«

»In einem Wartezimmer? Beim Arzt? Bist du krank?«

»Nein, Stefan, ich bin nicht krank. Ich muss nur eine Untersuchung machen lassen.«

»Eine Untersuchung?«

»Ja, aber nichts Schlimmes. Soll ich heute Abend zu dir kommen?«

»Ja, deshalb rufe ich an. Du bist wirklich nicht krank?«

»Nein, ich bin nicht krank. Ich muss jetzt Schluss machen, man hat mich gerade aufgerufen. Also, bis heute Abend. Tschüss!«

Simpel legte den Hörer auf.

Astrid war bei einer Untersuchung und wollte ihm nicht sagen, warum. Zumindest nicht am Telefon. Dazu kam noch, dass sie in letzter Zeit keinen Alkohol trank. Und vergangenes Wochenende war ihr übel gewesen. Sie hatte behauptet, es wäre ein Magenvirus.

Simpel atmete tief durch. Ziegler hatte recht. Astrid war schwanger, er würde Vater werden. Ihm wurde abwechselnd heiß und kalt.

Da streckte Tina Kaczmarek den Kopf durch die Tür.

»Stefan, der Blume …« Sie stockte. »Was ist mit dir? du bist ja ganz blass. Geht es dir nicht gut?«

»Nein, nein, alles in Ordnung, ich komme schon. Der Blume wird noch eine Sekunde warten können.«

Simpel musste sich kurz am Stuhl festhalten, als er aufstand, ihm war etwas schwindelig. Zum Glück hatte Tina das nicht gesehen.

»Dieser Fall ist jetzt mehr als drei Wochen alt, und was haben Sie vorzuweisen? Keinen Verdächtigen, kein Motiv. Ja Sie wissen nicht einmal, wer das Opfer ist.«

Kerzengerade saß Sven Blume am Kopfende des Tisches. Und wieder sprach er lauter als nötig. Dabei war keiner der Anwesenden schwerhörig.

Simpel holte Luft, um Blume etwas entgegenzusetzen, ließ es dann aber bleiben. Auch wenn der Interimschef ein Kotzbrocken war, das, was er sagte, war ja richtig. Sie hatten nichts. Auch die anderen Mitglieder seines Teams ließen den Kopf hängen. Nur Ziegler, der ebenfalls an dem

Meeting teilnahm, gelang es, ein unbeteiligtes Gesicht zu machen.

Blume sah in die Runde. Er hob die Hände in einer bedauernden Geste. »Ich weiß wirklich nicht, wie lange ich Ihnen noch den Rücken freihalten kann.«

»Na, jetzt machns aber mal langsam, Herr Blume. Nicht jeder Fall is in ein paar Tagn zu lösn, des wissn Sie doch auch«, sagte Horst Vogel, holte ein Stofftaschentuch aus seiner Hosentasche und schnäuzte sich.

»Herr Vogel, es mag ja sein, dass es Ihnen in Ihrer Situation egal ist, wie schnell dieser Fall gelöst wird, aber es gibt andere, die jung und ehrgeizig sind. Die gerne weiterkommen möchten.«

Vogel schnäuzte sich noch einmal kräftig und steckte danach sein Taschentuch weg. »Wie meinen Sie des edz?«, fragte er.

»Ich meine das ganz klar und einfach«, sagte Blume. »Sie hätten schon im Sommer in Pension gehen können und haben aus freien Stücken verlängert. Sie wissen schon, dass Sie damit einem jungen Kommissar, der mit modernen Ermittlungsmethoden vertraut ist, den Posten wegnehmen? Mag sein, dass es Ihnen Freude bereitet, hier noch ein Jahr die graue Eminenz zu spielen. Aber mit Ihrem Ermittlungsstil bringen Sie die Abteilung kein Stück weiter. Ich erinnere nur an die Lupe, mit der Sie neulich das Foto betrachtet haben. Das ist ja Polizeiarbeit wie im letzten Jahrhundert, und zwar aus der ersten Hälfte desselben.«

»Herr Blume …«, begann Simpel, aber Vogel legte ihm die Hand auf den Arm.

»Ich weiß, Herr Simpel«, sagte Blume. »Sie halten große Stücke auf Herrn Vogel und seine Erfahrung. Aber meiner Meinung nach wäre die Abteilung mit einem jungen, dynamischen Polizisten besser beraten, mit einem, der seine vielleicht noch fehlende Erfahrung durch Engagement ersetzt.«

Vogel zog erneut sein Taschentuch heraus, suchte darauf eine noch nicht gebrauchte Stelle und schnäuzte sich noch einmal ausgiebig. Blume lief rot an.

»Dazu kommt Ihre ausgesprochene Impertinenz, Herr Vogel, und Ihre demonstrative Respektlosigkeit gegenüber Vorgesetzten. Ich habe sehr wohl mitbekommen, dass Sie sich hinter meinem Rücken über mich erkundigt haben. Und natürlich haben auch Sie diesen idiotischen Spitznamen verbreitet. Außerdem sind Sie häufig krank und …«

Simpel konnte nicht mehr stillhalten. »Herr Blume«, sagte er, »ich denke, das reicht.« Seine Stimme zitterte, so empört war er.

Vogel stand auf. »Lass mal, Stefan. Weißt was, ich geh edz. Hier bin ich eh ned erwünscht. Außerdem hab ich noch ein bisschen altmodische Polizeiarbeit zu tun. Schließlich soll ich etwas zum Fall beitragen. Und, Herr Blume, wenn ich es mir recht überleg, ich spür da so ein leichtes Ziehn im rechtn Arm, wahrscheinlich eine Alterserscheinung. Es kann also durchaus sein, dass ich nachher zum Arzt gehn muss und dass der mich ein paar Tag krankschreibt. Des Attest schick ich Ihnen umgehend zu. Einen schönen Tag noch.«

Vogel stand auf, tippte Simpel kurz an die Schulter und verließ das Besprechungszimmer.

»Herr Blume, Sie sind eine echte Führungspersönlichkeit. Solche Leute braucht unser Staat«, sagte Ziegler und spielte dabei mit der Zigarilloschachtel.

Blume holte tief Luft, doch als Ziegler seine Prothese demonstrativ ausstreckte, räusperte er sich nur und sagte: »So, jetzt zurück zu unserem Fall.« Er setzte wieder sein falsches

Lächeln auf. »Ich lasse Sie vorerst in Ruhe weiterarbeiten. Auch Herrn Vogel, so er denn wieder gesund werden sollte. Wenn aber nicht bald Ergebnisse vorliegen, werde ich selbst die Leitung der Ermittlungen übernehmen. Und«, das Lächeln erstarb, »dann werde ich sicherlich das Team etwas umstrukturieren müssen. Die Besprechung ist beendet.«

Blume packte seine Akten zusammen und verließ fluchtartig den Raum.

***

Simpel bestellte sich ein Bier. Das tat er sonst nie während der Dienstzeit, aber heute war das anders. Erst dieses seltsame Telefongespräch mit Astrid und dann Blumes unmögliches Benehmen. Er hatte unbedingt eine Luftveränderung gebraucht, und so hatten Ziegler und er beschlossen, die Mittagspause im *Goldenen Lamm* zu verbringen und nicht mit Tina und Manuel in die Cafeteria zu gehen. Als das Bierglas vor ihm stand, nahm er einen großen Schluck. Ziegler trank nur ein leichtes Weizen, er musste noch mit dem Auto nach Lauf fahren.

»Tina und Manuel sind total aufgewühlt, nach dem, was sich Blume heute geleistet hat«, sagte Simpel und trank noch mal einen großen Schluck.

»Sie haben bestimmt von mir erwartet, dass ich etwas unternehme oder dass ich Blume zumindest die Meinung sage. Das hätte ich auch tun müssen, ich bin doch der Gruppenleiter momentan. Ich wollte auch, aber Horst ist mir zuvorgekommen, und dann …«

»Du bist doch nicht schuld daran, dass sich dieser Kerl so aufgeführt hat, und Horst kann für sich selbst sprechen, das hast du doch gesehen.«

Simpel bestellte sich noch ein Bier.

»Hoffentlich nimmt er sich das nicht so zu Herzen. Ich habe ihn noch nie so erlebt. Normalerweise braust er auf, wenn er sauer ist, und er kann auch mal heftig werden, aber er war so ruhig, so komisch ruhig. Meinst du nicht auch?«

Ziegler wollte gerade antworten, da kamen die bestellten Bratwürste, und sie aßen erst einmal schweigend. Als die Teller abgeräumt wurden, bestellte Simpel einen doppelten Espresso. Das zweite Bier ließ er stehen. Er hatte sich inzwischen beruhigt und musste den Alkoholnebel in seinem Kopf verscheuchen. Ziegler wollte einen Zigarillo rauchen, und deshalb nahmen sie ihren Kaffee mit auf die Terrasse. Es war zwar kalt, aber die Sonne schien und unter dem Heizpilz konnte man es aushalten.

»Es ist nicht schön, wenn einem nach so vielen Dienstjahren plötzlich gesagt wird, dass man zum alten Eisen gehört«, nahm Ziegler das Gespräch wieder auf. »Aber Horst kann das schon einordnen. Er weiß genau, dass ihm die meisten von den jungen Kollegen nicht das Wasser reichen können. Dieser Blume ist, auf Deutsch gesagt, einfach ein Arsch, und das weiß Horst auch.«

Simpel nickte.

»Ich werde später mal versuchen, ihn anzurufen. Wenn er sich krankschreiben lässt, verstehe ich das natürlich, aber für unseren Fall wäre das sehr schlecht.«

Ziegler zündete sich einen zweiten Zigarillo an.

»Ich frage mich in letzter Zeit immer häufiger, ob ich das Richtige tue.«

»Wie meinst du das?«, fragte Simpel.

Ziegler legte den Zigarillo in den Aschenbecher. »Ich habe es neulich im Pub ja schon gesagt. Ich wollte unbedingt wieder in den Dienst, und jetzt weiß ich nicht mehr, ob es das Richtige für mich ist. Ich habe keine Lust mehr, mich mit solchen Typen wie dem Blume herumzuschlagen. Immer öfter denke ich, warum tu ich mir das eigentlich an? Ich hatte gedacht, der Polizeidienst ist das, was mir fehlt. Aber inzwischen habe ich immer mehr meine Zweifel.«

Simpel schwieg. Was hätte er schon sagen können. Das war bereits das zweite Mal, dass Ziegler sich so äußerte. Dabei hatte er so verbissen für seine Wiedereingliederung in den aktiven Dienst gekämpft, und nun das.

In dem Moment kamen Tina Kaczmarek und Manuel Küppers um die Ecke. Tina hatte sich bei Manuel untergehakt, aber als sie Simpel und Ziegler sah, löste sie sich schnell aus seinem Arm. Sie stellten sich zu ihnen unter den Heizpilz, und Manuel holte zwei Cappuccino. Zu viert schimpften sie noch eine ganze Weile über Sven Blume. Danach fühlten sich alle etwas besser, und sie gingen wieder an die Arbeit. Die beste Methode, es diesem Idioten zu zeigen, war, den Fall so schnell wie möglich zu lösen.

***

Sie schaute aus dem Fenster. Schnee, seit Tagen nichts als Schnee. Zu Hause schneite es wahrscheinlich auch, aber da sah man wenigstens die Berge und nicht nur diesen trostlosen – wie sagten sie hier – Steggalaswald.

Sie wollte endlich nach Hause, wusste aber, das war unmöglich. Nicht in diesem Zustand. Sie war jetzt bald so rund wie ein Weinfass und konnte sich kaum mehr bewegen. Aber wenn alles vorbei war, dann würde sie heimfahren und ihre Eltern um Hilfe bitten. Sie hoffte, dass sie sie aufnehmen würden und ihr die Lügen verzeihen konnten, die sie ihnen seit Monaten auftischte, bei jedem Telefongespräch.

Dabei war am Anfang alles nur ein spannendes Abenteuer gewesen, weit weg von den Zwängen der Familie. Sie hatte einfach so eine Lust gehabt zu tun und zu lassen, was sie wollte. Doch dann …

Wie hatte sie nur so naiv sein können. Die Jungs waren immer nett zu ihr gewesen. Aber dann diese schreckliche Sache … Dieses Schwein … Sie würde das nie mehr vergessen können. Und jetzt wusste sie noch nicht einmal, von wem das Kind war. Das konnte sie ihren Eltern unmöglich erzählen, sie würden sie für eine puttana *halten, eine Hure.*

Aber ihr würde schon was einfallen, wenn ihre Eltern nach dem Vater des Kindes fragen würden.

Erst einmal musste sie die nächsten Wochen überstehen. Seit einem Monat war sie schon nicht mehr draußen gewesen, auch nicht unten in der Gaststube. Sie verstand zwar nicht alles, vor allem wenn Dialekt gesprochen wurde, aber dass die Leute über sie redeten, das war eindeutig. Das hatte sie schon an den Blicken gemerkt.

Zu Hause wäre das nicht anders gewesen.

Sie weinte still vor sich hin. Wie hatte sie sich nur in so eine Lage bringen können? Und nicht einmal Marianna wusste davon.

***

Vogel stellte sein Auto etwas abseits des Dorfes ab. Er wollte die Aufmerksamkeit nicht auf sich lenken. Aber das war unnötig, denn weit und breit war niemand zu sehen. Kein Wunder bei dem Sauwetter. Wie im Radio angekündigt, war heute Nacht eine Warmfront nach Mittelfranken gekommen, und der Schnee war schon fast vollständig geschmolzen. Als Vogel aus dem Auto stieg, wäre er fast im Matsch ausgerutscht.

Er hatte gestern Abend noch lange mit Simpel telefoniert. Simpel wollte Hertle anrufen und ihm von dem unmöglichen Verhalten seines Stellvertreters berichten. Doch Vogel konnte ihm das ausreden, Hertle sollte mit so einem Quatsch nicht in seiner Reha belästigt werden. Dieses Blümchen würde schon wieder verschwinden. Er war nicht der erste unangenehme Vorgesetzte, den Vogel aussitzen musste. Er würde ihm einfach aus dem Weg gehen, soweit das möglich war. Auch wenn er auf einen solchen Idioten in den letzten paar Monaten seines Berufslebens gerne verzichtet hätte. Da war es das Beste, sich auf den Fall zu konzentrieren. Er musste da noch etwas klären, und zwar auf die altmodische Art: hinfahren und selber nachschauen.

Er zog das Foto aus der Jackentasche und betrachtete es. Er hatte darauf etwas entdeckt, zumindest glaubte er das. Den anderen hatte er nichts davon erzählt. Vielleicht täuschte er sich auch.

Er ging an der Gasthofruine vorbei in den Garten hinter dem Gebäude bis zu dem alten Walnussbaum. Langsam lief er einmal um den Baum herum. Auf der Rückseite sah er es. Ein Rosenkranz. Also war das, was er auf dem Foto gesehen hatte, kein alter Ast gewesen.

Vogel lief schnell zurück zu seinem Auto und holte Kamera, Handschuhe und eine Plastiktüte aus dem Kofferraum. Er wollte den Deckel gerade wieder schließen, da fiel sein Blick auf den Klappspaten, den er schon seit Jahren dabeihatte, ohne ihn je gebraucht zu haben. Kurz entschlossen nahm er den auch mit.

Als er wieder vor dem Walnussbaum stand, betrachtete er den Rosenkranz genauer, fotografierte ihn anschließend aus verschiedenen Blickwinkeln und steckte ihn in den Plastikbeutel.

Dann nahm er den Spaten. Er zögerte kurz. Vielleicht führte ihn sein Instinkt völlig in die Irre, und er machte sich lächerlich, auch wenn es außer ihm keiner mitbekam. Doch schließlich begann er zu graben. Dummerweise war der Boden bis auf eine dünne Schicht Matsch gefroren. Und der kleine Spaten war dafür nicht gerade das geeignetste Werkzeug. Trotzdem arbeitete er sich verbissen Stückchen für Stückchen voran. Nach einer halben Stunde zog er seine Jacke aus und atmete tief durch. Noch ein paar Zentimeter, dann würde er das Loch wieder zuschaufeln und kein Wort darüber bei den Kollegen verlieren. Er rammte den Spaten in den harten Boden und holte ein kleines Stückchen Erde heraus. An dem Klumpen hing ein Stofffetzen. Vogel schluckte, kniete sich neben das Loch und sah hinein. Dann drehte er den Spaten um, auf der anderen Seite war eine kleine Spitzhacke zum Aufklappen. Vorsichtig lockerte er damit den Boden. Ein Stück Erdklumpen löste sich. Vogel nahm ihn heraus. Darunter kam etwas Weißes, Hartes zum Vorschein. Er kratzte die Erde rundherum weg und erstarrte. Unter dem Walnussbaum lag ein Totenschädel, ein sehr kleiner Totenschädel.

Nachdem Vogel mit Simpel telefoniert hatte, lief er zurück zu seinem Auto. Er fuhr zum Gasthof und parkte direkt davor. So konnte er im Wagen auf die Kollegen warten. Die Dorfbewohner würden sowieso bald mitbekommen, dass etwas passiert war, es spielte also keine Rolle mehr, ob er gesehen wurde oder nicht.

Vogel stellte den Autositz nach hinten und schloss die Augen. Man musste wahrlich kein Gerichtsmediziner sein, um zu sehen, dass der kleine Schädel, den er gefunden hatte, nicht von einem Tier stammte. Was für eine grässliche Geschichte!

Er schaltete das Radio ein. Auf Bayern 1 kam eine Sendung zum Buß- und Bettag. Stimmt, der war ja heute. Seit das kein Feiertag mehr war, merkte man davon so gut wie nichts mehr. Er war fast eingenickt, da klopfte Simpel an die Scheibe. Vogel stellte den Sitz wieder gerade und stieg aus. Während die uniformierten Kollegen aus Roth alles absperrten, gingen die beiden zu dem Walnussbaum.

»Da hast du aber echt einen guten Riecher gehabt, Horst«, sagte Simpel. »Wie bist du denn darauf gekommen, an der Stelle zu graben?«

»Der Rosenkranz war absichtlich dort hinglegt wordn, des hab ich gsehn. Und ich hab mich dran erinnert, dass mei Tochter ihr totes Meerschweinchen unterm Baum in unserm Gartn vergrabn hat. Die hat dann ihre Barbie-Kette genauso hinglegt. Ich hab gedacht, ich find vielleicht auch ein Haustier, aber dann der Babyschädl – da wird mir auch nach vierzig Jahren bei der Polizei noch ganz anders.«

»Das glaube ich. Aber alle Achtung. Kein anderer wäre auf die Idee gekommen, da zu graben. Deine Spürnase wird uns fehlen, wenn du weg bist. Da wird ja jetzt auch Blume erkennen, was wir an dir haben.«

Vogel winkte ab. »Der kann mich mal. Auf den sein Lob verzicht ich dankend. Und du hast ja immer noch den Manuel, aus dem wird mal was. Außerdem, wenn der Hertle wieder da is, bassd des scho widder. Hoffentlich bleibt der Blume ned trotzdem bei uns. Ich frag mich immer widder, wie der auf so an Postn kommt.«

»Da gibt's klare Vorgaben, wann jemand befördert wird und wann nicht«, sagte Simpel und zog seinen Reißverschluss bis zum Kinn zu. »Und der Blume hat halt genau das gemacht, was die Oberen sehen wollen.«

»Gscheid daherredn kann er ja. Und die richtign Kurse hat er bestimmt auch gmacht. Aber, dass keiner sieht, was des für ein Depp is. Naa, da beneid ich euch ned, wenn da lauter solche nachkommen.«

Simpel schwieg, musste Vogel aber insgeheim recht geben. Nach und nach trafen die Kollegen ein.

»Na, Herr Simpel, momentan haben wir aber häufig das zweifelhafte Vergnügen miteinander«, sagte Dr. Pfeiffer, wieder ganz in Schwarz, aber diesmal mit einer kunterbunten Häkelmütze auf dem Kopf. »Habe ich am Telefon richtig gehört, Sie haben einen Schädel gefunden?«

»Nicht ich, mein Kollege Vogel. Er hat die Überreste eines Kindes gefunden, dort hinten unter dem Nussbaum.«

Die sonst so wortgewaltige Dr. Pfeiffer erwiderte diesmal nichts. Sie schüttelte nur den Kopf und schritt hinter Vogel her zum Walnussbaum.

Mittlerweile war es Nachmittag geworden, und es versammelten sich immer mehr Dorfbewohner hinter der Absperrung am Gasthof. Es hatte sich schnell herumgesprochen, dass die Polizei wieder mit großem Aufgebot angerückt war. Die Leute reckten die Hälse, um etwas erkennen zu können, aber der Walnussbaum, unter dem die Knochen gefunden worden waren, lag am anderen Ende des Grundstückes und war von der Straße aus nicht einsehbar.

Simpel ging ein bisschen näher an die Dorfbewohner heran. Vielleicht konnte er ihre Gespräche belauschen. Doch dann sah er Küppers' lange Gestalt hinter den Leuten auftauchen, und bei ihm war Mike Ziegler.

»Hallo, Mike«, sagte Simpel. »Hast du schon gehört, was unser Horst für eine Entdeckung gemacht hat?«

»Manuel hat mich informiert, als ich vorhin bei euch angerufen habe. Da bin ich gleich hergekommen, ich muss sowieso mit dir reden.«

Sie gingen ein wenig beiseite zu einem Geräteschuppen, den das Feuer verschont hatte.

»Ich habe vorhin mit der Mutter der toten Krankenschwester telefoniert«, sagte Ziegler. »Ich hatte ihr eine Kopie von dem Foto geschickt, das mir Anne, ich meine Frau Bosch, gegeben hat. Davon habe ich dir doch erzählt, oder?«

Simpel nickte.

Ziegler zog das Foto aus der Jackentasche. Darauf war eines der jungen Mädchen mit Folienstift gekennzeichnet. »Frau Schneider erkennt ihre Tochter eindeutig wieder, und sie bestätigt auch, dass die Unterschrift auf der Rückseite von ihr stammt. Es gibt also tatsächlich eine Verbindung zwischen Ute Schneider und Eckerslohe.« Ziegler zündete sich einen Zigarillo an.

»Ihr alten Hasen mit euren Spürnasen macht mich heute echt fertig«, sagte Simpel. »Du bleibst also mit uns an dem Fall dran. Da ist wohl alles viel komplizierter, als es anfangs aussah. Eckerslohe, die Brände, die verkohlte Leiche, jetzt diese Babyknochen und deine Selbstmörderin. Könnte alles Zufall sein, aber ich denke, irgendwie hängt das zusammen, aber wie? Wenn wir wenigstens in Ruhe arbeiten könnten, aber dieser Blume –«

»Oberkommissar Simpel, habe ich da gerade meinen Namen gehört?«

Simpel fuhr herum. Blume stand an der anderen Ecke des alten Geräteschuppens.

»Ich dachte, meine Anwesenheit hier könnte zielführend sein. Ich habe gehört, Hauptkommissar Vogel hat Knochen gefunden. Na, auch ein blindes Huhn findet mal ein Korn. Wollen wir hoffen, dass es sich nicht nur um eine tote Katze handelt. So ein Aufgebot kostet schließlich Geld.«

Erst jetzt wandte sich Blume an Ziegler.

»Ah, Herr Ziegler, auch da.« Blume nickte kurz. »Nun, berichten Sie mal, Herr Simpel, was ist hier los?«

Simpel fühlte schon wieder Wut über diesen arroganten Schnösel in sich aufsteigen, aber in dem Moment sah er, wie Martin Waldmüller an den Dorfbewohnern vorbeidrängte, die Absperrung überstieg und geradewegs auf Blume zustürmte.

»Sven. Ja, da bin ich aber froh, dass du jetzt hier bist. Kann ich dich kurz unter vier Augen sprechen?«

Blume lächelte und schüttelte Waldmüller die Hand. »Martin, grüß dich. Wir haben uns ja seit dem Bezirksparteitag im Juli nicht mehr gesehen. Lass uns zu meinem Wagen gehen, da können wir in Ruhe reden.«

Als Blume und Waldmüller außer Hörweite waren, brach es aus Simpel heraus.

»Parteifreunde. Das wird wirklich immer besser mit diesem Blümchen. Muss ich jetzt davon ausgehen, dass er seinem Bürgermeisterkumpel den Stand unserer Ermittlungen brühwarm auf die Nase bindet?«

Ziegler zündete sich einen neuen Zigarillo an. »Da würde ich mal ein Auge drauf haben. Aber schau, Dr. Pfeiffer winkt.«

***

»Wer ist denn das? Um halb zehn?« Helen Waldmüller sah ihren Mann vorwurfsvoll an. »Kommen deine Freunde vom Bauernverband jetzt schon mitten in der Nacht?«

»Das sind wahrscheinlich welche vom Dorf«, meinte Martin Waldmüller. »Ich geh mal nachsehen. Schließlich bin ich immer da für meine Wähler. Und dass die jetzt besorgt sind, wer versteht das besser als ich.«

Damit ging er zur Haustür und öffnete. Draußen standen tatsächlich *welche vom Dorf*, obwohl *das halbe Dorf* den Sachverhalt besser beschrieb. Jedenfalls, wenn man nur die Alteingesessenen zählte. Etwa fünfzehn Männer standen vor der Tür, die meisten kannte Waldmüller schon seit der Schulzeit. Einige blickten verlegen zu Boden, andere sahen ihn erwartungsvoll an.

»Guten Abend. Ein bisschen spät für einen Besuch bei eurem zukünftigen Landrat, denkt ihr nicht?«, sagte Waldmüller.

»Du weißt, warum wir hier sind, Martin«, sagte ein Graubärtiger in Lodenjacke.

»Natürlich weiß ich das. Ich mach mir auch Sorgen. Der Ruf unseres Dorfes steht auf dem Spiel. Erst die unbekannte Tote, dann die Babyknochen. Ich kann mir lebhaft vorstellen, wie die Schreiberlinge von der Presse das ausschlachten werden. Aber keine Sorge, der Polizeichef ist ein Freund von mir. Er hat mir versichert, dass alles diskret behandelt wird. Und dass er mich sofort über alles informiert, was sie herausfinden.«

Der Lodenjackenträger zog seinen Kragen hoch. Der Wind wirbelte Schnee auf.

»Genau darüber wollen wir reden. Über das, was die Polizei herausfinden könnte.«

Er sah Waldmüller eindringlich an. Der atmete tief durch.

»Müssen wir das ausgerechnet jetzt besprechen? Mitten in der Nacht?«

»Adolf!«, riefen da einige der Männer. Waldmüller drehte sich um. Sein Vater stand hinter ihm. Der Altbauer hatte es schon immer verstanden, sich unbemerkt anzuschleichen und dann im unpassendsten Moment aufzutauchen.

»Warum bittest du unsere Freunde nicht herein, Martin?«, sagte er.

Seine sonore Bassstimme hatte schon von sich aus eine beruhigende Wirkung. Auf einigen Gesichtern war ein Lächeln zu sehen, als sie in die Waldmüllersche Wohnküche traten und an der ausladenden Eckbank Platz nahmen.

Helen Waldmüller stellte den Fernseher leise, konnte aber durch die geschlossene Tür nur Stimmengewirr hören, lediglich die Stimme ihres Schwiegervaters stach deutlich heraus. Dann zuckte sie mit den Schultern und konzentrierte sich wieder auf den Film. Es war nicht das erste Mal, dass die beiden Männer Geheimnisse vor ihr hatten.

***

»Kein Wort hat er dazu gesagt, dass du derjenige warst, der das aufgedeckt hat. Kein einziges Wort.«

Simpel und Vogel fuhren am Morgen nach dem Fund der Knochen nach Erlangen zu Dr. Pfeiffer. Simpel regte sich noch immer furchtbar über Blumes Verhalten auf, er konnte gar nicht verstehen, dass Vogel so ruhig blieb.

»Lass gut sein, Stefan. Meinst etwa, ich hab Lust, von dem Arsch gelobt zu werdn. Nein danke. Aber des mit seinem Parteifreund, dem Waldmüller, des müss mer weiter beobachtn. Kann sein, dass des Blümchen sich da grad sein eignes Grab – äh respektive sein eignen Komposthaufn gräbt. Und des tät mer edz ned furchtbar leid, des geb ich zu.«

Simpel nickte.

»Ich habe alles notiert, und Mike war ja auch dabei. Mit dem größten Vergnügen würde ich dem ein Dienstvergehen nachweisen. Aber jetzt bin ich erst mal gespannt, was uns Dr. Pfeiffer zu berichten hat. Jedenfalls ist sicher, dass die Knochen von zwei Babys in dem Loch lagen, die beiden kleinen Schädel werde ich so schnell nicht vergessen. Und irgendjemand hat genau an der Stelle einen Rosenkranz hingelegt.«

»Ja, und zwar einen Rosenkranz aus Holz. Und der Zustand von den Holzperln zeigt eindeutig, dass der noch ned lang dort glegn hat. Ich bin sicher, des werdn die im Labor bestätign. Also deutet alles drauf hin, dass des was mit dem Brand und der Totn zu tun hat.«

Simpel stellte den Wagen am Parkplatz des Gerichtsmedizinischen Instituts ab. Dr. Pfeiffer erwartete sie schon im Untergeschoss des Gebäudes. Sie führte sie zu einem Tisch, an dem der Assistent gerade dabei war, Knochen zu sichten, zu säubern und sie zwei kleinen menschlichen Schädeln zuzuordnen.

Dr. Pfeiffer deutete auf die Fundstücke.

»So etwas macht mich ganz krank. Das sind eindeutig die Überreste von zwei Neugeborenen. Wir arbeiten schon seit sechs Uhr daran. Die ersten Proben sind schon im Labor. Vielleicht finden wir eine Spur, die zur Mutter führt. Wenn es um Kinder geht, verstehe ich keinen Spaß. Ich habe zwar selbst keine, aber meine zwei kleinen Nichten sind mir sehr ans Herz gewachsen, und wenn ich mir vorstelle … Haben Sie Kinder?«

Simpel starrte auf die zwei kleinen Schädel und dachte an Astrid. Er hatte am Abend vorher ein paarmal versucht, mit ihr über diesen seltsamen Arzttermin zu sprechen, aber jedes Mal hatte sie es geschafft, davon abzulenken. Hatte gerade in dem Moment auf die Toilette gehen müssen oder eine WhatsApp-Nachricht von Selma bekommen. Schließlich war er so verunsichert gewesen, dass er es aufgegeben hatte.

»Herr Simpel, sind Sie noch anwesend? Oder kippen Sie uns mal wieder um?« Dr. Pfeiffer lächelte spöttisch.

Simpel schüttelte energisch den Kopf.

»Und Sie haben das Grab entdeckt, Herr Vogel?«, fuhr Dr. Pfeiffer fort. »Hut ab, mein Lieber. Ganze Horden von Polizisten haben den Tatort schon untersucht und nichts gefunden. Da muss erst einer wie Sie kommen.«

Dr. Pfeiffer zog sich Handschuhe über. »Aber nun zu dem, was ich Ihnen zeigen wollte, meine Herren. Die Knochen der zwei Würmchen haben wir noch nicht fertig sortiert, aber an dem Schädel des einen kann man etwas erkennen.« Die Ärztin schnaubte empört, nahm einen der Schädel in die Hand und deutete auf ein kleines Loch. »Ganz sicher bin ich natürlich nicht, dazu sind noch einige Untersuchungen notwendig, aber es sieht ganz danach aus, dass zumindest das eine der beiden Neugeborenen kurz nach der Geburt durch einen Schlag auf das Köpfchen getötet wurde.«

Vogel und Simpel sahen sich an. Doch bevor sie etwas sagen konnten, sprach die Ärztin weiter.

»Was Sie jetzt natürlich brennend interessieren wird, ist, wie lange die Knochen in der Erde gelegen haben, stimmt's?«

»Es würde uns weiterhelfen, wenn Sie das so genau wie möglich eingrenzen könnten«, sagte Simpel. Er konnte dabei den Blick nicht von den kleinen Schädeln wenden.

»Das ist bei dem Zustand der Überreste nicht leicht. Ich habe aber schon das archäologische Institut eingeschaltet. Wir arbeiten öfter mit denen zusammen, die haben dafür die nötige Erfahrung. Professor Unbehauen hat mir versprochen, der Sache höchste Priorität einzuräumen. Ich hoffe also, möglichst bald eine genauere Einschätzung des Todeszeitpunkts liefern zu können. Klar ist bis jetzt nur, dass der Verwesungsprozess schon längere Zeit abgeschlossen ist. Aber ob fünf oder fünfzig Jahre, kann ich ohne genaue Analyse der Bodenbeschaffenheit nicht sagen.«

Dr. Pfeiffer zog die Handschuhe aus und warf sie in den Mülleimer.

»Ich melde mich bei Ihnen. Wegen der DNA-Analyse mache ich Druck, damit Sie so schnell wie möglich versuchen können, die Mutter ausfindig zu machen. Hoffentlich finden Sie die. Gegen tote Babys bin ich nämlich allergisch. Auf Wiedersehen.« Dr. Pfeiffer wandte sich ihrem Assistenten zu, der einen Knochen in der Hand hin und her drehte.

»Der Knochen gehört zum Becken«, sagte Dr. Pfeiffer und legte ihn an die richtige Stelle.

***

»Vom Fernsehen sind Sie? Dann sag ich Ihnen mal was, und das können Sie ruhig senden. Von hier war das keiner, das ist sicher. Hier wohnen nur anständige Leute. Wir ziehen unsere Kinder noch selber groß und schieben sie nicht in eine Krippe ab. Das hat schon meine Großmutter mit meiner Mutter so gemacht und meine Mutter mit mir. Bei uns im Dorf ist die Welt noch in Ordnung, das können Sie mir glauben.«

Die junge Frau im rosa Hausanzug stemmte die Hände in die Hüften. Der kleine Junge, der sich die ganze Zeit an ihr Bein geklammert hatte, machte die Geste seiner Mutter nach. Der Kameramann musste lachen, und auch die Journalistin, die das Interview führte, konnte ein Schmunzeln nicht unterdrücken. Aber sie wurde gleich wieder ernst.

»Und trotzdem hat man bei Ihnen im Dorf zwei tote Babys gefunden. Ist das etwa in Ordnung?«

»Das ist natürlich nicht in Ordnung«, erwiderte die junge Mutter. »Aber wer weiß, wie lange die Knochen da schon liegen. Vielleicht stammen sie noch aus dem Krieg oder sind gar noch älter. Und jetzt muss ich wieder an die Arbeit. Leon braucht etwas zu essen, heute Nachmittag ist Schwimmkurs. Es ist auch nicht gut für ihn, wenn wir hier über …«, sie senkte die Stimme, »tote Babys reden, auch wenn er es noch nicht versteht. Deshalb entschuldigen Sie mich bitte. Auf Wiedersehen.«

Sie drehte sich um und ging ins Haus. Nur der kleine Junge blieb noch stehen und winkte dem Fernsehteam hinterher, bis es hinter der Gartenhecke verschwunden war.

»Und Sie? Von welchem Sender sind Sie?« Helen Waldmüller hatte sich vor der Eingangstür ihres Hauses aufgebaut. »Habt ihr Fernsehleute denn nichts anderes zu berichten als über unser Dorf? Ihr seid jetzt schon die Dritten, und das letzte Team hat mein Mann hochkant rausgeworfen.«

Martin Waldmüller schob seine Frau sanft zur Seite. »Ist schon gut, Helen, die sind vom Fränkischen Rundfunk, nicht von einem Boulevardsender. Sie sind doch von der Sendung *Längs*, wenn ich mich nicht irre. Kommen Sie bitte rein.« Er machte eine einladende Geste. »Kochst du uns bitte Kaffee, Helen?«

Er führte das Kamerateam in die Bauernstube und platzierte sich so, dass er den antiken Kachelofen im Rücken hatte.

»Wie kann ich Ihnen helfen?«, fragte er.

»Herr Waldmüller, Sie sind ja hier Bürgermeister«, begann die Journalistin.

»Zweiter Bürgermeister«, verbesserte Waldmüller.

»Gut. Zweiter Bürgermeister. Die Leute haben uns erzählt, Sie sind hier aufgewachsen und der Hof hat schon Ihrem Großvater gehört.«

»Und dessen Großvater, und mit Sicherheit noch etlichen Waldmüllern davor, was sich aber leider urkundlich nicht nachweisen lässt. Einige Balken des Hauptgebäudes sind jedenfalls aus dem 17. Jahrhundert.«

»Das ist sehr interessant, aber wir sind natürlich mehr an der Gegenwart interessiert. Und in der Gegenwart geht es leider nicht um alte Bauernhäuser, sondern um tote Babys. Wenn Sie das Dorf so gut kennen, dann haben Sie doch sicher eine Vermutung, woher die Kleinen stammen könnten.«

Waldmüller schüttelte den Kopf. »Nein, habe ich nicht. Ich bin genauso erschüttert wie Sie und alle hier. Keiner kann sich vorstellen, welche Tragödie sich da abgespielt haben muss.«

»Nun ja, vorstellen kann man sich schon einiges. Es ist ja nicht der erste Fall von Kindstötung. Eine junge, verzweifelte Mutter …«

Waldmüller unterbrach die Journalistin. »Warten Sie, warten Sie. Noch weiß man weder, was mit den Babys passiert ist, noch wie sie gestorben sind, noch wie lange sie dort schon liegen. Und von Kindstötung hat noch niemand auch nur ein Wort gesagt, nicht einmal die Polizei.«

»Aber Herr Waldmüller, ich verstehe ja, dass Sie Ihr Dorf verteidigen wollen, aber Sie glauben doch nicht im Ernst, dass es sich um Pestopfer aus dem Mittelalter handelt.«

»Warum nicht?«, kam eine tiefe Stimme von der Tür. Der Altbauer betrat den Raum, gefolgt von Helen Waldmüller mit einem Tablett voller Kaffeetassen. Martin Waldmüller rutschte unaufgefordert einen Stuhl weiter, sodass sein Vater sich vor den Ofen setzen konnte.

»Und wer sind Sie, wenn ich fragen darf?«, sagte die Reporterin.

»Adolf Waldmüller. Ich habe den Hof von meinem Großvater geerbt und jetzt an meinen Sohn weitergegeben. Was aber nicht heißt, dass ich mich nicht mehr einmische, vor allem, wenn es um den Ruf unseres Dorfes geht.«

»Das ist Ihr gutes Recht.« Die Fernsehfrau gab ihrem Kameramann ein Zeichen, dass er Adolf Waldmüller in den Fokus rücken sollte. »Sie kennen das Dorf und seine Einwohner sicher noch besser als Ihr Sohn. Haben Sie vielleicht eine Vermutung, woher die toten Babys kommen?«

»Das mit dem Mittelalter ist natürlich Unsinn«, begann der Altbauer. »Auch da haben die Leute von hier ihre Toten ordentlich begraben. Ich gebe Ihnen recht, wenn Sie eine junge Mutter in Nöten vermuten. Aber die muss ja nicht zwingend aus dem Dorf stammen.«

»Nicht? Woher dann?«

Adolf Waldmüller lehnte sich zurück. »Da gibt es so einige Möglichkeiten. Sie müssen wissen, die Landwirtschaft ist ein schwieriges Geschäft. Die Lohnkosten steigen ständig, und ohne Erntehelfer aus dem Osten kämen wir überhaupt nicht mehr über die Runden. Und wenn die Sozis mit ihrem Mindestlohn durchkommen, wird es in Deutschland bald überhaupt keine Bauern mehr geben.«

»Wir sind aber nicht hier, um über Lohnpolitik zu sprechen, Herr Waldmüller, sondern über ...«

»Tote Babys, ich weiß. Da müssen Sie mich nicht daran erinnern, ich bin geistig noch voll da.«

»Ich wollte nicht andeuten ...«

»Geschenkt, Sie sind ja noch jung.«

Die Journalistin biss sich auf die Lippen. »Herr Waldmüller, entweder Sie lassen mich ausreden, wenn ich meine Fragen stelle, oder ich beende das Interview jetzt und sofort. Dann bin ich leider gezwungen, aus den mir bisher zugänglichen Fakten meine eigenen Schlüsse zu ziehen. Und die sind nicht sehr schmeichelhaft für Ihr Dorf.«

Martin Waldmüller legte dem Altbauern die Hand auf den Arm. »Vater, lass bitte mich weitermachen.«

Widerstrebend stand der Alte auf und überließ seinem Sohn den Platz. Er selber blieb mit verschränkten Armen in der Ecke unter dem Kruzifix stehen.

»Bitte verstehen Sie uns«, begann Waldmüller. »Keiner kann sich vorstellen, dass jemand von hier so etwas tun würde. Babys vergraben, vielleicht sogar eigenhändig töten. Ganz zu schweigen davon, dass sich eine Schwangerschaft in einer Dorfgemeinschaft nicht so einfach verbergen lässt. In einer Stadt geht das vielleicht, aber hier, wo jeder jeden kennt ...« Er schüttelte den Kopf.

»Ich verstehe Sie ja, aber irgendwoher müssen sie ja gekommen sein«, sagte die Reporterin. »Wenn nicht von hier, woher dann? Es kommt ja wohl keiner von weit her, um seine Kinder ausgerechnet in Eckerslohe hinter dem Gasthof zu vergraben.«

Waldmüller knetete seine Hände. »Ich will ja niemanden beschuldigen, und nichts liegt mir ferner, als fremdenfeindliche Gedanken zu äußern, aber wir haben uns natürlich alle gefragt …« Er blickte zu seinem Vater. »Na ja, und da ist uns eingefallen, dass vor ungefähr zehn Jahren ein Zirkus hier gewesen ist.«

»Ein Zirkus?« Ungläubig sah die Reporterin vom Vater zum Sohn.

»Ja«, fuhr Martin Waldmüller fort. »Der Hörl-Bauer hat denen eine Weide verpachtet, als Winterquartier.«

Der Altbauer in seinem Eck lachte. »Und diese Zigeuner haben ihn sauber übers Ohr gehauen. Im Frühjahr sind die bei Nacht und Nebel abgezogen, haben ihm ein verwüstetes Feld hinterlassen, und bezahlt haben sie natürlich keinen Pfennig.«

»Vater!« Waldmüller warf ihm einen fast flehenden Blick zu.

Die Journalistin nahm den Ball natürlich sofort auf. »Und Sie glauben, dass diese – ich zitiere – ›Zigeuner‹ die Babys dagelassen haben?«

»Bitte entschuldigen Sie die Wortwahl meines Vaters, er ist noch eine andere Generation. Die Schausteller waren fast ein halbes Jahr hier, es waren bestimmt drei oder vier Familien, auch junge Frauen. Und da wäre es durchaus vorstellbar, dass eine von denen in einer existenziellen Notlage zum äußersten Mittel gegriffen hat.«

»Also ihre eigenen Kinder umgebracht und unter einem Walnussbaum vergraben hat?«, fragte die Journalistin.

Waldmüller zuckte mit den Schultern. »Wir in unserer gesicherten bürgerlichen Existenz können uns wahrscheinlich gar nicht vorstellen, zu welchen Verzweiflungstaten große Not einen Menschen zwingen kann. Vielleicht waren die Babys schon bei der Geburt tot, und die Leute wollten verhindern, dass die Polizei auf sie aufmerksam wird. Immer vorausgesetzt, es war jemand von diesen Zirkusleuten.«

»Vielleicht war es auch eine von diesen Polinnen, Tschechinnen, Bulgarinnen, die hier jedes Jahr als Erntehelferinnen tätig sind«, warf der Altbauer ein. »Zur Erntezeit sind hier manchmal mehr Fremde im Dorf als Einheimische. Da hat man keinen Überblick mehr, wer schwanger sein könnte und wer nicht. Aber wie gesagt, das ist vielleicht, dank Mindestlohn, bald Geschichte. Außer es gelingt uns, den Einfluss der Bauernschaft auf die Politik zu stärken und denen in Berlin mal ordentlich den Marsch zu blasen. Und mein Sohn steht dann hoffentlich in erster Reihe. Erst als Landrat und später vielleicht sogar als Abgeordneter.«

Waldmüller seufzte. »Mein Vater vergisst, dass ich erst einmal die Wahl gewinnen muss und dass dort die Bürgerinnen und Bürger entscheiden, nicht er.«

»Das vergessen viele«, sagte die Reporterin. »Und dann ist die Überraschung am Wahlabend groß. Aber hoffen wir, dass Ihnen dieses Schicksal erspart bleibt. Momentan habe ich keine weiteren Fragen. Vielen Dank für das aufschlussreiche Interview.«

Sie gab Waldmüller die Hand, nickte dem Altbauern kurz zu und zog dann mit ihrem Team ab.

Helen Waldmüller kam herein. Missbilligend räumte sie die halbvollen Tassen auf das Tablett. »Hat denen wohl nicht geschmeckt, mein Kaffee, den Herrschaften vom Fernsehen.«

Waldmüller junior und Waldmüller senior schwiegen. Erst als die Bäuerin die Stube verlassen hatte, begannen die beiden eine heftige Diskussion.

***

»Morgn, Mike, edz is des Wochenende auch scho widder vorbei, geht immer furchtbar schnell, was?« Vogel reichte

Ziegler eine Tasse Kaffee. »Hast du eigentlich scho ein eignes Büro bei uns? Bist ja mehr in Schwabach als in Nürnberg.«

Ziegler lachte. »Ich will eurer unterbesetzten Dienststelle ein bisschen unter die Arme greifen. Ihr Provinzler kommt doch ohne die Unterstützung aus der Großstadt nicht zurecht. Aber Spaß beiseite. Die Spur meiner Selbstmörderin führt zu eurem Gasthof in Eckerslohe. Und dieser Spur will ich nachgehen.«

»Soso, Sie haben also eine Spur?« Blume trat ein. Offenbar hatte er die letzten Worte mitgehört. »Schön, dass wenigstens irgendjemand in dem Fall vorwärtskommt. Vorhin kam Bürgermeister Waldmüller mit einem wichtigen Zeugen und kurze Zeit später Sie mit einer heißen Spur. Die Einzigen, die nichts vorzuweisen haben, sind meine Schwabacher Provinzpolizisten, wenn ich Ihre Worte benutzen darf, Herr Ziegler.«

Ziegler sah den kommissarischen Dienststellenleiter scharf an. »Meine Worte benutze ich am liebsten selbst, Herr Blume. Und zu Ihrem Team: Es war der Kollege Vogel, der die toten Babys entdeckt hat. Die Kleinen lägen sonst immer noch unter der Erde, und ihr Tod bliebe für immer unbemerkt. Die Aufklärungsquote des Kollegen Simpel spricht sowieso für sich. Und Manuel Küppers hat schon mehr Ahnung von Polizeiarbeit als ich damals in seinem Alter. Vielleicht liegt das Problem hier in der Dienststelle, nicht bei den *einfachen* Polizisten.«

Blume kniff die Augen zusammen. Doch bevor er loslegen konnte, kam Manuel Küppers aus dem Nebenzimmer. »Oh, hallo, Mike! Was führt dich denn hierher?«

»Sollten Sie nicht zusammen mit Herrn Simpel die Befragung durchführen?«, keifte Blume. »Wenn Ihnen Bürgermeister Waldmüller schon einen Augenzeugen liefert, sollten Sie sich auch entsprechend um ihn kümmern und nicht alle naselang das Zimmer verlassen.«

»Ich kümmere mich ja um den Zeugen. Er wollte einen Kaffee, und den hole ich ihm jetzt. Wobei er einen Schnaps wohl dringender brauchen könnte, so wie wir ihn zerlegt haben.«

»Einen Zeugen zerlegt?«, fragte Blume. »Da muss ich Ihnen und dem Herrn Simpel wohl mal den Unterschied klarmachen zwischen einem Verdächtigen und einem braven Staatsbürger, der die Mühe auf sich nimmt, der Polizei zu helfen.«

»Das Attribut ›braver Staatsbürger‹ passt auf diesen Zeugen wohl nicht ganz. Stefan bereitet gerade eine Anzeige wegen falscher Verdächtigung nach Paragraf 164 StGB vor, und wie es aussieht, ist auch Bürgermeister Waldmüller darin verwickelt.«

»Was!?« Blume stürmte ins Vernehmungszimmer. Erst hörte man laute Stimmen, dann gar nichts mehr. Schließlich kam Blume mit dem Zeugen heraus. Dabei sprach er beruhigend auf ihn ein.

»Also, ich kann Ihnen versichern, dass ich die Vorwürfe genau prüfen werde – sehr genau.« Blume drehte sich zu Simpel um, der ein Grinsen nur mühsam unterdrücken konnte. »Und richten Sie Martin Waldmüller viele Grüße aus. Er soll mich heute Nachmittag mal anrufen. Auf Wiedersehen.«

Er schüttelte dem Mann die Hand. Dann nahm er Simpel die Papiere mit dem Vernehmungsprotokoll aus der Hand und verschwand wortlos in seinem Büro.

»Was war denn das?«, fragte Ziegler.

»Grüß dich, Mike«, sagte Simpel. »Da bist du ja gerade rechtzeitig gekommen. Unser Blümchen hat da wohl einen Bock geschossen. Sein sauberer Parteifreund hat einen Zeugen zu einer falschen Aussage angestiftet.«

»Falsche Aussage?«, fragte Vogel.

»Er hat angegeben, zwei Jugendliche aus der Resozialisierungsgruppe erkannt zu haben. An dem Abend, als der Brand ausbrach.«

»Und das fällt ihm erst jetzt ein, fast vier Wochen später?«, sagte Ziegler.

»Das hat uns auch stutzig gemacht«, erklärte Simpel. »Angeblich wollte er keinen Ärger mit den Jugendlichen haben, hatte Angst vor Racheakten. Und erst Bürgermeister Waldmüller habe ihn von der Wichtigkeit seiner Aussage überzeugt. Wer's glaubt. Aber dann hat ihn Manuel Stück für Stück auseinandergenommen.«

Die Augen richteten sich auf den jungen Polizisten.

»Ich habe nur gemacht, was ich gelernt habe«, sagte Küppers. »Ich habe Querverbindungen gesucht und Kontrollfragen gestellt. Dabei hat sich der Zeuge immer mehr in Widersprüche verwickelt.«

»Widersprüche?« Simpel schnaubte durch die Nase. »Da war von vorne bis hinten alles erstunken und erlogen. Erst haben die Jugendlichen Kapuzenshirts getragen, dann waren es auf einmal Parkas. Erst waren beide etwa eins achtzig, später meinte er, der eine wäre ziemlich klein gewesen.«

»Endgültig erledigt war er«, fuhr Küppers fort, »als aus zwei jungen Männern ein Pärchen wurde, Mann und Frau.«

Simpel lachte. »Und als ich ihm schließlich mit einer Anzeige wegen falscher Aussage gedroht habe, hat er zugegeben, dass der Waldmüller ihn angestiftet hat.«

»Da wird's wohl einiges zu klären gebn, zwischn unserm Interimschef und seinem Parteifreund«, meinte Vogel.

»Wird wohl nix werdn mit dem Landrat. Da kann ihn sogar ein Blümchen ned rausboxn.«

Tina Kaczmarek schaute zur Tür herein. »Du sollst mal zum Chef kommen, Stefan.«

»So ein Drecksack! Der ist ja genauso aalglatt wie sein sauberer Parteibruder!« Simpel stocherte lustlos in seinem Reis herum. »Erinnerungslücken habe der Zeuge gehabt. Da könne man ihm doch keinen Vorwurf machen. Und dann hat Blümchen offen gedroht. ›Wenn die Beschuldigten jetzt ihre Anwälte auf Sie hetzen, Herr Simpel, dann weiß ich nicht, ob ich Sie da unterstützen kann, so schwach, wie Sie die Vorwürfe untermauern können.‹ Und der Gesichtsausdruck, den er dabei gemacht hat …«

»Lass gut sein, Stefan. Sonst schmeckt dir des Essen nimmer«, sagte Vogel. »Wär schad um die gutn Kalmari.«

Die beiden waren mit Ziegler Mittagessen. Beim Griechen am Marktplatz, auch wenn Vogel die Schlachtplatte im *Goldenen Lamm* vorgezogen hätte.

»Du hast gut reden. Du musst auch nicht bei dem Sauwetter noch mal in dieses gottverlassene Nest, um die Bewohner der Wohngruppe zu befragen, obwohl doch völlig klar ist, dass die mit dem Brand überhaupt nichts zu tun haben. Aber ich soll das heute noch erledigen, hat Blümchen gemeint. Und das wäre eine dienstliche Anweisung.«

»Mach dir nichts draus«, beruhigte ihn Ziegler. »Weißt du was? Ich komm mit. Wir fahren nach Eckerslohe, sehen kurz bei der *Arche* vorbei, und rechtzeitig zum Abendessen sind wir wieder zu Hause.«

»Schön wär's!«, sagte Simpel. »Aber jetzt kommt erst mal die Frau Sterz mit den Unterlagen vom Gasthof.«

»Wie alt is die denn eigentlich, die Sterz?«, fragte Vogel.

»So um die fünfzig«, sagte Simpel. »Warum?«

»Weil die nämlich …« Vogel schnitt ein großes Stück von seinem Schnitzel ab und steckte es sich in den Mund. »Wll die dnn nämlch.«

»Ab hundert Gramm wird's undeutlich«, lachte Ziegler. »Schluck erst mal runter.«

»Ich weiß, was Horst sagen will«, erklärte Simpel. »Dr. Pfeiffer hat heute früh angerufen. Laut archäologischem Institut liegen die Babyknochen seit etwa dreißig Jahren in der Erde. Wenn die Sterz jetzt ungefähr fünfzig ist …«

»Dann war die, als die Babys geborn wurdn, so um die zwanzig, im bestn gebärfähign Alter«, ergänzte Vogel, der endlich runtergeschluckt hatte. »Die soll euch gleich eine DNA-Probe abgebn, wenn s' scho da is. Die Tests im Dorf fangen ja morgn an.«

»Einen frisch gepachteten Gasthof am Hals. Wahrscheinlich auch einen Haufen Schulden. Da wäre es durchaus denkbar, dass sie eine harte Entscheidung getroffen hat«, sagte Ziegler. »Damals war das noch nicht so einfach mit dem Abtreiben. Gerade auf dem Land haben die verzweifelten Frauen oft zur Selbsthilfe gegriffen.«

Simpel wurde blass. Er musste an Astrid denken. Jetzt war ihm der Appetit endgültig vergangen. Er legte das Besteck auf die Seite. »Dann werden wir der Frau Gastwirtin mal auf den Zahn fühlen. Und du fragst sie nach deiner Krankenschwester, Mike.«

***

Michaela Sterz war auch bei ihrer zweiten Befragung durch die Schwabacher Polizei überpünktlich.

Tina nahm ihr Mantel und Schal ab und führte sie zu Simpel.

»Frau Sterz«, begrüßte er sie. »Danke, dass Sie noch einmal gekommen sind. Mein Kollege Hauptkommissar Ziegler wird gleich dazukommen. Bitte nehmen Sie doch Platz. Kann ich Ihnen etwas anbieten?«

Frau Sterz schüttelte den Kopf und setzte sich. Sie trug eine schwarze Hose, eine weiße Bluse und hielt eine Aktentasche in der Hand. Sie wirkte erschöpft, trotz der Urlaubsbräune von den Kanaren.

Sie öffnete ihre Aktentasche, holte zwei Ordner heraus und legte sie auf Simpels Schreibtisch.

Als Mike Ziegler hereinkam und sich vorstellte, gab sie ihm stumm die Hand. Ziegler setzte sich etwas abseits ans Fenster.

Michaela Sterz hatte bisher kein einziges Wort gesagt. Simpel räusperte sich.

»Wie geht es Ihnen, Frau Sterz? Haben Sie sich von dem Schreck etwas erholt?«

Michaela Sterz' Mundwinkel begannen zu zucken. Sie sah Simpel an.

»Herr Kommissar, ich werde jeden Tag mindestens einmal von der Versicherung angerufen, oder es kommt jemand von denen vorbei. Immer stellt man mir die gleichen Fragen, und ich weiß, dass die mich dazu bringen wollen zuzugeben, dass ich den *Krug* angezündet habe. Ich habe ihn aber nicht angezündet. Außerdem bekomme ich anonyme Briefe und Telefonanrufe, in denen ich verhöhnt werde. Ich hätte jetzt wohl die Quittung dafür bekommen, dass ich eine Asylbewerberunterkunft aufmachen wollte. Einmal dachte ich, dass ich die Stimme am Telefon erkannt habe, aber der Feigling hat natürlich sofort wieder aufgelegt. Das ist alles sehr anstrengend und zermürbend, aber wenigstens lebe ich noch, im Gegensatz zu der armen Person, die Sie in meinem Gasthof gefunden haben. Wissen Sie schon, wer das ist?«

»Nein«, sagte Simpel, »das wissen wir leider nicht. Wir haben allerdings noch etwas anderes gefunden auf Ihrem Grundstück unter dem großen Walnussbaum, Frau Sterz.«

Michaela Sterz wurde noch ein bisschen blasser unter ihrer Bräune. »Ich weiß. Eine Bekannte aus Eckerslohe hat mich gestern angerufen und mir erzählt, Sie haben Knochen gefunden.« Frau Sterz schluckte zweimal. »Von Babys.«

Simpel tauschte einen Blick mit Ziegler, der die Frau während ihrer Aussage ganz genau beobachtete.

»Ja, die Skelette von zwei Säuglingen, die kurz nach der Geburt unter Ihrem Walnussbaum verscharrt wurden. Unsere Rechtsmedizinerin hat festgestellt, dass die beiden seit etwa dreißig Jahren dort liegen.« Simpel machte eine kurze Pause. Michaela Sterz' Gesicht zuckte, sie sagte aber nichts.

»Vor dreißig Jahren, da betrieben Sie und Ihr Mann den Gasthof schon, nicht wahr?«

Frau Sterz nickte.

»Frau Sterz, darf ich fragen, warum Sie keine Kinder haben?«

Die Gastwirtsfrau lachte kurz und bitter auf.

»Sie denken, das sind meine Babys, die Sie da unter dem Baum gefunden haben? Nein, Herr Kommissar. Ich hätte mir nichts sehnlicher gewünscht als eigene Kinder, das können Sie mir glauben. Aber mir wurden mit 18 Jahren beide Eierstöcke entfernt. Ob das wirklich nötig war, da bin ich mir jetzt nicht mehr sicher, aber damals war man recht schnell mit dem Operieren.« Und nach einer kurzen Pause sagte sie noch einmal: »Meine Babys sind das nicht.«

Ziegler beugte sich ein wenig vor, sagte aber nichts.

»Und Sie haben auch keine Vermutung, wessen Kinder das sein könnten?«, fragte Simpel.

»Nein«, sagte Frau Sterz schnell. Sie hatte ihre Mundwinkel kaum mehr unter Kontrolle.

Simpel beobachtete sie genau. Er war sich sicher, dass Frau Sterz etwas über die Babys wusste. Er warf Ziegler einen kurzen Blick zu, und der nickte. Also dachte der genauso. Simpel fragte sich, ob er weiterbohren sollte. Doch dann wechselte er erst einmal das Thema.

»Gut, Frau Sterz. Sie haben uns die Unterlagen zu der Asylbewerberunterkunft mitgebracht. Können wir die einige Zeit behalten?«

»Die können Sie behalten, so lange Sie möchten, das hat sich ja erledigt.« Michaela Sterz' Stimme klang wieder fester, ihr Mund zuckte kaum noch.

Ziegler stand von seinem Platz am Fenster auf. Er reichte Michaela Sterz das Foto, das Anne ihm gegeben hatte.

»Frau Sterz, das ist ein altes Foto von der Eröffnungsfeier des *Dorfkrug*.«

Sie nahm es in die Hand.

»Können Sie mir sagen, wer dieses Mädchen hier ist?« Ziegler deutete auf Ute Schneider.

Frau Sterz griff in ihre Handtasche und setzte ihre Brille auf. Sie sah das Foto nur kurz an.

»Das ist Ute Schneider, eine Bekannte von damals.« Ihre Mundwinkel zuckten wieder stärker.

»Ute Schneider«, sagte Ziegler und ließ Frau Sterz dabei nicht aus den Augen, »hat sich vor zwei Wochen vom Dach des Südklinikums in den Tod gestürzt. Und das hat etwas mit dem Brand, mit der unbekannten Toten und mit hoher

Wahrscheinlichkeit auch mit den Säuglingen zu tun. Können Sie uns immer noch nichts dazu sagen?«

Michaela Sterz starrte Ziegler an, das Gesicht völlig starr, nichts zuckte. So verharrte sie eine ganze Weile. Dann sagte sie: »Ich möchte jetzt bitte gehen.«

Simpel sah ein, dass es keinen Sinn machte, sie weiter hierzubehalten. Er rief nach Tina, und die begleitete Frau Sterz hinaus.

»Die weiß etwas«, sagte Ziegler.

»Denke ich auch«, sagte Simpel. »Aber freiwillig wird sie uns das wohl nicht sagen. Wir brauchen irgendeinen Anhaltspunkt, irgendetwas, wo wir den Hebel ansetzen können, um diese verdammte verschwiegene Dorfgemeinschaft aus der Reserve zu locken.«

***

»Bringst mer noch a Halbe und a Schmalzbrot, Sterz?«

»Ich komm gleich, Heinz!«

Er ging in die Küche. Chris stand am Spülbecken und wusch das schmutzige Geschirr.

»Ein Schmalzbrot brauch ich. Kannst du das machen? Ich muss das neue Fass anstechen.«

Chris drehte sich zu ihm um und nickte. »Ein Schmalzbrot, okay.«

Er hatte sich schnell daran gewöhnt, dass sie im Gasthof half. Micha hatte ja noch ihre Arbeit bei der Bank, und so richtig viel brachte der Gasthof noch nicht ein. Aber für einen allein war die Arbeit oft nicht zu schaffen. Deshalb war er froh, dass die Chris hier war. Außerdem, das musste er sich eingestehen, sah er sie gerne an. Die runden Pobacken in der engen, mit Flicken übersäten Jeans, darüber ein Batikshirt, durch das man ihre

Brustwarzen sehen konnte. Sie trug nie einen BH, das wäre ihr zu spießig, hatte sie mal gesagt. Wenn sie hin und wieder im Gastraum aushalf, dann fielen den alten Bauern fast die Augen aus dem Kopf. Das war natürlich nicht schlecht fürs Geschäft.

Sterz liebte seine Micha. Seit er sechs Jahre alt gewesen war, hatte er gewusst, dass sie einmal heiraten würden, und letzten Sommer hatten sie wirklich Hochzeit gefeiert. Und dazu den Gasthof gekauft, vom Geld, das seine Oma beim Bau des Kanals für ihre Äcker bekommen hatte.

Alles lief, wie er sich das vorgestellt hatte. Und trotzdem, wenn er einen ganzen Abend mit Chris im Gasthof arbeitete, dann passierte es immer häufiger, dass er einen Steifen bekam, wenn sie sich mit einem Tablett in der Hand an ihm vorbeischob und ihr Po seine Hüften berührte. Einmal hatte er sie in der Speisekammer an sich gezogen und geküsst. Sie hatte den Kuss zuerst erwidert, sich dann aber plötzlich von ihm gelöst und war weggelaufen. Seitdem war eine seltsame Stimmung zwischen ihnen. Er wollte Micha eigentlich nicht betrügen, aber mit Chris hätte er trotzdem gerne geschlafen. Sie würde ja bald wieder nach Hause fahren, war also keine echte Gefahr für seine Ehe. Wenn es sich ergab, würde er sein Glück noch mal bei ihr versuchen.

»Sterz, mei Bier. Schläfst du oder träumst du?«

»Bin ja scho da, Heinz, und des Schmalzbrot kommt auch glei.«

»Des bringt s' mer hoffentlich selber, dei Chris. Do wer ich glei widder jung, wenn ich der ihre Dinger seh. Mensch, der mecht ich gern mal mei Werkzeug zeing in meiner Scheuna.«

Die anderen am Stammtisch lachten dreckig.

»Tja, Heinz«, sagte Adolf Waldmüller, der gerade mit seinem Sohn hereinkam. »Ich glaube nicht, dass du da eine Chance hast. Lass da mal unsere jungen Männer ran. Die müssen sich noch die Hörner abstoßen.« Er setzte sich an den Stammtisch.

Martin ging zu Sterz hinter den Tresen.

»Ist die Chris in der Küche?«, fragte er, während er für sich und seinen Vater ein Bier zapfte.

Sterz nickte. »Hörst doch, wie die alten Gockel reden. Zum Glück versteht sie den Dialekt nicht, sonst müsst man sich ja schämen.«

Martin winkte ab.

»So ein Unschuldslamm ist sie nicht, unsere Chris, die hält schon ein bisschen was aus.« Er trug das Bier zu seinem Vater und verschwand dann in der Küche. Die Tür machte er hinter sich zu.

Sterz wollte etwas sagen, aber einer der Gäste rief ihn zum Zahlen. Als er die 5,80 Mark abkassiert hatte, nahm er das Geschirr und stellte es nicht wie sonst vor die geschlossene Durchreiche. Er öffnete mit dem Ellbogen die Küchentür und stieß sie auf.

Martin stand hinter Chris an der Spüle, seine Hände unter ihrem Shirt. Sie beugte sich zu ihm nach hinten und küsste ihn. Sterz blieb wie angegossen in der Tür stehen. Da zog Martin seine Hände unter Chris' Shirt hervor, flüsterte ihr etwas ins Ohr und ging an Sterz vorbei in die Gaststube.

Sterz stellte das Geschirr neben die Spüle.

»Du bist sauer?«, fragte Chris und sah ihn mit ihren großen braunen Augen an.

»Nein«, sagte er mit rauer Stimme. »Du kannst ja machen, was du willst. Aber der Martin …«

»Ja, kann ich«, antwortete Chris schnell. »Ich bin weit weg von zu Hause, und ich mache, was ich will.«

Dann zog sie Sterz ganz nah zu sich.

»Du bist auch süß.« Sie küsste ihn so, dass er ganz vergaß, dass noch Leute in der Gaststube waren. Am liebsten hätte er Chris hier an der Spüle genommen. Aber sie stieß ihn weg. »Wenn du mutig bist, komm später um Mitternacht zur Waldmüller-Scheune. Ich würde gerne mal ausprobieren mit zwei.«

Um halb zwölf waren noch der Heinz und der Edi da. Chris war mit ihrer Arbeit fertig und rauf in ihr Zimmer gegangen. Micha war schon längst im Bett. Sterz putzte den Tresen und hoffte, dass die zwei Männer bald verschwanden. Da kam Chris die Treppe herunter, zwinkerte ihm zu und verließ den Gasthof.

»Wo will die denn edz no hie?« Edi stieß Heinz mit dem Ellbogen an. »Vielleicht sollten mir der mal zeigen, was wir noch so drauf haben, hä Heinz?«

»Alter Depp«, sagte der, »du meinst doch ned im Ernst, dass die nix Besseres find wie uns zwa alte Knacker.«

Edi zuckte mit den Schultern und trank sein Bier aus.

Kurz nach Mitternacht waren die beiden endlich nach Hause gewankt. Sterz schloss den Gasthof ab und lief zum Waldmüller-Hof.

Damit der Hofhund ihn nicht hörte, schlich er sich von hinten an und ging barfuß über die Wiese. Als er gerade um die Ecke biegen wollte, sah er einen Schatten aus der Scheune kommen. War das der Martin?

Sterz schlüpfte schnell in die Scheune. Ihm war es lieber so, er wollte mit Chris alleine sein, so eine Nummer zu dritt, das war eigentlich nichts für ihn.

Aus einer Ecke kam ein Schluchzen. Sterz lief schnell in die Richtung, dabei stieß er gegen einen Eimer. Das Schluchzen hörte augenblicklich auf.

Ganz in ein Eck gedrängt lag Chris. Sie wimmerte, und ihr Shirt war zerrissen, so viel konnte Sterz in der Dunkelheit erkennen.

»Chris, um Gottes Willen, was ist denn los, war das der Martin? Hat er dir was angetan?«

Chris schüttelte den Kopf und schluchzte laut auf. Sterz nahm sie in den Arm.

»Nicht der Martin, aber …« Dann konnte sie nicht mehr sprechen und wimmerte nur noch.

***

Nach der Vernehmung von Michaela Sterz fuhren Ziegler und Simpel mit Zieglers altem Punto nach Eckerslohe.

Während der Fahrt sah Ziegler Simpel mehrmals von der Seite an. Simpel sprach kein Wort. Ziegler gab sich einen Ruck.

»Darf ich dich fragen, ob ich recht hatte neulich mit meiner Vermutung? Ist Astrid denn schwanger? Es geht mich natürlich nichts an, aber irgendwas beschäftigt dich doch. Außer deinem Fall, meine ich.«

Simpel machte kurz und ratlos »Mh«, und dann erzählte er Ziegler von seinen zahlreichen vergeblichen Versuchen, aus Astrid herauszubekommen, was mit ihr los war.

»Weißt du, Astrid ist acht Jahre jünger als ich. Ich traue mich einfach nicht, sie so direkt zu fragen, weil vielleicht fühlt sie sich dann von mir unter Druck gesetzt. Ich will nicht, dass sie denkt, ich habe Torschlusspanik. Sie soll sich nicht von mir bedrängt fühlen. Das will ich auf keinen Fall. Aber diese Ungewissheit macht mich total fertig. Ich muss sie das nächste Mal direkt darauf ansprechen, es hilft nichts.« Ziegler wollte gerade etwas dazu sagen, doch da rief Simpel: »Stopp, da vorne ist es. Du kannst im Hof parken, da ist genügend Platz.«

Ziegler stellte das Auto ab und öffnete erst mal die Motorhaube. Bei der Fahrt hatte der Keilriemen seltsame Geräusche von sich gegeben. Simpel ging schon mal zum Eingang und klingelte, aber niemand machte auf. Auch auf sein zweites Klingeln gab es keine Reaktion. Simpel sah sich um. In einem der Nebengebäude brannte Licht. Er ging über den Hof und öffnete die Tür. Eine intensive Duftwolke, Marke Kuhstall, hüllte ihn ein, und ein schwarz-weiß geflecktes Holsteiner Rind blickte ihn mit großen Augen an.

»He, Tür zu! Die Viecher erkälten sich sonst!«

Gehorsam schloss Simpel die Tür. Ein etwa sechzehnjähriges Mädchen in blauer Latzhose und gelben Gummistiefeln kam auf ihn zu.

»Bitte entschuldigen Sie. Ich wusste nicht, dass hier Tiere im Stall sind.«

Das Mädchen blickte ihn spöttisch an.

»Was dachten Sie denn, was man in einem Stall findet? Auf einem Bauernhof.«

»Ich dachte, dass hier …«

»Dass wir uns hier auf Staatskosten einen faulen Lenz machen?«

Ein junger Mann mit einer Mistgabel in der Hand, Simpel schätzte ihn auf Anfang zwanzig, kam hinter einem Stapel Futtermittel hervor.

»Das denken alle hier«, fuhr der Mann fort. »Aber wir arbeiten genauso hart wie andere Bauern. Wir haben zehn Milchkühe, und wir stellen unseren eigenen Käse und unsere eigene Butter her. Dazu jede Menge Hühner, Enten und Gänse. Wenn die Spießer draußen wüssten, dass ihr Weihnachtsbraten vielleicht von uns stammt, dann würde er ihnen bestimmt im Hals stecken bleiben.«

»Das glaube ich Ihnen gerne, Herr … Ich bin übrigens …«

»Bulle, das sieht man auf den ersten Blick. Hat Sie der Waldmüller geschickt?«

Simpel ging auf die Provokation nicht ein. »Nein, wir haben nur ein paar Fragen. Mein Name ist Simpel, Oberkommissar.«

Plötzlich griff das Mädchen nach Simpels Jacke und riss ihn zur Seite. Simpel griff instinktiv nach ihrer Hand und drehte sie, bis das Mädchen ihn schnell losließ. Da sah er, wie ein dicker Strahl Urin genau auf der Stelle landete, an der er gerade gestanden hatte. Er ließ das Mädchen los. Die rieb sich die Hand und sah ihn böse an.

»Danke«, sagte er. »Und entschuldigen Sie bitte, ich dachte …«

Wortlos drehte das Mädchen sich um und ging fort.

Der Mann tätschelte der Kuh, die für den Strahl verantwortlich war, den Kopf.

»Unsere Erna kann eben auch keine B-Polizisten leiden. Mein Name ist übrigens Markus. Und Ihre Retterin heißt Bianca.«

»Haben Sie auch einen Nachnamen, Markus?«, fragte Simpel.

»Nachnamen sind hier nicht wichtig. Aber ich denke, wir gehen jetzt besser zu Thomas.«

»Thomas?«

»Der ist der Chef hier, und der weiß am besten, wie man mit … Polizisten umgeht.«

Thomas Daffner war ein drahtiger Endfünfziger mit Tätowierungen an beiden Armen. Er trug zwei schwere goldene Ohrringe, und sein schon etwas schütteres graues Haar hatte er zu einem Pferdeschwanz gebunden.

»Was wollen Sie denn schon wieder hier«, blaffte er Simpel an. »Die Kids haben der Polizei doch schon alles gesagt. Nichts haben sie gesehen, gar nichts. Hört endlich auf, uns zu schikanieren. Jedes Mal, wenn hier in der Gegend ein Sack Mais umfällt, kommt die Polizei zu uns.«

»Es geht hier nicht um einen Sack Mais, es geht um Brandstiftung, um Mord und Kindstötung«, sagte Simpel, dem der aggressive Ton so langsam auf den Wecker ging.

»Und wir befragen Ihre Schützlinge genauso wie alle anderen im Dorf, nicht mehr und nicht weniger. Die Polizei ist nicht Ihr Feind.«

Daffner atmete tief durch. »Wenn Sie das sagen. Also, was wollen Sie wissen?«

»Der junge Mann, Markus, hat gefragt, ob uns Herr Waldmüller geschickt hat. Haben Sie öfter Ärger mit dem Bürgermeister?«

»Und ob! Der ist es doch, der uns verantwortlich macht für alles, was hier passiert. Sogar eine Demo hat er mal organisiert gegen die *Arche* und Unterschriften sammeln lassen. Aber natürlich ist er nicht selber aufgetreten, der saubere Herr Bürgermeister, da hat er andere, die die Drecksarbeit für ihn erledigen.«

»Drecksarbeit?«

»Nachdem die offiziellen Versuche, uns loszuwerden, gescheitert sind – er hat sogar eine Petition an den Landtag verfasst – gab es immer wieder Zwischenfälle. Da wird mal einem Betreuer das Auto zerkratzt, nachts lädt man Mist vor unserem Tor ab, und letzten Monat haben sie uns die Milchcontainer umgeschüttet, die zum Abholen draußen standen.«

»Haben Sie dafür Beweise?«, fragte Simpel. Aber noch bevor der Sozialarbeiter antworten konnte, kam Ziegler herein. Er hatte ölverschmierte Hände. »Ich musste den Keilriemen nachziehen«, sagte er entschuldigend.

»Da an der Spüle können Sie sich waschen«, sagte Daffner. »Aber Sie habe ich doch schon mal gesehen. Sind Sie nicht ein Freund von Anne?«

Ziegler lächelte verlegen. »Freund wäre übertrieben. Ich habe mit ihr lediglich eine Partie Schach gespielt.«

Simpel sah seinen Kollegen erstaunt an.

»Dann sind Sie hier willkommen«, sagte der Sozialarbeiter. »Freunde von Anne sind hier immer gern gesehen. Sogar Polizisten. Auch wenn Sie lediglich Schach gespielt haben mit ihr.« Er zwinkerte Ziegler zu.

Die drei setzten sich an den großen Küchentisch. In der Ecke stand ein Kachelofen, und auf dem Herd kochte ein großer Topf.

»Ziehen Sie doch Ihre Jacken aus, bei uns ist es immer sehr warm. Wir schlagen unser Holz im eigenen Wald, da müssen wir nicht beim Heizen sparen.«

Bianca, die Simpel schon aus dem Kuhstall kannte, kam, holte sich etwas zu trinken und nahm ihnen die Jacken ab. Daffner setzte einen Wasserkessel auf.

»Und um was geht es diesmal?«, fragte er. »Was sollen meine Schützlinge wieder angestellt haben? Babys vergraben? Frauen erschlagen? Häuser angezündet?«

Daffner war wieder in den feindseligen Ton vom Anfang verfallen. Simpel blieb trotzdem freundlich.

»Wir haben neue Hinweise bekommen, denen wir nachgehen müssen. Ich würde gerne noch einmal mit allen sprechen.«

Daffner stellte die Teetassen, die er schon aus dem Schrank genommen hatte, wieder zurück.

»Haben Sie die Kids nicht schon genug durcheinandergebracht? Wenn Sie den Brandstifter suchen, dann gehen Sie mal in die schmucken Häuser, die mit den Rosenkugeln und Windspielen im Garten. Da, wo die selbst getöpferten Namensschilder am Zaun hängen. Die dort haben gegen die Asylbewerberunterkunft protestiert, nicht wir!«

»Wir gehen jeder Spur nach«, sagte Simpel, dem es Mühe bereitete, ruhig zu bleiben. »Auch bei den schmucken Häusern, wie Sie das ausdrücken. Aber jetzt sind wir nun mal hier bei Ihnen. Wir machen auch nur unsere Arbeit.«

»Wir haben nur unsere Arbeit gemacht. Das sagen sie doch immer.« Daffner schnaubte verächtlich.

Simpel stand auf.

»Wie meinen Sie das?«

Auch Daffner stand auf.

Ziegler hatte bisher nur zugesehen, aber jetzt fand er, es war an der Zeit einzugreifen.

»Beruhigen Sie sich!«, sagte er. »Wir haben nur ein paar Fragen, dann gehen wir wieder. Niemand möchte Ihren Schützlingen etwas anhängen. Aber wir müssen mit Sicherheit ausschließen, dass jemand von Ihnen etwas mit den furchtbaren Ereignissen hier zu tun hat.«

Daffner setzte sich wieder.

»Nun gut«, sagte er. »Was wollen Sie?«

»Wir würden gerne jeden Bewohner der Wohngruppe befragen. Einzeln.«

Daffner dachte nach. »Momentan sind alle da. Aber zwei kamen erst letzte Woche dazu, die wissen sicher nichts von dem Brand.«

»Wir möchten sie trotzdem befragen«, sagte Simpel.

»Wenn Sie meinen, aber bei den Minderjährigen muss ich darauf bestehen, bei den Befragungen dabei zu sein. Die erforderliche Erziehungsberechtigung habe ich. Möchten Sie die Papiere sehen?«

Simpel winkte ab. »Nein, ich glaube Ihnen auch so. Dann fangen wir gleich mit denen an. Und wenn Sie möchten, können Sie bei den anderen auch dabeibleiben. Wir haben nichts zu verbergen. Ihre Jugendlichen sind für uns Zeugen, keine Beschuldigten.«

Wie zu erwarten war, hatte niemand etwas Neues zu berichten. Entweder waren sie zum Zeitpunkt des Brandes nicht in der *Arche* gewesen, oder sie hatten mit den andern zusammengesessen. Nach der fünften Befragung ging Ziegler nach draußen, um zu rauchen. Vor der Tür stand Daffner und drehte sich eine Zigarette. Ziegler bot ihm einen Zigarillo an.

»Nein danke, die sind mir zu stark«, meinte Daffner und klebte seine Zigarette zu.

Eine Weile standen die beiden schweigend nebeneinander und bliesen den Rauch in die Luft. Es war jetzt, am Abend, empfindlich kalt geworden.

»Warum reagieren Sie eigentlich so aggressiv auf die Polizei? Dass Sie kein Freund von uns sind, verstehe ich ja. Aber Sie gehen ja bei jeder Kleinigkeit an die Decke.«

Daffner blickte den Rauchschwaden hinterher, die sich unter der Dachrinne sammelten und dann am Firstblech entlang nach oben zogen. Er nahm einen tiefen Zug.

»Letztes Jahr«, begann er schließlich, »hatte ich hier einen Jungen, Marco. Das Übliche. Ein paar Ladendiebstähle, Schwarzfahren, Jugendarrest, nichts Schwerwiegendes. Er machte sich gut und hatte eine Lehrstelle als Dachdecker in Aussicht. Aber dann gab es im Dorf ein paar Vorfälle mit Vandalismus. Zerstörte Rosenkugeln, Hundedreck im Briefkasten und so etwas. Fast täglich schaute die Polizei bei uns vorbei. Wir kamen kaum noch zum Arbeiten. Die Kids schliefen schlecht, und Marco begann sogar, ins Bett zu machen. Als dann bei dem Audi TT des sauberen Herrn Waldmüller ein Rückspiegel abgebrochen wurde, kamen Ihre Kollegen in Mannschaftsstärke angerückt und nahmen alle mit, sogar mich. Nur zur Befragung, hieß es auch damals. Wir sollten lediglich als Zeugen vernommen werden.«

Die Zigarette war fast aufgeraucht. Daffner nahm noch einen letzten Zug, dann schnippte er den Rest auf den Boden.

»Die haben die Kids dann behandelt wie Verbrecher. Erst einmal jeden beschuldigt und mit Gefängnis gedroht. Als dann Marco dran war«, Daffner atmete tief durch, »da ist der Junge durchgedreht. Er hat die Gelegenheit genutzt, als bei der Polizei Schichtwechsel war, und ist getürmt.«

Der Sozialarbeiter trat den Stummel aus.

»Ein halbes Jahr später haben sie ihn gefunden. In München. Am Hauptbahnhof. Mit einer Spritze im Arm. Für den Vandalismus waren übrigens Jugendliche aus dem Nachbardorf verantwortlich, und alle Bewohner haben ihre Anzeigen zurückgezogen. Einer von der Polizei kam sogar und hat sich bei mir entschuldigt. Marco kann sich dafür aber nichts mehr kaufen.«

Daffner ging wieder ins Haus. Ziegler sah ihm hinterher. Dann warf er seinen erst halb aufgerauchten Cohiba-Zigarillo auf den Boden. Er schmeckte ihm nicht mehr.

***

Eigentlich wollte er heute gar nicht. Doch als er auf dem Weg von der Arbeit an der Kleingartenanlage vorbeigekommen war, hatte es ihn wieder gepackt. Dabei war das letzte Mal noch keine zwei Wochen her. Und er musste vorsichtig sein. Die Leute waren gewarnt. Er hatte gehört, dass in manchen Dörfern die Bauern Streife liefen. Aber hier am Stadtrand von Roth rechnete keiner mit ihm. Nicht abgelegen genug, dachten sie wahrscheinlich. Er lächelte. Hielten sie ihn etwa für einen Feigling, der nur dann aktiv wurde, wenn er sicher war, nicht erwischt zu werden? Nein, genau das gab ihm den besonderen Kick. Die Chance, erwischt zu werden. Das letzte Mal hatte er sich vorgestellt, genau hinter ihm würde jetzt jemand auftauchen. Und es war besser gewesen als je zuvor.

Deshalb war er noch vor Einbruch der Dunkelheit gekommen. Aber er war nicht dumm. Natürlich würde er warten, bis die wenigen Kleingärtner verschwunden waren, die trotz der Kälte auf ihren Parzellen arbeiteten. Er hatte sich an der Bushaltestelle platziert und konnte alles gut beobachten. Nur noch ein Wagen stand auf dem Parkplatz, ein alter Passat. Sein Opa hatte auch mal so einen gehabt. Und da kam auch schon der Besitzer, eine Frau, nicht viel älter als er selbst. Kannte er sie? Er trat ein Stück nach vorne, um besser sehen zu können. Als die Frau die Autotür öffnete, trafen sich für einen Moment ihre Blicke. Verdammt! Was jetzt? Blitzschnell rasten die Gedanken durch seinen Kopf. Sollte er …? Aber dann nickte er der Frau freundlich zu. Das war am wenigsten verdächtig. Und unter der Kapuze hatte sie sein Gesicht sicher nicht erkennen können. Die Frau nickte zurück, und dann verdeckte der ankommende Bus die Sicht. Ungeduldig winkte er den Fahrer weiter. Als der Bus wegfuhr, war auch der Passat verschwunden.

Er wusste, eigentlich hätte er jetzt nach Hause fahren sollen, aber die Erregung war zu stark. Er musste das jetzt zu Ende bringen.

Das Feuer loderte schon durch das kleine Fenster. Die Hühner auf dem Nachbargrundstück gackerten aufgeregt. Zuerst hatte er gezögert. Es sollte ja niemand zu Schaden kommen. Aber waren Hühner denn jemand? Auf jeden Fall kein Mensch. Und der Gedanke an die brennenden Tiere hatte ihn noch schneller zum Höhepunkt kommen lassen. Er war immer noch ganz benommen und starrte in die Flammen.

»He, Sie da!«

Verdammt, die Passat-Frau! Er zog die Kapuze wieder hoch. Sie war noch ein Stück entfernt und hatte ihn nur von hinten gesehen. Schlanke Männer wie ihn gab es viele. Kein Grund, ihr was anzutun. Blitzschnell sprintete er los. Kurz vor dem Waldrand geriet er auf eine Eisplatte und stürzte. Er spürte, wie Blut sein Knie hinabfloss. Egal, die Jeans und den Parka musste er sowieso verschwinden lassen. Er hörte die Frau noch »Hilfe, Feuer!« rufen, dann verschwand er im Wald.

***

Nach dem Besuch bei der *Arche* setzte Ziegler Simpel in Schwabach ab und fuhr nach Hause. Über Simpels Probleme mit Astrid sprachen sie nicht mehr. Ziegler hatte den Eindruck, dass Simpel nicht wollte, und irgendwie hatte ihm diese Aktion in der Wohngruppe sowieso die Laune verdorben. Eine Routinebefragung, nichts weiter eigentlich. Und trotzdem war ihm das an die Nieren gegangen. Erst die Falschaussage dieses *braven* Bürgers, und dann die völlig unnötigen Befragungen der Jugendlichen, nur weil der Schwabacher Polizeichef einem Provinzpolitiker einen Gefallen tun wollte. Und am Ende die Geschichte, die ihm der Sozialpädagoge erzählt hatte.

Momentan war Ziegler nicht gerade stolz auf seinen Beruf. Seine Tochter Eva-Maria hatte schon früher von Schikanen erzählt, die sie und ihre Freunde durch Polizisten erlebt hatten, wenn sie von einer Disco zur anderen unterwegs waren. Die Polizei, dein Freund und Helfer. Diesen Slogan würden viele junge Leute nicht unterschreiben.

Als Ziegler die Haustüre aufsperrte, kam ihm Derrick mit wedelndem Schwanz entgegen. Ein Spaziergang würde ihnen beiden guttun, auch wenn es schon ziemlich spät war. Ziegler nahm Derricks Leine, und sie machten sich auf den Weg zum Friedhof. Er zündete sich einen Zigarillo an und dachte über diesen seltsamen Fall nach. Ein Brand in einem verlassenen Gasthof, der zu einer Asylbewerberunterkunft umgebaut werden sollte. Viele Leute waren bestimmt froh darüber, dass diese Pläne vom Tisch waren. Es gab genug schräge Typen, die vor einem Brandanschlag nicht zurückschreckten. Aber wie passte da diese Tote mit hinein? Und was war mit den Babyknochen? Irgendjemand wusste, wo sie vergraben waren, und hatte dort vor Kurzem einen Rosenkranz abgelegt. Jemand aus dem Dorf? Oder die Tote aus dem Gasthaus? Wer war sie überhaupt, und warum gab sich Ute Schneider die Schuld an ihrem Tod? Ziegler beschloss, am nächsten Tag noch einmal ins Südklinikum zu fahren. Vielleicht fand er dort doch noch etwas Neues heraus.

Er band Derrick am Eingang des Friedhofes an und ging zum Grab seiner verunglückten Freundin. Er blieb nur kurz. Auch wenn er wusste, dass es Unsinn war, er hatte ein furchtbar schlechtes Gewissen, weil er Anne Bosch interessant und attraktiv fand. Es machte auch keinen Unterschied, dass sie einen Freund hatte. Es kam ihm trotzdem wie Verrat an Gabi vor. Er entfernte das gefrorene Laub von ihrem Grabstein, dann ging er wieder zurück zu Derrick, und die beiden machten sich auf den Heimweg. Seine Laune war jetzt noch schlechter als vor dem Spaziergang. Zu Hause rubbelte er Derrick den Bauch trocken, da klingelte das Telefon.

Als Ziegler die Stimme von Anne Bosch hörte, fühlte er,

wie sein Herz einen kleinen Hopser machte. Aber die Freude war nur kurz, denn Anne rief nicht an, weil sie Sehnsucht nach ihm hatte.

»Musste das sein, dass ihr die Kids aus der Wohngruppe noch mal befragt? Ihr könnt doch nicht ernsthaft glauben, dass die etwas mit dem Brand zu tun haben.«

»Nein, das glauben wir auch nicht, aber trotzdem war die Befragung notwendig. Es hatte sich da etwas ergeben, aber darüber darf ich nicht sprechen.«

»Das brauchst du auch nicht. Ich habe schon gehört, dass die *Arche* mal wieder denunziert worden ist.«

Ziegler schwieg. Was sollte er auch sagen?

»Aha, also ist es wahr. Ehrlich, Mike, ich kenne dich natürlich erst kurz, aber ich dachte, dass du nicht so … ich meine, dass du …«

Sie schwiegen beide.

Ziegler dachte: Jetzt legt sie gleich auf, und das war es dann. War vielleicht gut so, dann brauchte er kein schlechtes Gewissen mehr zu haben.

»Mike, bist du noch dran?«

»Ja, entschuldige, ich weiß nicht, was ich sagen soll. Ich bin nun mal Polizist.«

Anne seufzte.

»Ja, ich weiß. Entschuldige, ich habe gar kein Recht, über dich zu urteilen. Aber seit es die Wohngruppe gibt, haben die nur zu kämpfen, das ärgert mich.«

»Ich verstehe dich. Aber …«

»Ach, lassen wir das! Kommst du am Sonntag auf eine kleine Revanche zu mir?«

Zieglers Herz machte wieder einen kleinen Hopser.

»Ja, gerne …« Dann fiel ihm etwas ein. »Und Bernd?«

Anne lachte.

»Mein Sohn? Was hat der damit zu tun? Ich muss ihn nicht fragen, wenn ich einen Bullen zu mir einlade! Um drei?«

Zieglers Herz hopste schon wieder. Ihr Sohn! Und er hatte gedacht …

»Um drei? Schön.«

»Ciao. Ich freu mich.«

Ziegler holte sich ein Glas und schenkte sich einen Schluck irischen Whiskey ein.

»Prost, Derrick! Wir fahren am Sonntag zu Anne.«

Derrick schaute Ziegler an und wedelte mit dem Schwanz, er schien nichts dagegen zu haben.

***

»Machen Sie bitte den Mund weit auf! Danke, das war es schon.« Die Polizistin lächelte die Frau an, steckte das Wattestäbchen in ein Glasröhrchen und beschriftete es mit einer Nummer.

Die Nummer notierte Simpel auf einem Formblatt. Er war froh, dass die Kollegin mitgekommen war. Sie machte das nicht zum ersten Mal und wusste, wie man den Frauen die Unsicherheit nahm. Schließlich musste man nicht jeden Tag einen DNA-Test über sich ergehen lassen. Die Frauen im Dorf waren jedoch kooperativer, als Simpel gedacht hatte. Die Hälfte der Liste hatten die beiden schon abgearbeitet. Und fast alle waren so spät am Abend auch zu Hause gewesen. Nicht viele der Frauen, die infrage kamen, wohnten noch immer im Dorf. Deshalb hatten sie beschlossen, diese Tests gleich vor Ort zu machen und nur die einzubestellen, die auswärts wohnten. Bis jetzt gab es keine Probleme.

Aber da hatte sich Simpel zu früh gefreut, denn gerade als sie am nächsten Haus läuteten, kam Martin Waldmüller über die Straße.

»Ich dachte, der Massen-Gentest erfolgt erst nächste Woche«, sagte er ohne weitere Begrüßung.

»Guten Tag, Herr Waldmüller«, sagte Simpel. »Wie Sie sehen, sind wir schon heute tätig geworden, und von Massen-Gentest kann bei den paar Betroffenen sowieso keine Rede sein. Aber jetzt, wo wir keinen falschen Spuren mehr hinterherlaufen müssen, wollten wir ein bisschen vorwärtskommen. Das dürfte doch auch in Ihrem Interesse sein. Je eher wir Klarheit haben, desto eher haben Sie wieder Ruhe im Dorf.«

»Aber Sie können doch nicht einfach von jeder Frau hier Speichelproben nehmen. Ich sagte Ihnen doch, das kann niemand von hier gewesen sein.«

»Das sagten Sie«, erwiderte Simpel. »Aber die Isotopenanalyse hat eindeutig ergeben, dass die Mutter der Babys aus dieser Gegend stammt. Die Knochen liegen seit dreißig Jahren in der Erde, und deshalb überprüfen wir jede Frau, die sich zur entsprechenden Zeit im gebärfähigen Alter befand und hier gewohnt hat. Und mit denen, die noch immer hier wohnen, fangen wir der Einfachheit halber an.«

»Und wenn Sie recht haben«, fügte die Polizistin hinzu, »dann wird die Untersuchung ergeben, dass es niemand von hier gewesen ist.«

Waldmüller gab sich noch nicht geschlagen. »Aber Sven hatte mir gesagt, dass Sie erst nächste Woche beginnen. Dann hätte ich …«

»Etwa jemanden warnen können?«, fragte Simpel.

Entrüstet sah ihn Waldmüller an. »Nein, natürlich nicht! Aber ich hätte die Leute vorbereiten können. Dann kämen sie sich nicht so überfallen vor.«

»Wir überfallen niemanden, Herr Waldmüller«, sagte Simpel. »Wir wollen hier einen Mord aufklären.«

»Mord?«, stammelte Waldmüller.

»Auf jeden Fall Kindstötung. Jemand muss die Babys ja umgebracht haben, bevor sie vergraben wurden.«

Waldmüller wurde blass. Er hielt sich für einen kurzen Augenblick an einem Laternenmast fest. »Daran hatte ich noch gar nicht gedacht.«

»Sie sehen also, wie wichtig es ist, dass wir die Mutter der Neugeborenen finden«, sagte Simpel.

»Und danach suchen wir den Vater. Die Vaterschaftsanalyse ist zwar aufwendiger und dauert länger, aber Sie können ja schon mal mit gutem Beispiel vorangehen.« Die Polizistin zog ein Wattestäbchen aus der sterilen Verpackung und näherte sich damit Waldmüller. Der trat einen Schritt zurück.

»Nein! Was? Bleiben Sie mir vom Leib mit dem Ding! Das wird ein Nachspiel haben. Ich rufe sofort meinen Anwalt an, damit der diese Posse stoppt. Das ist ja lächerlich!«

Er drehte sich auf dem Absatz um und stapfte davon.

Die Polizistin warf das Wattestäbchen in eine Abfalltonne, die vor dem Haus stand. »So etwas darf aber eigentlich nicht passieren, dass Personen, die nichts mit der Sache zu tun haben, von polizeilichen Maßnahmen wissen. Das ist ja …«

»… genaugenommen Verrat von Dienstgeheimnissen«, sagte Simpel. »Aber zum Glück wurde ja kein Schaden angerichtet.«

Eine halbe Stunde später änderte Simpel seine Meinung. Plötzlich weigerten sich etliche Frauen, die Speichelprobe abzugeben. Als die beiden Polizisten wieder an ihrem Wagen standen, trat Simpel wütend gegen den Reifen. »Verdammter Blume!«, fluchte er. Die Kollegin tat so, als hätte sie nichts gehört, und packte den Koffer mit den Proben auf den Rücksitz.

***

Ziegler saß im Stau fest. Er fluchte. Warum hatte er auch mitten im Berufsverkehr losfahren müssen!

Er hatte gleich am Morgen mit Simpel telefoniert. Der war noch nicht weitergekommen. Die Ergebnisse des DNA-Reihentests würden erst in ein paar Tagen kommen, und die italienischen Kollegen hatten immer noch nichts von sich hören lassen.

»Idiot!« Vor ihm hatte ein BMW-Fahrer ohne Blinken die Spur gewechselt und ihn dabei fast gestreift. Und das, wo er heute mit dem Mercedes unterwegs war. Weil die Sonne schien und die Straßen trocken waren, wollte er den Oldtimer noch einmal bewegen, bevor der ab Dezember in die Winterpause ging. Meistens nahm er ja die S-Bahn nach Nürnberg, aber heute musste er ins Südklinikum. Da war es besser, er fuhr direkt, ohne sich erst einen Dienstwagen im Präsidium zu holen.

Was er eigentlich genau im Klinikum wollte, konnte er selbst nicht sagen. Aber irgendetwas musste er ja tun. Es gab einfach zu viele offene Fragen. Hatte Ute Schneider noch Kontakt zu jemandem aus Eckerslohe? Von wem bekam sie Post aus Italien? Gab es da eine Verbindung zur Toten aus dem Gasthof?

Hinter ihm hupte jemand. Er war so in Gedanken, dass er gar nicht mitbekommen hatte, dass es endlich weiterging. Er hob entschuldigend die Hand und gab Gas.

»Nein, außer den Sachen in ihrem Spind hat Ute nichts hier gehabt.«

Im Schwesternzimmer hatten Ute Schneiders Kolleginnen ein kleines Bild von ihr aufgestellt, mit ein paar Blumen davor. Die Stationsleiterin schnäuzte sich in ein Papiertaschentuch. »Wir hatten sie alle gern. Schrecklich, dass sie nichts gesagt hat von ihrer Krankheit. Aber so war sie halt. Hat wohl alles in sich hineingefressen. Sie war immer freundlich und liebevoll zu jedermann, und niemand hat gewusst, wie es in ihr drinnen ausgesehen hat.«

»Ja, das ist wirklich furchtbar«, sagte Ziegler. »Darf ich fragen, ob Frau Schneider einmal etwas von einer italienischen Freundin erwähnt hat. Oder dass sie in Italien im Urlaub war?«

Die Stationsleiterin steckte das Taschentuch in ihren Kittel. »Nicht, dass ich wüsste. Sie hat wenig von sich erzählt. Ich glaube, im Urlaub fuhr sie immer in den Bayerischen Wald zum Wandern. Das hat sie mal erwähnt. Ich kann ja mal die Schwestern der Spätschicht fragen, ob die was wissen.«

»Danke, das wäre nett. Bitte rufen Sie mich unbedingt an, wenn Sie etwas erfahren.« Ziegler ließ seinen Blick durchs Zimmer schweifen. Er deutete auf einen ausgeschalteten PC mit Röhrenbildschirm. »Ist der kaputt?«

»Nein«, sagte die Stationsleiterin. »Das ist ein uralter Rechner. Der steht hier nur rum, weil ihn noch keiner weggeräumt hat. Ab und zu surft mal eine Schwester damit im Internet.« Sie stockte. »Natürlich nur in der Pause, meine ich. Ansonsten ist das ja verboten.«

»Ist schon gut. Ich verrate keinem etwas. Darf ich mir den mal ansehen?«

»Gerne. Das Passwort ist *nightingale*, kleingeschrieben.« Sie lächelte verlegen. »Nicht besonders einfallsreich, aber da sind auch keine vertraulichen Daten drauf.«

Ziegler fuhr den PC hoch und durchforstete die Dateien. Ein paar lustige Katzenvideos, medizinische Wikipedia-Einträge, ein Geburtstagsgedicht zum Sechzigsten der Oberschwester, was man halt so in einem Krankenhaus erwartet. Er fand auch zwei Buchungsbestätigungen für ein Hotel in Barcelona und den Anfang eines Praktikumsberichts. Nichts, was ihn weitergebracht hätte. Und vor allem: nichts von Ute Schneider. Er sah eine Zeit lang zu, wie die Schwestern das Essen verteilten. Dann kam ihm eine Idee. Zu seinem Wiedereingliederungsprogramm hatte auch ein Kurs in forensischer Informationstechnik gehört. Da hatte er ein paar Tricks gelernt. Er hatte das zwar noch nie ausprobiert, aber vielleicht funktionierte es. Er lud aus dem Internet ein Programm herunter, mit dem man gelöschte Dateien wiederherstellen konnte. Und tatsächlich – schon nach ein paar Minuten hatte er gefunden, was er suchte. Er druckte ein paar Seiten aus, fuhr den Rechner herunter und klebte ein Polizeisiegel darauf. Er war über sich selber erstaunt, wie gut er das hinbekommen hatte. Da würde der Kollege Simpel Augen machen.

Die Stationsleiterin kam mit einer leeren Teekanne herein und sah ihn erstaunt an.

»Ich fürchte, ich muss diesen PC beschlagnahmen«, erklärte Ziegler. »Ute Schneider hat einige Briefe darauf geschrieben, die ich mir näher ansehen muss. Ein Kollege von der Kriminaltechnik kommt später vorbei und holt ihn ab.«

Noch auf dem Gang zückte er sein Telefon und rief im Präsidium an. Er selbst wollte gleich nach Schwabach und Simpel zeigen, was er gefunden hatte.

Hoffentlich hatte der Verkehr inzwischen nachgelassen.

***

»Ich habe vier Einträge mit dem Namen Christina Cainelli gefunden.« Küppers blätterte in seinen Ausdrucken und legte ein Blatt auf den Tisch. »Das ist die Erste.«

»Die ist doch noch ein kleines Mädchen, das hilft uns nicht weiter«, meinte Simpel.

Ziegler hatte Simpel das Adressfragment gezeigt, das er im Krankenhaus-PC gefunden hatte, und Küppers, der Einzige, der Italienisch konnte, hatte sich sofort auf die Suche gemacht.

»Vielleicht hat die kleine Christina Cainelli eine Patentante, nach der sie benannt ist«, sagte Ziegler.

Küppers schüttelte den Kopf. »Habe ich überprüft. Christina ist sieben Jahre alt und hat letzte Woche in der Schulaufführung die Cinderella getanzt. Das Bild auf Facebook wurde 76 Mal geliked. Die gesamte Familie Cainelli kommentiert sich ständig gegenseitig, sogar die 85-jährige Uroma. Eine weitere Christina ist da leider nicht dabei.«

»Und die anderen drei?«, fragte Simpel.

»Bei zweien ebenfalls Fehlanzeige. Die eine sitzt glücklich und zufrieden im *ricoveri di anziani* in Levico Therme, das heißt im Altersheim, und die andere ...« Küppers räusperte sich. »Die ist im horizontalen Gewerbe unterwegs. Und quicklebendig. Ich habe da Livebilder gesehen ...« Er räusperte sich noch einmal.

»Und die Letzte«, fragte Simpel, um dem jungen Kollegen aus der Verlegenheit zu helfen.

»Da suche ich noch. In dem italienischen Karriereportal *carriera.it* gibt es eine Rechtsanwaltsgehilfin namens Christina Cainelli. Aber um mehr zu erfahren als nur den Namen, muss man dort Mitglied werden. Ich könnte ja mal Herrn Blume …«

»Was könnten Sie mich mal, Herr Küppers?« Blume kam herein. »Ich wollte Sie fragen …«, begann Küppers.

»… ob man sich während der Dienstzeit auf Facebook herumtreiben darf? Was Sie offenbar tun, ich bin an Ihrem PC vorbeigekommen.«

Simpel stand auf. »Herr Blume, Manuel recherchiert in den sozialen Netzwerken nach einem Namen, den Herr Ziegler auf dem Rechner der toten Krankenschwester gefunden hat. Christina Cainelli. Mit ihr hatte Ute Schneider Briefkontakt. Leider waren die Dateien schon gelöscht, und Herr Ziegler hat nur Teile der Adresse wiederherstellen können.«

»Soso«, sagte Blume und sah Ziegler skeptisch an.

»Ich habe letzten Monat einen Kurs in forensischer Datenanalyse gemacht«, sagte Ziegler. »Aber natürlich bin ich kein Experte. Deshalb ist der Rechner auch bei uns in Nürnberg zur weiteren Untersuchung. Hier in Schwabach haben Sie ja keine eigene IT-Abteilung.«

»Vielleicht finden die Kollegen dort mehr heraus«, fuhr Simpel fort. »Solange arbeiten wir mit dem, was wir haben.«

»Und mehr als einen Namen haben Sie nicht?«, meinte Blume.

»Immerhin haben wir einen Namen«, sagte Simpel. »Vielleicht ist es sogar der unserer Toten. Die Spuren führen nach Norditalien. Das Brandopfer aus dem Gasthaus stammt von dort. Und die ersten Ziffern der Postleitzahl, die Hauptkommissar Ziegler auf dem PC gefunden hat, passen dazu, Trient oder die unmittelbare Umgebung.«

»Trient, soso«, brummte Blume. »Dann rufen Sie die Kollegen dort doch mal an, ob eine – wie war der Name noch mal?«

»Christina Cainelli«, sagte Ziegler.

»… ob da eine Christina Cainelli vermisst wird. Wenn Sie wollen, bin ich Ihnen gerne behilflich. Ich spreche ein paar Brocken Italienisch.«

»Danke«, sagte Simpel. »Manuel hat in Italienisch Abitur gemacht. Die Kompetenzen meiner Kollegen sind sehr umfassend, müssen Sie wissen, Herr Blume.«

»Ja, äh gut«, sagte Blume und wandte sich an Küppers. »Aber fassen Sie sich kurz. Ferngespräche sind nämlich immer noch teuer. Und wir wollen doch den Steuerzahler nicht über Gebühr belasten. Sie verstehen, über Gebühr.«

Er lachte, aber keiner lachte mit. Lediglich Manuel rang sich ein gequältes Grinsen ab. Blumes Miene verfinsterte sich wieder, und er verließ den Raum.

»Ich weiß gar nicht, was ihr gegen euren Chef habt«, sagte Ziegler. »Der kann ja sogar Witze machen.«

Simpel seufzte. »Ich wünschte, die ganze Blume-Geschichte wäre nur ein Witz.«

»Ja«, nahm Küppers den Faden auf. »Und Hertle kommt gleich herein, sagt ›April, April‹, und der ganze Spuk ist vorbei.«

Obwohl es alle besser wussten, sahen sie zur Tür, die sich tatsächlich genau in dem Moment öffnete. Aber herein kam nicht der heißersehnte Dienststellenleiter, sondern Tina Kaczmarek.

»Was schaut ihr denn so komisch?«, fragte sie und sah an sich hinab. »Ich wollte nur Manuel abholen. Habe ich irgendwo einen Fleck?«

»Nein«, beruhigte sie Simpel. »Da ist nichts. Aber Manuel muss jetzt in Italien anrufen.«

»Papperlapapp«, sagte Tina. »Jetzt ist Mittagspause, auch in Italien. Und ich bin mit Manuel zum Essen verabredet.«

Jetzt blickten alle den jungen Kommissar an. Der stand schnell auf, nahm seine Jacke und ging mit Tina nach draußen. Auf dem Gang hakte sie sich bei ihm ein.

»Sieh mal an, der junge Kollege … davon wusste ich ja gar nichts. Hat Tina ihren Motorradfahrer abserviert?«, fragte Ziegler.

Vogel, der gerade hereinkam, wedelte mit der Hand in der Luft herum. »Die turtln scho a ganze Zeit lang miteinander rum. Der Motorradfahrer is scho lang passé, und dem Manuel hat die Tina scho immer gfalln. Des weiß ich scho lang.«

Vogel legte einen Finger an seine Lippen.

»Aber ich hab nix gsagt, gell.«

Simpel und Ziegler hoben die Finger zum Schwur.

»Na dann würde ich vorschlagen, wir machen auch erst einmal Mittag. Mahlzeit«, sagte Ziegler.

***

»*Prego, si accomodi.*«

Commissario Zanetti hätte das Klopfen an seiner Bürotür fast überhört. Dabei war er froh über jede Unterbrechung. Die Aktualisierung der Kriminalstatistik in der Commune di Trento war keine sehr aufregende Tätigkeit. Aber der *commissario capo* wollte sie unbedingt noch heute auf dem Schreibtisch haben.

»*Buon giorno, commissario.*«

Eine Frau trat in sein Büro, Anfang fünfzig, gut gekleidet, etwa 1,60 Meter groß und schmal, die braunen Haare schulterlang.

»*Buon giorno, Signora.* Was kann ich für Sie tun? Bitte nehmen Sie Platz.«

»*Grazie.*«

Die Frau setzte sich, hielt ihre Handtasche auf dem Schoß umklammert und seufzte einmal tief.

»Commissario …« Die Frau sah auf das Namensschild auf dem Schreibtisch. »… Zanetti. Ich bin Marianna Valentini, und ich möchte eine Vermisstenanzeige aufgeben.«

»*Un attimo per favore*, ich nehme die Meldung sofort auf.«

Zanetti schloss die Datei mit der Statistik und rief das Formular für vermisste Personen auf.

»*Bene.* Jetzt kann es losgehen. Wie heißt denn die vermisste Person?«

»Christina Cainelli. Via Ferruccio Francesco 2, 38122 Trento. Sie ist meine beste Freundin und seit vier Wochen verschwunden.«

»Und die Familie der Vermissten? Haben die auch nichts von ihr gehört?«

»Christina hat keine Familie mehr. Sie ist geschieden, und ihre Eltern sind tot.«

»Und sie wird seit vier Wochen vermisst, sagen Sie?«

Signora Valentini nickte. »Sie wollte für eine Woche nach Deutschland fahren, wohin genau, weiß ich gar nicht. Aber jetzt ist sie schon fast einen Monat weg. Ich habe nichts von ihr gehört und kann sie auch nicht auf ihrem Handy erreichen.«

»Also, Signora Cainelli müsste eigentlich schon seit drei Wochen wieder zurück sein? Warum sind Sie denn nicht früher zu uns gekommen?«

Marianna Valentini seufzte noch einmal.

»Nun ja, Christina wollte mir nicht sagen, warum sie so plötzlich wegfährt, nur, dass es wichtig ist. Ich habe dann einfach von Tag zu Tag gewartet. Aber jetzt mache ich mir ernsthaft Sorgen.«

»Halten Sie es denn für möglich, dass Ihre Freundin einfach keine Lust hat, sich zu melden? Sich sozusagen eine Auszeit nimmt, Signora?«

»Nein. Christina muss etwas zugestoßen sein. Sie hat eine Boutique, und die lässt sie sonst nicht so lange alleine. Christina macht fast nie Urlaub und wenn, dann höchstens für eine Woche, nie länger. Sie ist praktisch mit dem Laden verheiratet. Wenn sie weg ist, dann vertrete ich sie im Geschäft. Jedenfalls wollte Christina eine Woche wegbleiben, aber jetzt ist es schon ein Monat, und sie hat nicht einmal eine SMS geschickt.«

»Vielleicht hat Ihre Freundin jemanden kennengelernt. Da vergisst man gerne mal den Alltag.«

Signora Valentini schüttelte den Kopf. »Nicht Christina. Und wenn, dann hätte sie sich bei mir gemeldet. Sie ist ja kein Teenager mehr.«

»Gut. Dann nehmen wir mal die Anzeige auf. Aber zu Ihrer Beruhigung kann ich sagen, dass in den meisten Fällen die Vermissten plötzlich wieder von sich aus auftauchen.«

Die Frau lächelte schwach. »Hoffen wir es. Aber es kann nichts schaden, wenn die *polizia* sich trotzdem darum kümmert.«

»Natürlich nicht, dafür sind wir ja da. Also, wann ist Signora Cainelli denn abgereist?«

»Zwei Tage vor Allerheiligen. Sie hat mir nur gesagt, sie fährt nach Deutschland. Aber ich weiß nicht, wohin sie genau wollte. Wir waren als junge Frauen längere Zeit in Süddeutschland, genauer gesagt in der Nähe von *Norimberga*, aber da hat sie sicher zu niemandem mehr Kontakt.«

»Bitte entschuldigen Sie einen Moment, Signora.« Beim Stichwort *Norimberga* war dem Commissario etwas eingefallen. Da war doch … Er tippte etwas in seinen Computer. Dann wandte er sich wieder an die Frau. Seine Miene war jetzt sehr ernst. »Sagt Ihnen der Ort Eckerslohe etwas?«

Signora Valentini wurde kreidebleich. »Ja, woher …«

»Vielleicht ist die Sache mit Ihrer Freundin doch ernster, als ich angenommen habe, Signora. Ich will Ihnen etwas zeigen.« Er drehte den Bildschirm so, dass die Frau darauf schauen konnte. »Erkennen Sie das wieder?«

»Ja, das ist Christinas Amulett. Das hat sie von ihrer Großmutter bekommen, und sie trägt es, seit ich sie kenne. Oh Gott, was ist mit Christina? Sie ist doch nicht etwa …?«

Marianna Valentini schlug die Hand vor den Mund. Zanetti drehte den Bildschirm wieder zu sich.

»Es könnte leider sein, dass Ihrer Freundin tatsächlich etwas zugestoßen ist. In einer abgebrannten *Trattoria* bei *Norimberga* hat man eine Tote gefunden. Bisher hat man sie noch nicht identifizieren können. Aber es deutet alles darauf hin, dass die Frau aus dem *Trentino* stammt. Signora, es tut mir furchtbar leid, aber es könnte sein, dass Ihre Freundin Christina Cainelli ermordet wurde.«

»Ermordet?!«

Marianna Valentinis Augen weiteten sich. Die Handtasche fiel ihr aus den Händen, und der Inhalt verteilte sich auf dem Boden des Büros von Commissario Zanetti.

***

»Vielen Dank, Signora Valentini. Sie haben uns sehr geholfen. Ich melde mich dann bei Ihnen. *Arrividerci.*«

Simpel legte das Telefon auf die Seite und überflog seine Notizen. Zwei Seiten hatte er mitgeschrieben. Er ergänzte einiges, verbesserte zwei Stellen, dann ging er ins Nebenbüro zu Tina.

»Ist Herr Blume da?«

Tina verdrehte die Augen und nickte. Simpel klopfte und öffnete die Tür.

»Herr Blume, ich habe soeben mit Italien telefoniert, und wir werden uns jetzt gleich zu einer Besprechung treffen. Wenn Sie dabei sein möchten …«

»Natürlich möchte ich dabei sein. Sagen wir in zwanzig Minuten.«

Vierzig Minuten warteten sie auf den Dienststellenleiter, dann begann Simpel ohne ihn.

»Ich hatte ein aufschlussreiches Telefonat mit Commissario Zanetti aus Trient. Bei ihm war eine Marianna Valentini. Sie ist eine Freundin von Christina Cainelli und hat sie soeben als vermisst gemeldet. Sie hat seit vier Wochen nichts mehr von ihr gehört.«

»Vier Wochen? Das passt genau zum Brand in Eckerslohe. Dann ist diese Cainelli unsere Tote, oder?«, fragte Küppers.

»Höchstwahrscheinlich, jedenfalls hat Signora Valentini das Amulett wiedererkannt. Aber für eine hundertprozentige Bestimmung brauchen wir noch einen Beweis, am besten eine DNA-Probe.«

»Dann soll die Freundin halt a Haarbürstn mitbringn, wenn s' kommt, des langt heutzutag«, meinte Vogel.

Simpel seufzte. »Eben da liegt das Problem. Frau Valentini wird nicht kommen. Sie führt die Boutique ihrer Freundin weiter. Und in Trient ist Weihnachtsmarkt. Da kann sie nicht weg. Auch wenn ihre Freundin vielleicht tot ist, fühlt sie sich dem Laden verpflichtet. Wenn wir mit ihr sprechen wollen, müssen wir schon selber nach Trient.«

»Wer will nach Trient?« Blume kam herein, wie immer grußlos, und er mischte sich gleich in das Gespräch ein. »Ziemlich langweilig, dieses Trient«, sagte er. »Ich war da schon ein paar Mal. Als Ausgangspunkt fürs Bergsteigen ist Cortina viel günstiger gelegen. Aber ich schweife ab. Entschuldigen Sie bitte meine Verspätung, aber ich musste noch mit dem Innenstaatssekretär telefonieren, Sie verstehen.«

Damit setzte er sich, und Simpel begann seine Ausführungen von vorne.

»Und Sie denken, ich schicke Sie so mir nichts dir nichts auf Staatskosten nach Italien?«, sagte Blume. »Die DNA-Probe können auch die Carabinieri sicherstellen. Wenn wir alles über Interpol laufen lassen, gibt es keine Probleme mit der Beweiskette. Da müssen nicht extra zwei Beamte hinfahren. Und diese Valentini lassen wir vorladen, wenn es sein muss.«

»Ich glaube nicht, dass Signora Valentini so einer Vorladung Folge leisten wird«, meinte Simpel. »Sie fühlt sich ihrer Freundin verpflichtet, egal ob die tot ist oder nicht. Das Geschäft jetzt alleine zu lassen, käme ihr wie Verrat vor, hat sie gesagt. Außerdem ist sie keine Beschuldigte, und wir können sie nicht zwingen, zu uns zu kommen.«

»Und?«, sagte Blume. »Dann soll sie halt in Italien bleiben. Mit unserem Mord hat sie eh nichts zu schaffen. Wir lassen die DNA-Probe sicherstellen, und das war's.«

Simpel sah auf seine Notizen. »So einfach ist das leider nicht. Signora Valentini war als junge Frau zusammen mit Christina Cainelli in Deutschland. Vor ziemlich genau dreißig Jahren.«

»Dreißig Jahre, wie die Babys?«, sagte Küppers.

Simpel nickte. »Genau, und ratet mal, wo die beiden jungen Italienerinnen sich für längere Zeit aufgehalten haben!«

»In Eckerslohe?«, fragte Vogel ungläubig.

»In Eckerslohe«, sagte Simpel. »Zwei junge, vermutlich hübsche junge Frauen, die genau zu der Zeit in dem Dorf waren, in der die beiden Babys gestorben sind. Eine von ihnen – höchstwahrscheinlich eine von ihnen – wird dreißig Jahre später ausgerechnet in diesem Dorf ermordet. Wenn es da keinen Zusammenhang gibt, heiße ich Tulpe.«

Blümchen kniff die Augen zusammen.

Simpel fuhr fort.

»Signora Valentini will nicht am Telefon darüber reden, über die Zeit damals und über ihre Freundin. Und ich bin mir sicher, das Mordmotiv liegt dort in der Vergangenheit, und wenn wir den Mörder von Christina Cainelli finden, lüften wir auch das Geheimnis um die beiden Babys.«

Er sah Blume auffordernd an. Der dachte kurz nach. Dann atmete er tief durch.

»Na gut, was sein muss, muss sein. Aber im Präsidium werde ich mir ganz schön was anhören müssen, wenn ich zwei meiner Beamten zum Urlaub nach Italien schicke. Übrigens, gut gemacht. Sie sind ein tüchtiges Stück weitergekommen.« Er sah zu Küppers. »Nicht, dass es wieder heißt, ich verstünde nichts von positiver Verstärkung.«

Simpel ignorierte die letzte Bemerkung, denn bei der Erwähnung des Präsidiums war ihm eine Idee gekommen.

»Wie wäre es«, sagte er, »wenn ich Herrn Ziegler mitnehme. Dann wären die Reisekosten auf zwei verschiedene Dienststellen verteilt. Die tote Krankenschwester stand schließlich in Briefkontakt mit unserer Italienerin und ist damit in den Mordfall verwickelt – irgendwie.«

Blume sah Simpel erstaunt an. »Sie haben ja richtig gute Ideen, Herr Simpel. So machen wir es. Aus Ihnen wird vielleicht doch noch ein guter Polizist. Sie brauchen nur ein bisschen Anleitung. Wenn Sie den Fall gelöst haben, müssen wir uns mal unter vier Augen unterhalten, dann habe ich vielleicht ein paar Karrieretipps für Sie.«

Simpel musste einen Brechreiz unterdrücken, aber es gelang ihm, freundlich zu bleiben. »Danke, aber ich gehe davon aus, dass Hauptkommissar Hertle bald wieder da sein wird. Ansonsten denke ich über Ihr Angebot nach.« *Aber keine zwei Sekunden*, ergänzte er in Gedanken.

»Dann machen Sie mal weiter. Es gibt viel zu tun.«

Blume stand auf und ging. Simpel packte seine Notizen zusammen.

»Warum nimmst eigentlich den Manuel ned mit?«, fragte Vogel. »Schließlich is der der Einzige, der Italienisch kann.«

»Manuel hat nächste Woche den Gruppenleiter-Lehrgang, den braucht er dringend für die nächste Beförderung. Und außerdem spricht Signora Valentini fließend Deutsch. Liegt Trient nicht in Südtirol?«

»Im Trentino«, antwortete Küppers. »Das macht einen großen Unterschied. Die Einwohner sind da sehr empfindlich. Ich habe mich darüber mal mit einem Pater aus Bolzano unterhalten.«

Simpel bemerkte den enttäuschten Unterton bei seinem jungen Kollegen.

»Sorry, Manuel, bei der nächsten Dienstreise bist du dabei, versprochen. Und jetzt rufe ich Mike an, der muss schließlich am Wochenende Koffer packen.«

Damit war die Besprechung beendet.

***

»Ich geh noch schnell duschen, und dann können wir fahren.« Astrid gab Simpel einen Kuss und verschwand im Bad. Es war Samstagnachmittag, und sie war gleich nach dem Dienst zu ihm nach Schwabach gefahren.

Sie wollten auf den Spalter Weihnachtsmarkt. Horst Vogel hatte ihn empfohlen. »Viel schöner als der Christkindlesmarkt in Nürnberg, kannst mer glaubn. Aber der is nur am erstn Adventswochenende.«

Während Astrid sich fertig machte, rief Simpel noch kurz bei seinen Eltern an. Die flogen am nächsten Tag für zwei Wochen in die Türkei. Seine Mutter erzählte das Neueste von Verwandten und Bekannten. Unter anderem, dass ein Schulfreund von ihm vor zwei Tagen Vater geworden war. Viele seiner alten Freunde waren inzwischen verheiratet. Simpel konnte deutlich heraushören, dass sich seine Mutter auch von ihm erhoffte, dass er bald eine Familie gründete. Am besten natürlich daheim in Regensburg.

Als Simpel aufgelegt hatte, nahm er sich fest vor, heute mit Astrid zu sprechen. Sie hatte ihm noch immer nicht erzählt, bei welcher Untersuchung sie gewesen war, und er hatte es noch immer nicht gewagt, sie direkt auf eine Schwangerschaft anzusprechen. Ein paar Anläufe hatte er zwar schon gemacht, aber jedes Mal war etwas dazwischengekommen oder Astrid hatte schnell vom Thema abgelenkt.

Eine Stunde später schlenderten sie durch die Gassen der Spalter Altstadt von Stand zu Stand. Zahlreiche ehemalige Kartoffelkeller waren für dieses Wochenende zu Ausstellungsräumen umfunktioniert worden. Vogel hatte recht, ein hübscher Weihnachtsmarkt, auch wenn der Schnee in den letzten Tagen fast vollständig weggeschmolzen war.

Und das, obwohl Simpel dieses Wochenende endlich seine Reifen gewechselt hatte. Aber ab morgen sollte es wieder kräftig schneien.

»Soll ich uns zwei Bratwurstbrötchen holen?«, fragte Simpel.

»Das wäre lieb von dir, ich warte da vorne an dem Stand auf dich«, sagte Astrid.

»Schau mal, sind die nicht niedlich?« Astrid hielt zwei winzige Lederbabyschühchen hoch, als Simpel mit den Bratwurstbrötchen zurückkam.

»Willst du sie kaufen?«, fragte Simpel. Dabei versuchte er, ganz unbefangen zu klingen. Er biss in sein Brötchen.

»Ja, ich dachte, ich nehme sie mit. Das Baby kommt zwar erst im Juni, aber die sind so süß. Was meinst du?«

»Im Juni? – Mist!« Simpel rutschte die Bratwurst aus dem Brötchen, fiel zu Boden und hinterließ einen großen Senffleck auf seiner Jacke.

»Im Juni, ja. Selmas Baby kommt im Juni, das habe ich dir doch erzählt, oder?«

Simpel wischte mit der Serviette auf seiner Jacke herum, aber ein gelber Fleck blieb trotzdem.

»Selma? Ach so, ja, ja, das hast du erzählt.«

Astrid ließ sich die Schuhe einpacken, aß ihr Brötchen auf, und sie schlenderten weiter.

»Du kannst übrigens ruhig einen Glühwein trinken, ich nehme einen Kakao und fahre uns dann heim«, sagte Astrid und steuerte den Getränkestand an.

»Alkohol ist momentan nicht gut für mich«, fügte sie noch hinzu.

»Warum ist Alkohol für dich momentan nicht gut?«, fragte Simpel. Er hielt Astrid am Arm fest und hoffte, endlich die erwartete Antwort zu bekommen. Sie sah ihn kurz verdattert an, doch dann zog sie ihn zum nächsten Stand.

»Ach, nur so … Schau mal, Stefan, ist das nicht hübsch?« Astrid zeigte auf einen furchtbar kitschigen Engel aus Kerzenwachs, über den sie fünf Minuten vorher noch ausgiebig gelästert hatte.

Es war klar, irgendetwas stimmte da nicht. Aber wieder hatte es Astrid geschafft, ihn so zu verunsichern, dass er nicht weiterfragte.

***

»Derrick, komm, wir fahren nach Eckerslohe.«

Ziegler nahm seine Jacke vom Garderobenhaken und wartete. Normalerweise kam Derrick sofort, wenn Ziegler ihn rief. Aber jetzt kam nur ein leises Jaulen aus dem Wohnzimmer.

»Derrick … oh nein!«, stöhnte Ziegler, als er ins Wohnzimmer trat. Derrick hatte den ganzen Teppich vollgekotzt und vollgeschissen und blickte nun ziemlich jämmerlich zu Ziegler hoch. Ziegler hielt sich die Nase zu und öffnete die Fenster. Dann trug er den alten Dackel ins Badezimmer und machte ihn sauber. Er wollte ihm von den Tropfen geben, die ihm seine Mutter eingepackt hatte, doch das Fläschchen war leer. Er massierte dem Hund den Bauch, und nach einer Weile schaute Derrick schon wieder etwas munterer. Ziegler sah auf die Uhr. Er würde es nicht mehr bis drei Uhr zu Anne schaffen. Aber konnte er denn überhaupt losfahren? Er wollte auf keinen Fall riskieren, dass Derrick ihr den Boden schmutzig machte, aber alleine zu Hause wollte er ihn auch nicht lassen. Vielleicht sollte er besser gleich zum Tierarzt fahren. Ziegler hatte sich sehr darauf gefreut, Anne Bosch wiederzusehen. Aber andererseits, wenn er wegen Derrick zu Hause blieb, dann konnte sein schlechtes Gewissen ein wenig Pause machen. Er war hin- und hergerissen. Viertel vor drei. Er nahm das Telefon und rief Anne an. Er berichtete ihr von Derricks gesundheitlichen Problemen und dass er deshalb wohl nicht kommen konnte.

»Quatsch«, sagte Anne. »Bring Derrick ruhig mit. Ich habe eine Freundin, die Tierärztin ist, und die hat mir für eine meiner Katzen ein Mittel gegeben, das ist, glaube ich, auch für Hunde geeignet. Wenn es nicht hilft, kannst du ja morgen immer noch zum Arzt. Ich ruf meine Freundin gleich mal an, vielleicht kann sie mir noch einen Tipp geben. Also, kommt ruhig her, ihr zwei!«

Kurzerhand rollte Ziegler den Wohnzimmerteppich zusammen und warf ihn auf die Wiese in seinem Garten. Das alte Ding hatte er eigentlich schon lange wegwerfen wollen, jetzt war es halt so weit. Dann holte er ein Stück Plastikplane aus dem Keller und legte es auf den Rücksitz seines Fiat Punto. Den Mercedes hatte er gestern ins Winterquartier gebracht, eine Scheune in Bullach.

Er setzte Derrick auf die Plane und fuhr los. Er freute sich auf das Wiedersehen mit Anne Bosch, schlechtes Gewissen hin oder her.

Die Fahrt nach Eckerslohe verschlief Derrick. Es hatte wieder angefangen zu schneien, aber zum Glück war sonntags nicht viel Verkehr. Ziegler nahm die Plastikplane zur Sicherheit mit, als er bei Anne klingelte. Sie öffnete sofort und begrüßte Ziegler mit einer kleinen Umarmung. Dann nahm sie ihm Derrick ab und trug ihn in die Küche.

»Ich habe mit meiner Freundin telefoniert, und sie hat mir versichert, dass das Mittel auch bei Hunden hilft. Ich soll die Kapsel in eine Scheibe Wurst rollen, und er frisst sie dann hoffentlich mit.«

Mike Ziegler und Anne Bosch knieten beide auf dem Küchenboden, streichelten Derrick und versuchten, ihn dazu zu animieren, die Wurst mit der Medizin zu schlucken. Derrick hatte keine rechte Lust zu fressen, und so dauerte das eine Weile, aber schließlich waren Wurst und Kapsel im Dackel.

»So«, sagte Anne, »jetzt legen wir den alten Knaben im Wohnzimmer neben den Ofen. Ich habe da schon Decken hingelegt. Dann kann er sich erholen. Ich darf meine Freundin jederzeit anrufen, wenn etwas ist, hat sie gesagt. Und wir könnten uns etwas Schönes zu essen machen, es ist ja schon ziemlich spät. Schachspielen können wir auch danach. Was meinst du?«

»Gerne. Aber ich wollte dir eigentlich keine Umstände machen. Ich habe sogar den Wein vergessen, den ich mitbringen wollte, vor lauter Derrick.«

Anne lachte. »Na dann wird deine erste Aufgabe darin bestehen, im Keller Wein zu holen. Ich habe noch frisches Pesto mit Walnüssen, dazu machen wir uns Spaghetti und Salat. Ist das in Ordnung?«

»Das klingt ganz wunderbar. Ich eile in den Keller.«

»Lass dir lieber Zeit, die Stufen sind furchtbar steil. Nicht dass du dir ein Bein brichst.« Anne hielt inne und schaute erschrocken.

»Ich meine, entschuldige …«

Ziegler lachte.

»Wenn ich mir ein Bein breche, dann hoffentlich das, das ich einfach austauschen kann.«

Als er sah, dass Anne immer noch etwas unsicher schaute, fügte er hinzu: »Hey, ich bin nicht so empfindlich, und jetzt gehe ich schön vorsichtig die Stufen hinunter. In Ordnung?«

Anne nickte und verschwand in der Küche.

Ziegler stand in dem engen Keller vor dem kleinen Weinregal und überlegte, ob er einen fränkischen Riesling oder einen spanischen Rosé nehmen sollte.

Er genoss das Zusammensein mit Anne sehr. Aber mehr als eine Freundschaft würde daraus nicht werden. Dafür würde schon sein Bein sorgen. Das hatte Annes Reaktion doch vorhin gezeigt. Welche Frau wollte schon mit einem Mann zusammen sein, der abends sein Bein abschnallen musste. Aber – sagte sich Ziegler – das ist schon in Ordnung. Dann musste er sich keine Gedanken wegen Gabi machen.

Ziegler beschloss, beide Flaschen mitzunehmen und Anne die Wahl zu überlassen. Als er in die Küche kam, wusch sie gerade den Salat. Er stellte die Flaschen auf den Tisch. »Ich konnte mich nicht entscheiden. Da habe ich zwei Flaschen mitgebracht.« Anne drehte sich zu ihm um. »Nehmen wir den Riesling zum Essen. Den Rosé können wir dann aufmachen, wenn der Riesling leer ist.«

»Ich muss aber noch nach Hause fahren. So viel werde ich dir beim Leeren der Flaschen nicht helfen können«, sagte Ziegler.

Anne deutete aus dem Fenster. »Hast du mal rausgeschaut? Es schneit schon, seit du gekommen bist, und es wird immer dichter. Wenn es so weitergeht, glaube ich nicht, dass du überhaupt fahren kannst. Vor morgen früh kommt hier draußen kein Räumdienst.«

Ziegler sah aus dem Fenster. Der Schneefall war so dicht, dass man die Bäume hinter dem Haus kaum mehr erkennen konnte.

»Aber«, sagte Anne und drehte sich zum Herd, um die Spaghetti ins kochende Wasser zu werfen, »ich finde das nicht schlimm. Du kannst gerne …« Sie drehte sich wieder um und sah Ziegler direkt in die Augen. »… sehr gerne hier schlafen. Mein Sohn hat ein kleines Zimmer, das ich auch als Gästezimmer verwende. Ich würde mich freuen, wenn du bleibst.«

Zieglers Herz hüpfte in seiner Brust.

»Danke, das ist sehr nett von dir. Aber vielleicht hört es wieder auf zu schneien. Ich trinke auf jeden Fall ein Glas Wein zum Essen. Dann schauen wir aus dem Fenster und entscheiden. In Ordnung?«

»So machen wir das. Wenn du noch eine rauchen willst, die Spaghetti dauern noch ein paar Minuten. Hinten die Terrasse ist überdacht.«

Ziegler schaute kurz ins Wohnzimmer zu Derrick, der schlief ganz ruhig. Als er seinen Zigarillo fast geraucht hatte, rief Anne ihn zum Essen.

Ziegler trank in den nächsten Stunden mehr als ein Glas Wein. Der Schneefall war nicht weniger geworden, im Gegenteil, da draußen tobte ein regelrechter Schneesturm, der Annes Haus und die ganze Straße allmählich zuwehte. Als Ziegler und Anne Holz für den Ofen aus dem Schuppen holen wollten, konnten sie kaum die Außentreppe erkennen, und da, wo Zieglers Auto stand, war nur noch ein Schneehaufen zu sehen. Damit war es entschieden, Ziegler und Derrick würden diese Nacht in Eckerslohe bleiben.

Als Anne Ziegler schließlich das Gästezimmer zeigte, war es weit nach Mitternacht.

Das Schachspiel hatten sie völlig vergessen. Ziegler hatte von Gabis Unfall und seinen schwierigen Jahren danach erzählt, obwohl er darüber normalerweise ungern sprach. Anne hatte ihm von den Depressionen und dem Selbstmord ihres Mannes berichtet, und wie sie Jahre gebraucht hatte, um sich nicht mehr für seinen Tod verantwortlich zu fühlen.

Später hatten sie über drollige Begebenheiten gelacht, die sie mit ihren Kindern erlebt hatten, als diese noch klein gewesen waren. Und so war die Zeit wie im Flug vergangen.

»Na dann hoffe ich, dass du gut schläfst in dem Kämmerchen. Das Bett ist frisch überzogen, und im Bad liegen ein Handtuch und eine Zahnbürste. Die habe ich aus irgendeinem Hotel mitgenommen.« Anne sah ihm kurz in die Augen, gab ihm einen flüchtigen Kuss auf den Mund und ging dann schnell die Treppe hoch zu ihrem Schlafzimmer.

Ziegler setzte sich auf das Bett. Er hatte ganz schön viel Wein getrunken, aber betrunken war er nicht. Den kurzen Kuss von Anne spürte er noch auf den Lippen. Es hätte nicht viel gefehlt, und er hätte sie an sich gezogen und richtig geküsst. Er ging ins Bad und putzte sich die Zähne. Zurück in dem kleinen Zimmerchen, schnallte er seine Prothese ab und legte sich ins Bett.

Wenn er Anne geküsst hätte, was wäre dann passiert? Quatsch – Ziegler schaltete das Licht aus –, er war schließlich ein Krüppel. Ja, manchmal verwendete er dieses Wort. Er war ein Krüppel, und so eine tolle Frau würde nie und nimmer etwas mit ihm anfangen. Er drehte sich um und versuchte zu schlafen. Aber er war zu aufgewühlt und hätte gerne noch einen Zigarillo geraucht. Da klopfte es an der Tür. »Mike, schläfst du?«

Ziegler fuhr auf und knipste das Licht an.

Anne öffnete die Tür einen kleinen Spaltbreit. Als sie sah, dass Ziegler wach war, kam sie schnell herein, warf einen kurzen Blick auf die Prothese auf dem Stuhl, schlüpfte zu ihm unter die Bettdecke und begann, ihn leidenschaftlich zu küssen. Ziegler war ziemlich überwältigt, löste sich aber nach einer Weile von Anne.

»Willst du das wirklich?«, fragte er mit heiserer Stimme. »Mit mir …?«

Anne schmiegte sich eng an ihn, sie hatte nur ein Höschen und ein T-Shirt an.

»Meinst du, wegen dem Bein?« Sie zog sich das T-Shirt über den Kopf. »Für dein Bein interessiere ich mich eigentlich überhaupt nicht«, flüsterte sie, und dann sagte niemand mehr etwas.

Als Ziegler am Morgen aufwachte, lag Anne nicht mehr neben ihm. Er setzte sich an den Bettrand und schnallte seine Prothese an. Es war wunderschön gewesen mit Anne diese Nacht. Neu und trotzdem schon so vertraut. Und gerade das machte ihm Angst. Er hatte Gabi betrogen, und zwar nicht nur, weil er mit einer Frau geschlafen hatte, sondern weil er drauf und dran war, sich zu verlieben.

Ziegler zog sich an und ging zu Anne in die Küche. Sie saß an dem kleinen Küchentisch und trank Kaffee. Sie sah ihn an und schenkte ihm Kaffee ein. Sie sagte kein Wort.

»Anne«, begann Ziegler, doch Anne legte ihre Hand auf seine Hände, die den Kaffeebecher umklammert hielten.

»Du musst jetzt nichts sagen, Mike. Ich weiß sehr genau, was in dir vorgeht. Lass dir Zeit. Aber ich will dir sagen, dass ich dich sehr gern habe. Und es war wunderschön heute Nacht. Ich würde mich freuen, wenn du wiederkommst. Du weißt, wo du mich findest.« Sie stand auf und stellte ihre Tasse in die Spüle. »Derrick geht es übrigens gut, er schaut ganz munter aus, und ich glaube, er hat sogar Hunger.«

Ziegler nickte, trank einen Schluck Kaffee und stand auf. Er drückte kurz Annes Hand und ging hinaus, um Derrick zu holen. Es war kurz vor neun, als er sein Auto vom Schnee befreit hatte. Irgendwann in der Nacht hatte es aufgehört zu schneien, und die Straße war inzwischen geräumt. Ziegler rief kurz im Präsidium an und fuhr dann erst einmal nach Hause.

***

»Nicht schon wieder!« Stefan Simpel starrte auf den Bildschirm und fluchte leise vor sich hin.

Ihre Anfrage konnte nicht bearbeitet werden. Zeitüberschreitung.

Zweimal hatte er nun schon versucht, für sich und Ziegler ein Online-Bahnticket nach Trient zu buchen. Und zweimal waren seine Gedanken dabei abgeschweift, und er hatte wieder von vorne beginnen müssen.

Was verheimlichte ihm Astrid? Wenn sie schwanger war, warum erzählte sie es ihm nicht? War vielleicht etwas nicht in Ordnung mit dem Baby? Oder war es etwas anderes? War Astrid krank? Er musste endlich Klartext mit ihr reden. Aber er schaffte es einfach nicht. Und die Maklerin hatte sich auch noch nicht gemeldet. Das mit der Wohnung wollte er unbedingt noch vor der Italienreise übermorgen hinter sich bringen. Sonst verließ ihn womöglich wieder der Mut.

Aber jetzt noch mal von vorne mit der Buchung. Es war schon halb zwölf, wo blieb eigentlich Mike? Sie wollten doch noch die Details zu ihrer Reise klären? Hoffentlich hatte er mit der Nürnberger Dienststelle alles klargemacht. Simpel hatte keine Lust, alleine zu fahren. Wobei es sicher auch nicht einfach werden würde, mehrere Tage mit Mike Ziegler zusammen zu sein. Ein Hotel musste er auch noch buchen. Zwei Einzelzimmer natürlich.

»Hallo, Stefan. Entschuldige, ich bin spät dran, aber ich musste noch Derrick nach Hause bringen.«

Simpel drehte sich mit seinem Schreibtischstuhl um. Ziegler stand in der Tür und sah irgendwie noch zerknitterter aus als sonst.

»Hallo, Mike. Ich dachte schon, du kommst nicht mehr. Ich buche gerade die Bahntickets. Ist alles geregelt mit deiner Dienststelle?«

Ziegler nickte und setzte sich neben Simpel. Simpel riss sich zusammen, und ein paar Minuten später hatte er das ausgedruckte Ticket endlich in der Hand.

»Okay, jetzt noch das Hotel.«

Simpel klickte sich von Hotel zu Hotel, viele gab es nicht in der Innenstadt von Trient.

»Was hältst du von dem?«

Ziegler gab keine Antwort. Er saß mit einem Zigarillo in der Hand da und drehte gedankenverloren daran herum. Es lagen schon lauter Tabakbrösel unter seinem Stuhl.

»Mike?«

Ziegler sah hoch.

»Was?«

»Ich habe gefragt, was du von dem Hotel hier hältst. Soll ich das buchen? Es ist sehr zentral gelegen.«

Simpel ärgerte sich. Er hatte genug Probleme am Hals, und statt dass Ziegler ihm half, bröselte er alles mit Tabak voll.

»Ja, ja, das ist okay«, war alles, was Ziegler zustande brachte. »Ich glaube, ich gehe mal einen rauchen. Du machst das schon.«

Ziegler stand auf, schmiss die Reste des zerkrümelten Cohiba-Zigarillos in den Mülleimer und ging hinaus.

»Hallo, Mike. Schönes Wochenende gehabt?«, fragte Tina. Sie kam gerade mit ein paar Computerausdrucken den Flur entlang. Ziegler winkte kurz und ging wortlos weiter.

»Was ist denn mit dem los? Der ist ja völlig durch den Wind«, fragte sie Simpel.

Der zuckte mit den Schultern.

»Keine Ahnung, welche Laus dem Herrn Hauptkommissar über die Leber gelaufen ist. Als wäre er der Einzige hier, der Probleme hat.«

Tina sah ihn erstaunt an und ging dann kopfschüttelnd weiter zu Manuel, der gerade einen Bericht fertigstellte.

»Weißt du«, fragte ihn Tina und berührte ihn wie zufällig an der Schulter, »was mit unseren beiden Italienurlaubern los ist? Die haben doch wohl kein Reisefieber?«

Manuel sah hoch und lächelte.

»Nein, keine Ahnung, aber wenn es für die beiden zu aufregend ist in Bella Italia, könnten wir ja zusammen fahren. Was meinst du, Tina?«

Tina lachte kokett und warf Manuel eine Kusshand zu.

***

Sie legte den Hörer auf die Gabel. Dann verließ sie die Telefonzelle. Endlich hatte sie ihre Mutter erreicht. Bei den letzten drei Versuchen war keine Verbindung zustande gekommen. Und jedes Mal der Weg nach Roth und wieder zurück. Doch ihre Mutter hatte keine guten Nachrichten. Ihr Vater hatte vor drei Tagen einen Herzinfarkt erlitten. Keinen lebensbedrohlichen, aber er war zur Beobachtung im Krankenhaus. Marianna wollte nun endgültig nach Hause fahren. Das wollte sie eigentlich schon seit Wochen. Es war ja ganz nett in Eckerslohe, aber es war nur ein kleines Dorf, das konnte sie zu Hause auch haben. Aber Christina zog nicht mit, sie wollte noch länger bleiben.

Marianna lief bis zur Bundesstraße. Sie würde trampen, denn der Bus fuhr erst in drei Stunden wieder. Sie würde mit Christina reden und dann ihre Sachen packen. Geld für den Zug hatte sie genug. Morgen würde sie dann nach Nürnberg zum Hauptbahnhof fahren und sich eine Bahnfahrkarte kaufen. Christina musste sich dann entscheiden, ob sie noch bleiben wollte oder mitkam.

Sie stand noch keine fünf Minuten am Straßenrand, als ein blauer Mercedes anhielt. Marianna erkannte das Auto vom alten Waldmüller, Martins Vater. Der war ihr zwar ziemlich unsympathisch, aber er fuhr sicher nach Eckerslohe.

»Ach, eine von unseren dorfeigenen Italienerinnen. Steig ein, Mädchen.«

»Danke, Herr Waldmüller«, sagte Marianna und setzte sich auf den Beifahrersitz.

So ein Spruch war typisch für den Großbauern. Man hatte den Eindruck, als gehörte ihm das ganze Dorf und damit natürlich auch die zwei Besucherinnen. Marianna sprach nicht während der kurzen Fahrt, sie war in Gedanken zu Hause bei ihren Eltern. Auch Waldmüller schien sich nicht unterhalten zu wollen. Er schielte ihr dauernd auf den Busen und berührte beim Schalten mehrmals ihren Oberschenkel. Marianna rückte ein wenig nach rechts und stieg schnell aus, als sie vor Waldmüllers Haus hielten.

»Danke noch einmal«, sagte sie und machte sich auf zum Dorfkrug, *wo sie und Christina ein kleines Zimmer bewohnten.*

***

»Stefan, warum willst du mir denn nicht sagen, wo wir hinfahren?«

»Weil es eine Überraschung sein soll. Warte, wir sind gleich da.«

»Eine Überraschung? Ich dachte, du magst keine Überraschungen.«

»Die ist ja auch für dich und nicht für mich.«

Simpel lachte nervös und parkte den Wagen, was zwischen den vielen Schneehaufen, die sich überall auftürmten, nicht so einfach war.

Er hatte Astrid nach Dienstschluss vom Nürnberger Präsidium abgeholt. Vorher war er bei der Maklerin gewesen, und sie hatte ihm den Wohnungsschlüssel gegeben. Das würde sie normalerweise nicht tun, hatte die Maklerin gesagt, aber bei einem Kriminalkommissar mache sie schon mal eine Ausnahme.

Von außen hatte Simpel sich das Haus schon vor ein paar Tagen angeschaut, und ihm hatte es sehr gut gefallen. Er hatte extra nach einem Altbau gesucht, weil er wusste, dass Astrid alte Häuser liebte. Zu der Wohnung gehörte sogar eine kleine Terrasse, und die Lage war sehr günstig. Im Süden Nürnbergs, sodass sie es beide nicht weit zu ihren Dienststellen hätten.

Astrid stieg aus dem Auto und zog sich die Kapuze ihrer Daunenjacke über den Kopf. Der Wind war beißend und wehte ihr den Schnee ins Gesicht. Sie sah sich um.

»Hier ist die Überraschung?«

»Ja. Moment, ich muss noch etwas aus dem Kofferraum holen.«

Simpel nahm die Tasche mit dem Sekt und den Gläsern

und fühlte in der Jackentasche nach dem Wohnungsschlüssel. Er hatte extra zwei Flaschen Sekt besorgt, eine mit und eine ohne Alkohol. Schließlich wusste er ja immer noch nicht, ob Astrid schwanger war oder nicht.

Er nahm ihre Hand und führte sie. Er sperrte die Haustür auf, und sie gingen durch den Hof zum Hintergebäude. Hier gab es nur zwei Wohnungen, nebeneinander, fast wie Reihenhäuser, jede mit einem eigenen Eingang und eigener Terrasse.

Astrid sah ihn ein paar Mal fragend von der Seite an, sagte aber nichts. Simpels Herz schlug ziemlich schnell. Er war sich jetzt gar nicht mehr so sicher, ob das eine gute Idee gewesen war. Aber jetzt musste er es durchziehen. Er schloss die Wohnungstür auf und machte Licht. Nach einem kleinen Flur kam gleich die Küche. Die Wohnung hatte überall Dielenboden und große Sprossenfenster, genau wie Astrid es mochte. Simpel stellte die Tasche mit dem Sekt im Flur ab.

»Stefan, was …?«

»Schau dich um, vielleicht gefällt dir die Wohnung. Du musst ja immer so weit fahren bis nach Lauf, und wir sehen uns sowieso so wenig, da habe ich gedacht, ich suche etwas für uns – drei.«

»Drei?« Astrid sah ihn fragend an, dann schien sie zu begreifen. Sie löste sich aus Simpels Hand und ging in der Wohnung herum.

Simpel stand da und wusste nicht, was er von Astrids Reaktion halten sollte. Sie lief von Zimmer zu Zimmer, schaute ins Bad und öffnete die Terrassentür. Sie schloss die Tür wieder und drehte sich zu Simpel um, der immer noch in der Küche stand.

Astrids Augen waren feucht. Sie weinte.

»Stefan, ich weiß nicht, was ich sagen soll. Die Wohnung ist – sehr schön.«

Simpel war völlig durcheinander. Wieso weinte Astrid? Aus Freude? Aber sie machte dabei ein so trauriges Gesicht.

»Stefan. Ich wollte es dir schon lange sagen, aber ich wusste nicht, wie.«

Astrid wischte sich die Tränen aus dem Gesicht, aber es kamen ständig neue nach.

»Ich glaube, du hast gedacht, ich bin schwanger, aber das bin ich nicht. Das hätte ich dir doch gesagt.«

»Ich dachte, weil du beim Arzt …«

»Ich war beim Arzt, weil ich eine Untersuchung machen lassen musste.«

»Bist du krank?«

Simpels Hals war wie zugeschnürt. Er wusste überhaupt nicht mehr, was los war.

»Nein, Stefan, ich bin nicht krank. Aber …«

Wieder liefen ihr die Tränen über die Wangen.

»Was ist denn los?«

Simpel umarmte Astrid. Sie weinte immer weiter, und er verstand erst kaum, was sie sagte.

»Ich gehe für ein Jahr in die USA, Stefan.«

»Was?«

Astrid löste sich aus seinen Armen und sah ihm direkt ins Gesicht.

»Stefan, ich liebe dich, und diese Wohnung ist wirklich sehr schön. Später suchen wir uns so etwas Ähnliches, ja? Aber ich fliege in sechs Wochen für ein Jahr zu einem polizeilichen Austauschprogramm nach Chicago.«

Simpel starrte Astrid an.

»In sechs Wochen? Für ein Jahr? Und wann wolltest du mir das sagen?«

»Ich habe mir dauernd vorgenommen, es dir zu beichten, aber dann hat mich immer der Mut verlassen – entschuldige.«

Simpel wusste nicht, was er sagen sollte. Astrid ging ein Jahr fort. Ein Jahr war lang, und Chicago war weit weg, da konnte viel passieren. Und er hatte von einer gemeinsamen Wohnung und einer Familie geträumt. Er war so ein Idiot.

»Gut, lass uns gehen.«

Er drehte sich um, verließ die Wohnung, wartete, bis auch Astrid draußen war. Er sperrte ab und ging zum Auto. Sie sprachen kein Wort. Simpel fuhr Astrid zum Präsidium, dort stand ihr Wagen. Sie stiegen aus.

»Stefan …«

»Astrid, ich melde mich, ich muss das erst verdauen.«

»Gut, aber ich liebe dich, das weißt du?«

Simpel antwortete nicht.

Astrid gab Simpel einen zarten Kuss.

Simpel stieg wieder in sein Auto und fuhr nach Hause.

Die Tasche mit den Sektflaschen hatte er im Flur der Wohnung vergessen. Aber nach Sekt war ihm momentan sowieso nicht.

***

Ziegler hetzte die Treppe zu Gleis 9 hoch. Hoffentlich hatte sich nichts an Ort und Zeit der Abfahrt geändert, es waren nur noch zwei Minuten, und er hatte keine Zeit mehr gehabt, auf die Anzeigetafel zu schauen. Das war ihm schon lange nicht mehr passiert, dass er verschlafen hatte. Aber gestern Nacht hatte er bis vier Uhr morgens in Fotoalben geblättert. In den älteren, die ihn und seine Exfrau an verschiedenen Urlaubsorten zeigten. Da war Eva-Maria als Baby, dann als Kleinkind und zuletzt als Zehnjährige zu sehen. Und dieses Jahr machte sie ihren Doktor. Dann die neueren Bilder mit Gabi auf Kreta und in Südtirol beim Wandern. Und jetzt kamen vielleicht neue Fotos dazu, mit einer dritten Frau, nein, mit einer dritten Familie, Anne hatte ja einen Sohn. Wollte er das?

Da war er dann irgendwann im Sessel eingeschlafen und erst kurz vor neun aufgeschreckt. Abfahrt nach Trient war 10:02 Uhr. Und er hatte Derrick noch zu einer Bekannten bringen müssen, die freundlicherweise ein paar Tage auf den alten Dackel aufpasste.

Simpel erwartete ihn am Bahnsteig. »Da bist du ja endlich! Ich dachte schon, du kommst nicht mehr. Soll ich dir beim Einladen helfen?«

Ziegler wehrte ab. Das schaffte er schon noch alleine, trotz seines Beins. Und der Herr Oberkommissar sollte sich nicht so haben. Er war doch noch pünktlich gewesen.

Als die beiden auf ihren Fensterplätzen saßen, mit Tisch natürlich, Simpel hatte das so gebucht, kam eine Durchsage.

»Die Abfahrt des ICE 525 nach München wird sich aus technischen Gründen um etwa zehn Minuten verzögern. Sie werden jedoch alle Anschlusszüge in München rechtzeitig erreichen. Wir bitten Sie um Verständnis.«

Ziegler konnte ein Grinsen nicht unterdrücken. Simpel hingegen vertiefte sich in sein iPad, und so verging die Fahrt nach München, ohne dass die beiden viele Worte miteinander wechselten. Ziegler dachte an Anne, und auch Simpel schien über irgendetwas zu grübeln, denn schon seit einiger Zeit hatte er aufgehört, auf dem iPad herumzufingern, und starrte stattdessen aus dem Fenster.

»Ich gehe einen Kaffee trinken. Willst du mit?«

»Was?« Simpel sah Ziegler verwirrt an.

»Ob du mitgehst, einen Kaffee trinken. Oder soll ich dir einen mitbringen?«

Simpel sah auf die Uhr. »In fünfzehn Minuten sind wir in München. Ich kaufe mir dann am Bahnhof einen. Da gibt's bestimmt was Besseres als das Zeug aus dem Zugbistro. Wenn du gehen willst, dann bitte. Aber sei diesmal rechtzeitig zurück. Der Anschlusszug nach Trient wird nämlich pünktlich abfahren.«

Ziegler hatte schon eine heftige Entgegnung auf der Zunge, hielt sich dann aber zurück. Es hatte keinen Sinn, jetzt wegen Nichtigkeiten herumzustreiten. Auf der Fahrt nach Trient würde er Simpel mal auf den Zahn fühlen. Da steckte mehr dahinter als nur der Ärger über Zieglers Zuspätkommen.

Doch auch nach der Abfahrt aus München verlief ihr Gespräch recht einsilbig und beschränkte sich auf dienstliche Inhalte. Simpel erzählte, dass sie in Trient ein Commissario Zanetti empfangen würde.

»Da wir offizielle Ermittlungen anstellen, muss immer ein italienischer Beamter mit dabei sein. Vor allem, wenn wir die Wohnung von Christina Cainelli untersuchen, schon wegen der Beweissicherung.«

»Da hätten wir vielleicht doch Manuel mitnehmen sollen, der kann wenigstens Italienisch«, meinte Ziegler.

»Kein Problem, Mario ist halber Südtiroler und spricht perfekt Deutsch.«

»Mario?«

»Ja, ich habe zweimal mit Zanetti telefoniert, und er hat mir gleich das Du angeboten. Was sollte ich machen? Vielleicht ist das in Italien so.«

Ziegler zuckte mit den Schultern.

Das Gespräch schlief wieder ein, und Ziegler zog einen Norditalien-Reiseführer aus der Tasche, den er in seinem Bücherregal entdeckt hatte. Als er die Kapitel über Südtirol aufschlug, schweiften seine Gedanken sofort zu Gabi ab. Er sah aus dem Fenster. Draußen hatte es heftig zu schneien begonnen. Eigentlich hätte man jetzt die Berge sehen müssen, aber da war nur eine weiße Wand.

»Zum Glück sind wir nicht mit dem Auto unterwegs. Da gibt's sicher wieder ein Chaos auf der Brennerautobahn«, sagte Simpel.

Ziegler nickte nur und beobachtete weiter die Schneeflocken, die am Fenster vorbeizogen.

In Innsbruck hatte der Zug einen kurzen Aufenthalt, den Ziegler dazu nutzte, um einen Zigarillo zu rauchen. Simpel vertiefte sich wieder in sein iPad.

»Habe ich's nicht gesagt«, sagte Simpel, nachdem der Zug wieder losgefahren war. »Zwanzig Kilometer Stau zwischen Gries und Sterzing.« Er drehte das Tablet so, dass Ziegler die Meldung des ÖAMTC sehen konnte.

»Hm, brummte der nur und studierte weiter seinen Reiseführer. Er las noch einmal das Kapitel über Bruneck. Dort war er mit Gabi rund um den Kronplatz gewandert, und dort hatten sie wahrscheinlich auch das Baby gezeugt, im *Hotel Krone*. Ziegler legte das Buch abrupt weg und ging Richtung Bordbistro. Simpel sollte nicht sehen, wie er mit den Tränen zu kämpfen hatte.

»Na, schmeckt der Kaffee?«

Simpel gesellte sich zu Ziegler an den Tisch.

»Geht schon«, sagte der. »Macht jedenfalls wach. Wie lange dauert es denn noch?«

»Wir sind gleich am Brenner. Dann nur noch eindreiviertel Stunden, und wir haben es geschafft.«

Simpel holte sich einen Kaffee. Er streckte Ziegler die Hand hin. »Entschuldige, dass ich heute etwas gereizt bin. Aber ehrlich gesagt ...«, Simpel stockte kurz und seufzte, »bei mir und Astrid kriselt es ziemlich.«

»Ich bin momentan auch nicht der beste Gesellschafter«, sagte Ziegler. »Aber du und Astrid? Ich dachte, ihr wolltet bald zusammenziehen.«

»Das dachte ich auch«, sagte Simpel und berichtete Ziegler von dem Desaster mit der Wohnung, seinem Irrtum mit der vermeintlichen Schwangerschaft und Astrids USA-Plänen.

»Ich glaube, da brauchen wir etwas Stärkeres als Kaffee«, sagte Ziegler. »Ich hole uns mal zwei Bier.«

Er wollte gerade mit Simpel anstoßen, da kam wieder eine Lautsprecherdurchsage.

»Verehrte Fahrgäste, wir bedauern, Ihnen mitteilen zu müssen, dass der EC 87 von München nach Venedig über Innsbruck, Trient, Verona, Mestre einen außerplanmäßigen Aufenthalt in Brennero einlegen muss. Grund sind starke Schneeverwehungen auf der Strecke zwischen dem Brennerpass und Sterzing. Der Aufenthalt wird voraussichtlich etwa zwei Stunden betragen. Für die Fahrgäste der ersten Klasse werden kostenlose Getränke serviert. Die Fahrgäste der zweiten Klasse erhalten gegen Vorlage ihrer Fahrkarte einen Gratiskaffee im Bordbistro.«

»Na dann, Prost!«, sagte Ziegler.

»Eine Grappa, Commissarii?«

Der Wirt der kleinen Pizzeria neben dem Bahnhof Brennero sah die beiden Kommissare auffordernd an. Simpel zögerte, aber Ziegler nickte. »*Due Grappe, per favore*!«

»Soso«, sagte Simpel. »Du sprichst ja perfekt Italienisch. Da brauchen wir den Manuel ja gar nicht. Vielleicht solltest du doch bei uns in Schwabach anfangen, du würdest gut zur Truppe passen.«

Nach dem Bier im Zug und dem Wein zum Essen war Simpel ein bisschen beschwipst. Der österreichische Zugbegleiter hatte ihnen die Pizzeria empfohlen. »Die Schneeraamer kimman aus Bozen, des wird eh länger dauern bei die Italiener. Ich kimm dann eina und sag Eahna Bescheid, wann's weitergeht.«

Bisher waren zwei Stunden vergangen, und er war noch nicht *einakimma*. Commissario Zanetti in Trient wusste über die Verspätung Bescheid, Simpel hatte ihn vom Handy aus angerufen. Der Commissario würde sie am nächsten Morgen aus dem Hotel abholen. Dann hatte der Kollege sich den Wirt geben lassen, weil für die Unannehmlichkeiten und die Zeche selbstverständlich der italienische Staat aufkommen würde.

»Und dazu gehören natürlich alle Getränke. Und vergessen Sie nicht den Grappa nach dem Essen. Wir sind hier schließlich in *Italia*«, hatte er seine deutschen Kollegen ermahnt.

Simpel nippte nur an seinem Schnapsglas. Dann schob er den Rest zu Ziegler. »Trink du, ich hab schon zu viel.«

»Na dann«, sagte Ziegler. »Auf dich und Astrid. Wird schon alles wieder in Ordnung kommen.«

Simpel zuckte mit den Schultern. »Mal sehen. Aber was ist eigentlich mit dir los? Die ganze Zeit starrst du aus dem Fenster.«

Ziegler schwieg. Ob ausgerechnet Simpel der Richtige war, dem er sein Herz ausschütten sollte? Aber schließlich hatte der als Erster seinen Liebeskummer gestanden. Das und der zunehmende Alkoholpegel gaben den Ausschlag. Ziegler begann zögernd zu erzählen. Von der gegenseitigen Sympathie, die Anne und er von Anfang an füreinander empfunden hatten, von der Schachpartie, von dem Eifersuchtsanfall, als er Annes Sohn für deren Freund gehalten hatte. Und nach einem weiteren Grappa, den der Wirt unaufgefordert vor sie hingestellt hatte, erzählte er auch von der Liebesnacht und den darauf folgenden Gewissensbissen. Nun trank auch Simpel sein Glas in einem Zug aus. »Mann«, sagte er. »Kein Wunder, dass du so schlecht drauf bist.«

Ziegler winkte dem Wirt. Jetzt brauchte er noch einen. Aber das war der Letzte, sonst würden sie noch den Zug verpassen.

»Weißt du was?«, sagte Simpel.

»Ich weiß, dass ich nichts weiß«, sagte Ziegler, nun schon mit deutlich schwerer Zunge.

Simpel schüttelte den Kopf. »Nein, ernsthaft. Erinnerst du dich an letzten Sommer? In deinem Garten? Der Whiskey?«

Ziegler erinnerte sich nur lückenhaft. »Jaa«, sagte er gedehnt. Damals hatte er sich total betrunken, weil er zur zentralen Bußgeldstelle versetzt werden sollte. Simpel war ausgerechnet an dem Nachmittag bei ihm vorbeigekommen. Sie hätten sich fast geprügelt, weil Simpel Ziegler für seine Probleme mit Astrid verantwortlich gemacht hatte. Das Ganze hatte damit geendet, dass beide völlig betrunken in Zieglers Wohnung eingeschlafen waren. Kurz danach waren Simpel und Astrid doch ein Paar geworden. Und Ziegler und Simpel so etwas wie Freunde.

»Du hast mir damals ordentlich den Kopf gewaschen«, sagte Simpel. »Und ich wundere mich immer noch, dass ich dir nicht ordentlich eins verpasst habe.«

»Du meinst, wie im Western?«, sagte Ziegler. »Wo sie sich erst prügeln, dann besaufen und anschließend die ganzen bösen Jungs wegballern.«

»So ungefähr«, lachte Simpel. »Ich hoffe, du bist noch klar genug im Kopf, um mitzubekommen, was ich dir jetzt sagen werde. Damals hast du mir vorgeworfen, jemand zu sein, dem Gefühle völlig abgehen, dem Vorschriften wichtiger sind als Menschen und dass du dich wunderst, wie Astrid überhaupt einen Gedanken daran verschwenden kann, mich zu lieben.«

»So hart war ich zu dir?«, fragte Ziegler.

Simpel nahm das Glas, das der Wirt wieder ungefragt aufgefüllt hatte, und kippte es hinunter. »Du warst so hart, glaub mir. Und du hattest recht, verdammt noch mal! Und jetzt bin ich einmal hart zu dir. Ich glaube, du weidest dich manchmal an dem Gefühl, ein Krüppel zu sein, den alle bedauern. Du suhlst dich in Selbstmitleid und leitest daraus das Recht ab, launisch zu sein, ablehnend und verletzend.«

»He, he!«, warf Ziegler ein.

»Nichts he, he«, sagte Simpel. »Und dir kommt nie der Gedanke, dass dich jemand so nimmt, wie du bist. Dich ablehnt, weil du manchmal ein Kotzbrocken bist, oder dich mag, weil du auch ein verdammt guter Kumpel bist – manchmal. Und jetzt gibt es da eine Frau, die dich vielleicht sogar liebt. Und der es egal ist, ob du nur ein Bein hast oder nur ein Auge oder …«, Simpel fuchtelte mit der Hand in der Luft herum, »… oder nur ein Ohr! Wenn du auch nur das Geringste für sie empfindest, gib ihr eine Chance, verdammt noch mal!«

Ziegler sagte lange nichts. Als der Wirt erneut mit der Grappaflasche kam, nickte er, ließ das volle Glas dann aber unberührt stehen.

»Ich glaube, du hast recht, Stefan«, sagte er schließlich. »Vielleicht nicht mit allem, aber auf jeden Fall mit dem Selbstmitleid. Und sobald wir wieder zu Hause sind, spreche ich mit Anne. Danke.«

Er hob das Glas. Simpel stieß mit ihm an.

Nachdem sie die Rechnung abgezeichnet hatten, gingen sie zurück zum Bahnhof. Plötzlich musste Ziegler fürchterlich kichern. »Nur ein Ohr?«, sagte er.

»Warum nicht?«, sagte Simpel und kicherte jetzt ebenfalls. »Ist mir halt so eingefallen.«

Der Zugbegleiter musterte die beiden skeptisch, als sie an ihm vorbeitaumelten. Dann gab er das Zeichen zur Abfahrt.

***

»*Buon giorno*, Kollegen, ich hoffe, ihr seid gestern noch gut bei uns in Trento angekommen.«

Simpel hatte seine Sonnenbrille auf. Trotzdem musste er blinzeln, als er aus dem Eingang des Hotels ins Freie trat. Die schneebedeckten Berge ringsherum glitzerten in der Sonne. Die Luft war klar, aber eiskalt. Commissario Zanetti erwartete sie mit einem breiten Grinsen vor dem *Grand Hotel Trento*. Simpel und Ziegler schauten ziemlich müde drein.

»Soll ich besser in zwei Stunden wiederkommen? *Nessun problema.*«

»Nein, nein«, versicherte Simpel schnell. »Wir sind ein bisschen müde, aber ein Kaffee oder zwei, und wir sind wieder fit.«

Zanetti wandte sich an Ziegler. »Du musst Michele sein. Stefan hat erzählt, dass er nicht alleine kommt.« Er schüttelte beiden Kommissaren die Hand.

Direkt neben der *Questura* befand sich eine Bar. Sie war voller Polizisten, die vor dem Dienst noch schnell einen *caffè* tranken. Es herrschte ein reges Kommen und Gehen.

»Wie wollen wir anfangen?«, fragte Zanetti, nachdem er sich zum Tresen vorgekämpft und drei Espresso geholt hatte.

»Zuerst würden wir gerne mit der Freundin des Opfers, Signora Valentini, sprechen. Sie hat ja am Telefon schon angedeutet, dass es da eine Verbindung nach Eckerslohe gibt. Wir müssen herausfinden, warum Signora Cainelli nach Franken gereist ist.«

»*Va bene*«, sagte Zanetti. »Eine Zeugenbefragung. Da muss natürlich ein italienischer Beamter dabei sein. Also muss der *commissario capo* eben ein bisschen länger auf die Statistik warten.«

»*Commissario capo*?«, fragte Ziegler.

Zanetti machte eine abfällige Geste. »*Commissario Capo* Maltini kommt aus Rom. Er liebt Papierkram über alles. Ständig müssen wir irgendwelche Statistiken abgeben. Selbst Fahrraddiebstähle unterteilt er in drei verschiedene Kategorien. *Madonna*!« Theatralisch hob er die Hände gen Himmel.

»Solche Vorgesetzten gibt es bei uns auch«, sagte Simpel und stand auf. »Also, dann fangen wir an, der Espresso hat gutgetan.«

Sie gingen ins Büro von Commissario Zanetti, und dort mussten die beiden deutschen Polizisten erst einmal eine Reihe von Formularen ausfüllen. Außerdem machte sie Zanetti mit jedem bekannt, der an seinem Büro vorbeikam. Ganz offensichtlich genoss er seine Rolle als Gastgeber. Endlich hatten sie das letzte Papier unterschrieben, und Zanetti kopierte noch ihre Dienstausweise.

»So, Kollegen. Das wär's auch schon. Außer, ihr habt vor, eure Dienstwaffen zu benutzen, dann müssten wir …«

»Um Gottes willen, nein«, wehrte Simpel ab. »Die haben wir gar nicht dabei. Es geht doch nur um eine Vernehmung.«

Zanetti wiegte den Kopf hin und her. »Wir sind hier zwar nicht in Palermo, aber man kann nie vorsichtig genug sein. Zur Not bin ja ich dabei.« Er klopfte auf die linke Seite seiner Lederjacke.

Simpel sah auf die Uhr. Schon fast zwölf. »Ich würde gerne noch vor dem Mittagessen mit Signora Valentini sprechen.«

»*Nessun problema*. In Italien machen wir immer erst spät Mittagspause.« Zanetti lächelte. »Dafür dauert sie meistens etwas länger.«

Er griff zum Telefon und rief Marianna Valentini an. »*Bene*«, sagte er und steckte das Telefon wieder ein. »Signora Valentini erwartet uns in der Boutique.«

Die kleine Boutique von Christina Cainelli befand sich ganz in der Nähe des Piazza Duomo in einer Seitenstraße.

Als die drei Polizisten den kleinen Laden betraten, kam Signora Valentini sofort aus einem Nebenraum. Sie ging zur Tür, drehte das Schild auf *Chiuso* und sperrte ab. Dann fuhr sie sich mit den Fingern durch die schon etwas wirre Frisur. »Ich habe zuerst nicht gedacht Schlimmes, als Christina ist so lange weggeblieben. Aber dann sie war fast ein Monat weg, obwohl sie hat gesagt, sie bleibt eine Woche. Da ich bin zur Polizei.«

Marianna Valentini wischte sich über die Augen.

»Was ist passiert mit Christina?«

Ziegler sah sich im Laden um.

»Könnten wir uns vielleicht irgendwo hinsetzen?«

»Ja, entschuldigen Sie. Wir gehen nach hinten, da wir sind nicht gestört.« Marianna Valentini ging voraus.

Hinter dem Laden war ein kleiner Raum mit einer Kochecke, einem Tisch und einem Stuhl. Signora Valentini holte drei Klappstühle aus einem Abstellraum, räumte schnell ein paar Kataloge vom Tisch und alle setzten sich.

Zuerst berichtete Simpel, was sie über den Tod von Christina Cainelli wussten.

»Um hundertprozentig sicher zu sein, dass es sich bei der Toten um Ihre Freundin handelt, müssten wir allerdings noch das Zahnschema überprüfen«, sagte Ziegler. »Wissen Sie vielleicht, bei welchem Zahnarzt sie war?«

»Ja, wir haben selben Zahnarzt. Ich schreibe den Adresse auf. Aber, wenn sie …« Sie stockte. »Wenn sie getragen hat die Amulett, mir hat Commissario Zanetti gezeigt, dann es ist Christina. Diese Amulett Christina hat immer getragen. Es war von ihre Großmutter. Außerdem Sie sagten, dass sie in die Dorf Eckerslohe gefunden wurde.« Signora Valentini fuhr sich wieder mit dem Handrücken über die Augen.

»Ja, und genau dazu brauchen wir nähere Informationen, Signora«, sagte Simpel. »Welche Verbindung gibt es zwischen Christina Cainelli und diesem Dorf? Können Sie uns da weiterhelfen?«

Marianna Valentini nickte.

Und dann erzählte sie den Polizisten davon, wie sie und Christina nach dem Schulabschluss vor mehr als dreißig Jahren unbedingt in der weiten Welt oder zumindest in Europa hatten herumreisen wollen. Wie sie ihre Eltern so lange bequatscht hatten, bis diese endlich einwilligten. Zuerst wollten sie nach Deutschland, denn Deutsch hatten sie in der Schule gelernt. Nach Aufenthalten in München, Hamburg und Berlin waren sie dann irgendwann durch Zufall in

Franken, genauer gesagt in dem Dorf Eckerslohe, gelandet. Weil das Geld langsam knapp wurde, jobbte Marianna bei einem Bauern und Christina im *Dorfkrug*, so hieß das Gasthaus. Dann wurde Mariannas Vater krank, und sie fuhr deshalb nach einigen Wochen wieder nach Hause. Christina blieb noch ein dreiviertel Jahr. In dieser Zeit hatte Marianna kaum Kontakt zu Christina. Als Christina wieder nach Italien zurückkam, hatte sie sich verändert. Sie war ernster und reifer geworden. Von der Zeit, die sie alleine in dem fränkischen Dorf zugebracht hatte, erzählte sie kaum etwas. Beide Frauen heirateten in den nächsten Jahren, und Christina eröffnete die Boutique. Marianna bekam zwei Kinder. Bei Christina klappte das nicht, obwohl sie auch gerne welche gehabt hätte. Schließlich scheiterte auch die Ehe. Marianna und Christina blieben weiter enge Freundinnen, und Marianna half oft im Laden.

Während Signora Valentini das erzählte, musste sie sich immer wieder die Tränen aus dem Gesicht wischen.

»Signora Valentini, Ihre Freundin hat Ihnen nicht gesagt, warum sie nach Deutschland fahren wollte?«

Sie schüttelte den Kopf.

»Nichts sie hat gesagt. Sie hat gefragt, ob ich aufpasse auf die Boutique, sonst nichts. Wenn sie nicht erzählen wollte, dann konnte man nichts machen, das war so schon immer. Aber sie war irgendwie komisch. Wie …«, Signora Valentini suchte das richtige Wort, »wie Maske im Gesicht, als sie mir die Schlüssel von Laden gab.«

Ziegler zog das Gruppenfoto, das vor dem Gasthof aufgenommen worden war, aus der Jackentasche.

»Signora, sagt Ihnen der Name Ute Schneider etwas?«

Marianna Valentini dachte kurz nach und schüttelte dann den Kopf.

Ziegler deutete auf die junge Ute Schneider auf dem Foto.

»Kennen Sie diese Frau?«

Die Signora nahm das Foto in die Hand und betrachtete es lange.

»Ich habe die Mädchen im Dorf gesehen, ein paar Mal. Sie war bei Partys dabei, aber ich weiß nicht mehr die Name.« Sie sah Ziegler fragend an.

»Das ist Ute Schneider. Eine Krankenschwester, die sich, kurz nachdem wir Ihre Freundin tot aufgefunden haben, das Leben genommen hat. Wir vermuten, dass der Selbstmord etwas mit dem Tod Ihrer Freundin zu tun haben könnte.«

Ziegler erzählte ihr von dem Zeitungsartikel mit dem abgebildeten Amulett und der handschriftlichen Bemerkung.

Signora Valentini sah die Polizisten ratlos an.

»Ich verstehe das alles nicht. Etwas war in der Dorf, über das Christina nicht wollte reden, das mir ist schon lange klar. Aber jetzt, dreißig Jahre danach! Was ist passiert mit Christina?«

Simpel räusperte sich. Ziegler und er hatten ausgemacht, die Babyleichen nicht zu erwähnen. Sie wollten erst den Anruf von Dr. Pfeiffer abwarten, die versprochen hatte, sich zu melden, sobald die Ergebnisse der DNA-Analyse vorlagen.

»Das müssen wir noch herausfinden. Wir danken Ihnen aber erst einmal sehr für Ihre Auskünfte. Wir würden uns gerne noch die Wohnung von Frau Cainelli ansehen. Haben Sie dafür den Schlüssel?«

Die Signora nickte.

»Ja, aber nicht hier. Ich muss in meiner Wohnung holen. Und ich muss jetzt die Laden wieder aufmachen. Dann es geht bis späten Abend. Aber morgen um halb neun, ich kann. Ich öffne die Laden erst um zehn.«

Commissario Zanetti schaltete sich ein.

»Morgen früh passt gut. Dann gehen wir heute noch zu dem *dentista*. Wenn er die Unterlagen nicht gleich da hat, kann er sie bis morgen heraussuchen.«

Die Polizisten verabschiedeten sich von Marianna Valentini.

»Was machen Sie jetzt eigentlich mit dem Laden, Signora?«, fragte Ziegler beim Hinausgehen.

»Christina hat nur zwei Cousinen. Wenn die ihn nicht wollen haben, dann werde ich weitermachen – ich denke.«

Ziegler nickte, und sie verließen die Boutique.

Signora Valentini drehte das Schild an der Tür auf *Aperto* und verschwand im Laden.

Commissario Zanetti zog sein Handy aus der Hosentasche und machte für vier Uhr nachmittags einen Termin mit dem Zahnarzt von Christina Cainelli aus.

»So, jetzt machen wir erst einmal Mittagspause in einem netten kleinen Lokal mit einem guten Glas Wein. Und heute Abend zeige ich euch unseren schönen Weihnachtsmarkt, und ihr müsst unsere Spezialitäten probieren. *Va bene cosi?*«

Ziegler nickte und zündete sich einen Zigarillo an. Simpel überlegte, wie viele Kopfschmerztabletten er eigentlich mitgenommen hatte.

***

»Danke, dass Sie gekommen sind.«

Hauptkommissarin Mayr schüttelte den beiden Feuerwehrleuten die Hand. Kommandant Eisenberger war in voller Uniform, der andere in Jeans und fellgefütterter Lederjacke. »Das ist Gerhard Schreiner, unser Bezirksjugendwart«, stellte Eisenberger seinen Kollegen vor.

»Bitte nehmen Sie Platz. Haben Sie die Unterlagen dabei?«, fragte Mayr.

Der Jüngere zog einen zerknitterten Schnellhefter aus seiner Jacke und knallte ihn auf den Tisch.

Mayr blickte ihn fragend an. »Ist etwas nicht in Ordnung?«

Gerhard Schreiner setzte sich und verschränkte die Arme. »Jedes Mal, wenn es irgendwo eine Brandserie gibt, soll es einer von uns Feuerwehrlern gewesen sein. Und ich darf mir überall dumme Sprüche anhören. Neulich gab es in der Zeitung einen Artikel über Serienbrandstiftungen, und natürlich waren zündelnde Feuerwehrleute das Hauptthema. Drei Eltern haben daraufhin ihre Kinder von der Jugendfeuerwehr abgemeldet. Wenn ich diesen Schmierfink in die Finger kriege! Wissen Sie, wie viele Brandstiftungen es in Deutschland jedes Jahr gibt?«

Mayr wusste es, tat dem jungen Mann aber den Gefallen und schüttelte den Kopf. »Nicht genau, wenn ich ehrlich bin.«

»36.000. Und was glauben Sie, wie viele davon von Feuerwehrangehörigen begangen werden?« Mayr wusste auch das, zuckte aber mit den Schultern.

»Ein Dutzend«, fuhr Schreiner fort, »und kein einziger mehr. Das sind kaum 0,3 Promille. Aber jedes Mal, wenn es brennt, heißt es, aha, ein pyromanischer Feuerwehrler!«

Mayr ließ das unkommentiert. »Möchten Sie einen Kaffee?«

»Danke gerne«, antwortete Kommandant Eisenberger mit einem Seitenblick auf Schreiner. »Entschuldigen Sie bitte meinen Kollegen. Sie müssen ihn verstehen …«

»Geschenkt«, winkte Mayr ab. »Wenn es um ungerechtfertigte Vorwürfe gegen die Polizei geht, reagiere ich auch sehr emotional.«

Sie schenkte den beiden Männern Kaffee ein und blätterte in den mitgebrachten Papieren. Dann sah sie dem Jugendwart direkt in die Augen.

»Tatsache ist aber auch, dass die Feuerwehr ein Präventionsprogramm hat und dass Sie in der Jugendfeuerwehr ein besonderes Auge darauf haben, wer … sagen wir mal, ganz besonderen Spaß am Feuer hat.«

Schreiner zog die Augenbrauen hoch, sagte aber nichts.

»Deshalb wollte ich, dass Sie mir diejenigen zusammenschreiben, die in den letzten Jahren die Feuerwehr verlassen haben oder denen nahegelegt wurde, zu gehen.«

»Das sind leider nicht wenige«, sagte Schreiner. »Die meisten haben wegen der Ausbildung woandershin müssen. Einer hatte einen Verkehrsunfall und ist nicht mehr feuerwehrtauglich.«

»Dann schlage ich vor, wir gehen gemeinsam die Liste der Reihe nach durch.«

Kommandant Eisenberger stand auf. »Ich kenne die meisten eh nicht. Was dagegen, wenn ich mir in der Zwischenzeit das da anschaue?« Er deutete auf die große Pinnwand mit den Bildern der letzten Brände.

»Gerne. Vielleicht entdecken Sie etwas, das uns bisher entgangen ist.« Mayr setzte sich mit Schreiner an den Besprechungstisch, während Eisenberger die Bilder eins nach dem anderen sehr genau studierte. Bei einem stutzte er.

»Gerhard, das da habe ich irgendwo schon mal gesehen.« Er deutete auf die Großaufnahme eines Zippo-Feuerzeuges mit einem Playboy-Motiv aus kleinen Swarovski-Steinen.

»Das haben wir am letzten Tatort gefunden, dem Schrebergarten in Roth«, sagte Mayr. »Der Täter wurde überrascht und hat es auf der Flucht verloren.«

Schreiner stand auf und sah sich das Bild an. »Sieht aus wie das von Tommie.«

»Tommie, und weiter?« Mayr hatte schon einen Stift gezückt.

»Thomas Wendler«, sagte Schreiner. »Und ich weiß auch, wo Sie ihn finden.«

»Fantastisch«, sagte Mayr und griff schon zum Telefon.

»Leider nicht«, erwiderte Schreiner. »Er liegt auf dem Friedhof an der Kreuzkirche. Thomas Wendler ist vor einem halben Jahr tödlich verunglückt. Mit dem Motorrad.«

Eisenberger nickte. »Das war tragisch. Er war der jüngste Truppführer, den wir in Roth je hatten. Ein großer Verlust.«

Mayr ließ den Telefonhörer sinken. »Das tut mir leid. Aber das Feuerzeug muss seines sein. Am Boden waren die Initialen T.W. eingeritzt.«

Schreiner dachte nach. »Tommie hatte einen Freund bei der Feuerwehr. Der war kein besonders guter Feuerwehrmann. Kam häufig zu spät oder gar nicht. Wie hieß der doch gleich? Auf jeden Fall hat der die Feuerwehr kurz nach Tommies Tod verlassen. Hat ihn wohl ziemlich mitgenommen.« Er ging zurück zum Tisch und blätterte im Schnellhefter. »Da haben wir ihn ja schon.«

Zwei Stunden später standen Vogel und Küppers vor der Wohnungstür des ehemaligen Feuerwehrmannes und klingelten.

»Sind Sie Oliver Schwab?«

Der junge Mann sah seine Besucher misstrauisch durch die halb geöffnete Wohnungstür an.

»Ja, und wer will das wissen?«

»Vogel, Kripo Schwabach, und das ist mein Kollege Küppers. Wir haben ein paar Fragen an Sie.«

Der Mann blieb einige Sekunden unschlüssig stehen. Dann trat er zur Seite.

»Bitte, kommen Sie rein.«

Er ging voraus und öffnete die Tür zum Wohnzimmer. »Setzen Sie sich doch.«

»Danke.« Vogel und Küppers nahmen Platz.

»Ich hol nur schnell was zu trinken. Ich bin gleich wieder bei Ihnen.«

»Keine …« *Umstände* hatte Vogel sagen wollen, da rannte der Mann schon aus dem Zimmer und schlug die Tür hinter sich zu. Gleich darauf fiel auch die Wohnungstür ins Schloss.

»Verdammt! Hinterher!«, rief Vogel. Doch bevor er sich noch richtig aus den weichen Polstern gequält hatte, war Küppers schon im Treppenhaus und jagte dem Flüchtigen nach. Vogel zuckte mit den Schultern, zog ein paar Einweghandschuhe aus der Tasche und machte sich an die Durchsuchung der Wohnung.

Keine zehn Minuten später war Küppers zurück, den Verdächtigen zog er in Handschellen hinter sich her.

»Hättest dich ruhig an der Verfolgungsjagd beteiligen können. Ein bisschen Bewegung würde deinem Bierbauch guttun.«

»Du weißt doch, was Blume gsagt hat«, erklärte Vogel. »In meinem Alter is man gesundheitlich nimmer ganz auf der Höh. Und du mit deine langen Haxn schaffst des doch locker allein. Aber schau dir an, was ich gfundn hab.«

Er deutete auf den Wohnzimmertisch, wo er seine Fundstücke aufgebaut hatte. Ein Fotoalbum mit Bildern verschiedenster Brände, einen Stapel Feuerwehrhandbücher und – drei Packungen Esbitwürfel.

***

»Ja, Stefan, wir ham ihn. Jedenfalls hat der des Gartenhaus in Roth angezündet. Seine Fingerabdrück jedenfalls sin auf dem Feuerzeug, des der Brandstifter dort verlorn hat. Aber bei dem ganzn Zeug, was wir bei dem gfundn ham, is der bestimmt auch für die andern Bränd verantwortlich.«

Vogel hatte das Telefon auf laut gestellt, sodass Küppers mithören konnte.

»Hat er schon gestanden? Und was ist mit dem Mord an Christina Cainelli?«, quäkte Simpels Stimme aus dem Lautsprecher.

Küppers beugte sich vor. »Er ist in Nürnberg in U-Haft. Bisher hat er die Aussage verweigert.«

Vogel hielt sich die Ohren zu. »Brauchst ned so laut schrein, Manuel. Auch wenn wir mit Italien telefoniern.«

Simpel lachte. »Nun gut, dann können wir ihn uns ja vorknöpfen, wenn ich wieder da bin. Wenn alles klappt, sind wir morgen Mittag in Nürnberg.«

»Ja, also …« Vogel kam ins Stottern. »Also der Blume, der spielt sich momentan ziemlich auf. Verkauft alles als sein eignen Erfolg. Und er will den Brandstifter höchstpersönlich vernehmen.«

»*Stronzo*!«, schimpfte Simpel.

Diesmal lachte Manuel. »Ich wusste gar nicht, dass du so gut Italienisch kannst. Weißt du überhaupt, was das heißt?«

»Natürlich«, sagte Simpel. »Zanetti verwendet das ständig beim Autofahren, da habe ich das mal gegoogelt. Ich finde, es hört sich gut an, und wenn ich es in Deutschland verwende, versteht man mich wenigstens nicht.«

Tina Kaczmarek kam ins Zimmer. »Ist das Stefan? *Ciao*, Stefan! Schöne Grüße nach *Bella Italia*! Leider muss ich euch unterbrechen. Der Blume gibt eine Pressekonferenz. Im Besprechungsraum, und ihr sollt dazukommen.«

»Pressekonferenz?«, sagte Küppers. »Was will er denn da erzählen? Außer dem Brand in Roth können wir dem Schwab doch noch gar nichts nachweisen.«

»Hast's ghört, Stefan, wir müssn. Also mach's gut. Ich weiß auch ned, was den Blümchen da wieder reitet. Der is halt a echter … Wie heißt des noch mal?«

»Stronzo«, sagte Manuel.

Sehr beeindruckend war das nicht, was Blume da auf die Beine gestellt hatte. Nur drei Journalisten waren gekommen, zwei von den Regionalzeitungen und einer von einem Anzeigenblatt. In der ersten Reihe saßen Vogel, Küppers und Mayr. Vorne am Sprecherpult stand Blume. Angesichts des spärlich besetzten Auditoriums klang er nicht sehr enthusiastisch, als er seinen Vortrag begann.

»Heute Nachmittag ist uns ein entscheidender Schritt zur Aufklärung der Brandserie im Landkreis Roth und des Mordfalles in Eckerslohe gelungen. Ein dringend der Tat Verdächtiger wurde verhaftet und wird soeben dem Haftrichter vorgeführt. Zur Person des Verdächtigen dürfen wir zum derzeitigen Zeitpunkt leider noch keine Angaben machen. Mein Glückwunsch gilt den Kollegen, die durch hartnäckige Ermittlungsarbeit diesen Erfolg ermöglicht haben. Besonders bedanken möchte ich mich bei den Kollegen der Brandermittlung und der Mordkommission, die durch ihre enge Zusammenarbeit schlussendlich erfolgreich waren. Eine Zusammenarbeit, die auf einer Anregung von mir beruht, wie ich bescheiden anmerken möchte, so wie ich den Kolleginnen und Kollegen ständig mit Rat und Tat zur Seite gestanden habe, auch außerhalb der Dienstzeiten.«

»Können Sie uns sagen, wie Sie auf den Täter gekommen sind?«, fragte der Reporter vom Rother Volksblatt.

»Bedauere«, sagte Blume. »Vor Abschluss der Ermittlungen darf ich Ihnen keine Einzelheiten nennen. Aber ich kann Ihnen so viel verraten, dass wir aus Kreisen der Freiwilligen Feuerwehr Roth den entscheidenden Hinweis erhalten haben.«

Vom Flur her war Lärm zu hören, dann die Stimme von Tina Kaczmarek. Die Tür ging auf, und herein kam ein Dreimann-Kamerateam. Das Senderlogo zeigte einen Privatsender. Blumes Miene hellte sich auf. »Kommen Sie doch herein! Für die Kamera habe ich in der Mitte einen Platz freigehalten. Steckdosen sind dort auch vorhanden.«

»Danke«, sagte die Reporterin. »Nicht nötig.«

Sie ging auf Blume zu und hielt ihm das Mikrofon unter die Nase. »Stimmt es, dass Sie den Feuerteufel von Roth gefasst haben?«

Blume kniff die Augen zusammen, weil ihn das Licht der Kamera blendete. »Ja, das ist richtig. Wir …«

»Und stimmt es, dass es ein Feuerwehrmann gewesen ist, wie wir von der Presse schon seit Langem vermutet haben?«, unterbrach ihn die Journalistin.

»Nun ja, der entscheidende Tipp kam aus den Kreisen der Feuerwehr.«

»Das heißt wohl ebenfalls ja. Und ist der Feuerteufel auch der Gasthof-Killer von Eckerslohe?«

»Nun ja«, sagte Blume wieder. »Wir haben noch kein Geständnis, aber wenn Sie mich als erfahrenen Polizisten fragen, gibt es kaum Zweifel an seiner Täterschaft.«

»Also auch hier ein Ja. Können Sie uns Näheres über die Verhaftung erzählen? Hat der Verdächtige Widerstand geleistet?«

Blume wischte sich über die Stirn. Ob es die Wärme der Kameraleuchte war, die ihn ins Schwitzen brachte, oder ob es an den Fragen der Journalistin lag, war schwer zu sagen.

»Der Verdächtige hat tatsächlich versucht, sich durch Flucht der Verhaftung zu entziehen. Einer der beiden Beamten nahm die Verfolgung auf und konnte den Verdächtigen nach kurzer Zeit festnehmen.«

»Schön, schön. Und der andere Polizist? Hat der inzwischen ein Nickerchen gemacht?«

»Wie soll ich es sagen?« Blume sah zu Vogel hinüber. »Auch Polizisten kommen einmal in ein Alter, wo man nicht mehr jeden Sprint gegen einen jugendlichen Handtaschendieb gewinnt. Wir bräuchten eben mehr junge Leute bei der Polizei.«

Vogel wurde blass und erhob sich aus seinem Stuhl. Küppers legte ihm die Hand auf den Arm. »Lass es«, flüsterte er. »Hat ja doch keinen Sinn.« Vogel ließ sich wieder in seinen Stuhl fallen und verschränkte die Arme.

Die Journalistin hatte davon nichts mitbekommen und stellte die nächste Frage.

»Wo ist eigentlich der verantwortliche Kommissar, ich habe letzte Woche mit ihm telefoniert? Ich glaube, er hieß Gimpel?«

»Simpel«, verbesserte Blume und konnte ein Grinsen nicht unterdrücken. »Oberkommissar Simpel hält sich derzeit aus dienstlichen Gründen in Trient auf.«

Die Reporterin hob die Augenbrauen. »Ausgerechnet dann, wenn der Mörder verhaftet wird, reist der leitende Ermittler nach Italien? Nun ja, der Trentiner Weihnachtsmarkt soll ja recht nett sein. Und der Steuerzahler übernimmt die Rechnung. Hoffentlich bringt er Ihnen etwas Schönes mit aus Italien.« Sie blinkte Blume mit ihren langen Wimpern an.

Blume lachte verlegen. »Ich hoffe, denn sonst muss ich Herrn Simpel die Reise persönlich in Rechnung stellen und die Zeit von seinem Urlaub abziehen.« Wieder ein verlegenes Lachen.

»So läuft das also ab bei der Polizei«, sagte die Fernsehfrau. »Das wird unsere Zuschauer sehr interessieren.«

»Nein, nein«, wehrte Blume ab. »Das war nur als Scherz gemeint. Selbstverständlich gab es triftige Gründe, Herrn Simpel nach Italien zu schicken. Er geht dort einer wichtigen Spur nach. Außerdem haben wir noch den Fall der beiden Babyleichen. Auch da führt eine Spur nach Trient.«

»Was soll das?«, flüsterte Küppers. »Das wollten wir doch noch nicht an die Öffentlichkeit geben.«

Die Reporterin drehte sich kurz um, wandte sich dann doch wieder Blume zu.

»Interessant. Können Sie uns mehr dazu sagen? Wie hängt das alles zusammen?«

»Dazu kann ich Ihnen nichts sagen. Ich habe schon mehr verraten, als ich eigentlich dürfte. Wenn Sie mehr wissen wollen, müssen Sie auf die offizielle Pressemitteilung warten.«

»Schade«, sagte die Frau und ließ wieder ihre Wimpern klimpern. »Und wenn ich Sie persönlich anrufe? Wir könnten ja ein Exklusivinterview vereinbaren. Nur wir beide.«

Blume wurde rot. Die Reporterin wartete seine Antwort nicht ab.

»Dann auf Wiedersehen«, sagte sie. »Ich melde mich.«

Damit verließ das Kamerateam den Raum so plötzlich, wie es gekommen war.

Blume sammelte sich kurz und machte dann mit seinem Vortrag weiter. Vogel stand auf. Küppers wollte ihn zurückhalten. »Is scho gut, Manuel!«, sagte Vogel. »Ich will nur noch mal mit die Fernsehleut redn.«

Blume hielt ihn auf. »Herr Vogel, wir sind hier noch nicht fertig.«

»A wichtige Spur, Herr Hauptkommissar«, sagte Vogel und verließ den Raum.

Blume kniff die Augen zusammen. »Das wird Folgen haben«, sagte er leise, aber laut genug, dass man ihn im Raum hören konnte.

»*Stronzo!*«, murmelte Küppers, aber so leise, dass ihn niemand hörte.

***

Simpel setzte sich an den Tisch des Hotelrestaurants. Ziegler war schon fertig mit seinem Frühstück. Er hielt einen Zigarillo in der Hand und wollte gerade auf die Terrasse gehen.

»Ich habe vorhin mit Vogel telefoniert«, sagte Simpel. »Sie haben den Brandstifter gefasst. Ein junger Kerl aus Roth, soweit ich verstanden habe.«

»Und? Hat er gestanden? Auch das mit dem Gasthof?«

Simpel schüttelte den Kopf.

»Bis jetzt hat er nichts gestanden. Und anscheinend spielt sich Blume ziemlich auf. Er glaubt, er hat den Mörder, und hält gerade eine große Pressekonferenz ab.«

Ziegler stand auf. »Wenn er meint. Wir machen erst einmal weiter wie geplant. Nie und nimmer war Christina Cainelli nur ein Zufallsopfer, das spüre ich bis in meine Prothese hinein. Und wenn der Brandstifter so jung ist, kann er die Tote nicht gekannt haben. Außerdem sind da ja auch noch die Babyleichen und die Sache mit Ute Schneider. Ich gehe einen rauchen, und dann wird Mario bestimmt schon auf der Matte stehen, um uns abzuholen. Bis gleich.«

Simpel holte sich einen Milchkaffee und eine Brioche. Er hatte diese Nacht endlich mal wieder gut geschlafen, obwohl es auch gestern ganz schön spät geworden war. Zanetti hatte sie abends auf den Weihnachtsmarkt geschleppt und sie wie versprochen mit den lokalen Spezialitäten abgefüllt. Sie hatten Kastanienbier getrunken und dazu verschiedene Süßigkeiten probiert, bis Simpel meinte zu platzen. Gut, dass es morgen wieder nach Hause ging. Diese Dienstreise war richtig anstrengend. So viel gegessen und getrunken hatte Simpel schon lange nicht mehr.

Vor dem Frühstück hatte er kurz mit Astrid telefoniert. Langsam gewöhnte er sich an den Gedanken, dass sie für ein Jahr in die USA gehen würde. Was sollte er auch anderes machen. Verlieren wollte er sie auf gar keinen Fall.

Kaum war er mit Frühstücken fertig, kam Ziegler in Begleitung von Commissario Mario Zanetti herein.

»*Buon giorno, Stefano.* Signora Valentini wartet in der Wohnung ihrer Freundin auf uns. Aber wir können gerne zuerst noch einen *caffè* trinken, wenn du möchtest.«

»Nein, nein, ich bin fertig.« Simpel sprang auf und nahm seine Jacke.

Die Wohnung von Christina Cainelli war nicht weit vom Hotel und nur ein paar Hundert Meter von der Boutique entfernt. Da konnten sie zu Fuß laufen.

Als Simpel aus dem Hotel trat, war er von Neuem beeindruckt von der Kulisse, die sich ihm bot. Gleich hinter den Häusern ragten die schneebedeckten Berge vor dem strahlend blauen Himmel in die Höhe.

Die Wohnung von Christina Cainelli hatte vier große Zimmer mit hohen Decken, die größtenteils mit üppigem Stuck verziert waren. Moderne, helle Designerstücke ergänzten die alten, in dunklem Holz gehaltenen Möbel. Alles wirkte sehr elegant.

»Signora Valentini, haben Sie in der Wohnung etwas verändert, seit Ihre Freundin weggefahren ist?«, fragte Ziegler.

Marianna Valentini schüttelte den Kopf. »Nein, ich war alle zwei Tage da, um zu gießen die Pflanzen und leeren der Briefkasten. Ich habe nichts gemacht. Aber ich habe gesehen, es ist nicht so ordentlich wie sonst, am meisten im Schlafzimmer. Das ist nicht normal für Christina. Sie muss es gehabt haben sehr eilig.«

Ziegler und Simpel gingen von Raum zu Raum. Im Schlafzimmer stand die Schranktür offen, und einige Kleidungsstücke lagen auf dem Bett. Die Küche dagegen war aufgeräumt, bis auf eine einzelne Tasse, die in der Spüle stand. Ziegler öffnete die Tür zu einem weiteren Zimmer. Darin waren ein Schreibtisch, mehrere Regale und ein Sofa aus den Fünfzigerjahren.

»Signora Valentini, würden Sie bitte mal kommen.«

Ziegler stand vor dem Sofa.

»Oh«, sagte Marianna Valentini. Auf dem Sofa und auf dem Boden lagen Fotos verstreut. »Im Büro ich war nicht, weil hier sind ja keine Pflanzen.« Sie nahm ein Bild in die Hand. »Das sind Fotos von unsere Reise, vor dreißig Jahren. Sehen Sie, das ist Christina.«

Auf dem Bild war eine junge Frau hinter dem Tresen eines Gasthauses zu sehen. Neben ihr stand ein junger Mann.

»Das Foto ich kenne nicht. Christina hat mir nicht gezeigt. Sie hat ja nicht reden wollen über die Zeit, als sie war alleine in Eckerslohe.«

Wieder stiegen Marianna Valentini die Tränen in die Augen.

»Was das hat zu bedeuten? Ich verstehe überhaupt nicht, *commissario*.«

Ziegler schaute sich den Schreibtisch genauer an. Darauf lagen drei ordentlich gestapelte Papierhaufen, die eindeutig die Boutique betrafen. Er konnte Markennamen wie Lacoste, Luis Vuitton und andere darauf erkennen. Vermutlich Lieferscheine und Rechnungen. Neben dem Schreibtisch stand ein Papierkorb. Ziegler bückte sich, wühlte kurz darin herum und holte einen leeren Umschlag heraus.

Er war an Christina Cainelli adressiert. Ziegler drehte den Umschlag um. Signora Valentini stand neben ihm und las den Absender.

»Aber das ist die Name, Sie haben gestern gesagt, von die Frau, die sich hat umgebracht«, rief Marianna Valentini.

Ziegler nickte. Hier war der Beweis für die Verbindung zwischen Christina Cainelli und Ute Schneider. Aber was hatte die deutsche Krankenschwester, die sehr zurückgezogen lebte und nur im Bayerischen Wald Urlaub machte, an die Trentinerin geschrieben? Die beiden hatten sich sicherlich damals in Eckerslohe kennengelernt, aber es gab keine Hinweise darauf, dass sie in den letzten Jahren Kontakt gehabt hatten. Der Poststempel war vom 25. Oktober, also wenige Tage vor Signora Cainellis Verschwinden.

Ziegler ging ins Wohnzimmer, um Simpel den Umschlag zu zeigen. Doch der stand am Fenster, hatte das Handy am

Ohr und lauschte konzentriert. Zanetti fotografierte in der Zwischenzeit im Schlafzimmer.

Signora Valentini kam hinter Ziegler ins Wohnzimmer, sie hatte noch immer das Foto ihrer Freundin in der Hand.

Als Simpel das Telefonat beendet hatte, sah er Marianna Valentini ernst an.

Er bat sie, Platz zu nehmen, und setzte sich ebenfalls.

»Signora, unsere Gerichtsmedizinerin hat das Zahnschema verglichen, das der Zahnarzt ihr per E-Mail geschickt hat. Die Tote im Gasthaus ist eindeutig Christina Cainelli.«

Signora Valentini brach in Tränen aus. »Ich habe gewusst, *commissario*, tief in meine Herzen, ich habe gewusst.«

»Da ist noch etwas«, sagte Simpel.

Signora Valentini zog ein Taschentuch aus ihrer Handtasche und schnäuzte sich. »Noch etwas?«, fragte sie.

»Ja. Im Garten des Gasthofes, in dem Ihre Freundin damals gearbeitet hat, haben wir etwas gefunden. Zwei Skelette von Babys, die seit dreißig Jahren dort lagen.«

»*No!*« Signora Valentini schlug die Hand vor den Mund.

»Und die DNA-Analyse hat ergeben«, fuhr Simpel fort, »dass die Mutter dieser Babys Ihre Freundin Christina Cainelli war.«

»*Merda!*«, entfuhr es Zanetti.

»Christina hatte Kinder?!«, rief Marianna Valentini.

»Ja«, sagte Simpel. »Zwillinge. Eines wurde kurz nach der Geburt getötet, das andere war wohl eine Totgeburt, und beide wurden unter einem Baum vergraben.«

Mit weit aufgerissenen Augen starrte Signora Valentini den deutschen *commissario* an. Dann begann sie, hemmungslos zu weinen.

***

Nachdem sich die Polizisten verabschiedet hatten, schloss Signora Valentini die Wohnungstür ab und ging die zweihundert Meter zurück zum Laden. Pünktlich um zehn öffnete sie die Boutique. Sie ordnete die Kleidungsstücke an den Stangen, nahm eine Lieferung Frühjahrsmode entgegen und bediente bis zur Mittagspause ein gutes Dutzend Kunden.

Dabei musste sie ständig an das dunkle Geheimnis ihrer toten Freundin denken. Deshalb also war Christina damals so verändert aus Deutschland zurückgekehrt, weil sie dort Zwillinge bekommen hatte. Aber was war mit diesen Kindern passiert? Christina konnte unmöglich die Mörderin ihrer eigenen Babys sein. Aber wer war es dann? Und wer war der Vater dieser Kinder? Sie hatten ja ein ziemlich lockeres Leben geführt, damals. Christina vielleicht noch ein bisschen lockerer. Die Typen kamen und gingen. Da war keiner dabei, an den sich Marianna genauer erinnern konnte. Aber vielleicht hatte die Freundin den Mann erst kennengelernt, nachdem Marianna abgereist war.

In der Mittagspause rief Christinas Steuerberater an. Marianna tat so, als sei die noch im Urlaub. Sie wollte Zeit gewinnen. Sie musste erst wieder klar denken können, bevor sie sich dem stellen konnte, was auf sie zukam. Auch ihrem Mann Stefano hatte sie gestern am Telefon nichts erzählt. Das hatte Zeit, bis er von seiner Geschäftsreise zurück war.

Bis zum Abend machte sie weiter wie immer. Wegen des Weihnachtsmarktes kamen viele Kunden, und das Geschäft lief gut. In den wenigen ruhigen Momenten fielen ihr immer mehr Situationen aus der Vergangenheit ein, die sie erst jetzt verstehen konnte. Zum Beispiel die Sache mit der

Geburt ihrer Tochter Adriana. Christina hatte einen Heulkrampf bekommen, als sie das kleine Bündel das erste Mal im Arm gehabt hatte. Natürlich hatte Marianna sich damals über die seltsame Reaktion ihrer Freundin gewundert, aber jetzt war ihr klar, warum sie so extrem reagiert hatte.

Nach Ladenschluss ging sie noch einmal in Christinas Wohnung. Sie setzte sich auf das Sofa im Büro und sammelte die überall verstreuten Fotos ein. Die Polizisten hatten zwar einige Bilder mitgenommen, die meisten jedoch dagelassen. Da waren Aufnahmen von ihrem Zimmer im Gasthaus und Fotos, auf denen Marianna und Christina zusammen zu sehen waren. Auf einem Foto saß Christina auf ihrem Bett und lachte in die Kamera. Um sie herum war der Inhalt ihrer indischen Beuteltasche verstreut. So eine Tasche hatte Marianna damals auch gehabt. Alles, was ihnen wichtig war, hatten sie darin mit sich herumgetragen. Kopfschmerztabletten, Tampons, aber auch Briefe und Fotos. Marianna betrachtete lange die junge Christina inmitten ihrer Habseligkeiten. Plötzlich stutzte sie und schaute das Foto noch mal an. Wie hatte sie das nur vergessen können? Sie stand auf und ging ins Schlafzimmer. Sie musste nicht lange suchen. Ganz hinten im Nachtkästchen, in einer alten Schuhschachtel fand sie es. Sie starrte es lange an. Nein, sie würde es nicht öffnen. Christina hatte ihr nichts von ihrem Geheimnis erzählen wollen, als sie noch gelebt hatte. Da durfte sie jetzt auch nicht darin herumstöbern. Aber die Polizisten mussten es haben. Denn schließlich sollte aufgedeckt werden, was mit Christina und ihren Kindern passiert war. Signora Valentini nahm ihr Handy und rief bei Commissario Zanetti an, doch der war um diese Zeit natürlich nicht mehr im Büro. Gut, dann würde sie es mitnehmen und ihm morgen früh vorbeibringen.

***

Simpel wickelte die Spaghetti um seine Gabel und versuchte dann, das *polpette di coniglio* aufzuspießen, was ihm gründlich misslang. Das Einzige, was er zustande brachte, war Fleischbällchenmus. Schließlich gab er auf und aß die Spaghetti und die *polpette* abwechselnd. Ziegler beobachtete amüsiert die Versuche seines Kollegen. Er hatte den *baccalà con polenta di storo*, eine lokale Spezialität aus dem Trentino, gewählt, die ihm ausgezeichnet schmeckte. Das Lokal, das Mario Zanetti ausgesucht hatte, war einfach eingerichtet, aber das Essen war köstlich.

»Und ihr nehmt wirklich ein Flugzeug? Von Trento nach Norimberga, habe ich das richtig verstanden?«, fragte Zanetti, der die Bemühungen Simpels, mit seinem Essen fertigzuwerden, geflissentlich übersah. »Ich wusste gar nicht, dass es da Flüge gibt.«

»Gibt es auch nicht«, sagte Ziegler. »Aber Stefan ist ein Experte im Internet. Er hat einen Reiseveranstalter entdeckt, der für einen Tag von Trento zum Nürnberger Christkindlesmarkt fliegt. Mit einer Turboprop.«

»Eine Bombardier Q400«, sagte Simpel. »Und das Gan ze ist um fünfzig Euro pro Person günstiger als die einfache Zugfahrt. Ich habe schon bei der Reisekostenstelle angerufen. Kein Problem, haben die gesagt. Ich soll nur die fünfzig Euro an sie überweisen, wenn ich die Bahnkarte zurückgegeben habe.«

»Da muss ich direkt überlegen, ob ich nicht mitfliege. Meiner Frau würde der Nürnberger Christkindlesmarkt sicher gefallen. Aber ihr habt morgen bestimmt mit eurem Mörder zu tun und keine Zeit, uns herumzuführen.«

Simpel legte die Gabel hin. »Bei dem Mörder bin ich mir

nicht so sicher. Die Kollegen haben lediglich einen Brandstifter gefasst. Ob der wirklich der Mörder von Christina Cainelli ist, das steht auf einem anderen Blatt.«

»Blümchen ist sich aber sicher, hat Horst gemeint«, sagte Ziegler.

»Blümchen?«, fragte Zanetti.

Ziegler lachte. »So nennen Stefans Leute ihren derzeitigen Chef. Obwohl der harmlose Spitzname gar nicht zu ihm passt. Besser wäre …«

»*Stronzo*«, ergänzte Simpel, und seine Miene verfinsterte sich.

»Also das habt ihr gemeint, als ihr gesagt habt, in *Germania* gibt es auch solche Vorgesetzten wie meinen *commissario capo*. Aber der ist noch harmlos gegen den, den ich in Mestre hatte. Der …«

Die nächste halbe Stunde tauschten die drei Polizeianekdoten aus. Schließlich stand Zanetti auf.

»Lasst uns darauf anstoßen, dass wir im Kampf gegen die Kriminalität und gegen die Launen unserer Chefs nie unterliegen mögen. Doch dazu brauchen wir etwas Stärkeres als Wein.« Er winkte dem Kellner. »*Cameriere, tre grappe, per favore!*«

Simpel winkte ab. »Für mich nicht, danke.«

Zanetti klopfte ihm auf die Schulter. »Du brauchst nicht so zu tun. Ich habe die Rechnung aus Brennero gesehen. *Dieci Grappe!* Die hat sicherlich nicht Michele allein getrunken.«

Je mehr Wein er intus hatte, desto häufiger mischte Zanetti das Deutsche mit dem Italienischen.

Simpel wurde rot. »Nein …«, stotterte er. »Das war eine Ausnahme … weil …«

»Dann ist das heute eben auch eine Ausnahme. *Salute!*«

Die drei stießen miteinander an, Ziegler und Zanetti tranken ihren Grappa in einem Zug, während Simpel nur daran nippte.

Simpel stocherte in seinem Essen herum. »Soll ich die Grappas von Brennero vielleicht besser aus meiner eigenen Tasche bezahlen? Nicht, dass das Ärger gibt«, fragte er vorsichtig.

»*Nonsenso*! Du bist hier in Italien. Wir haben die Gastfreundschaft erfunden. Behauptet zumindest unser *Ministero del Turismo*.« Zanetti lachte und winkte dem Kellner erneut.

Simpel gelang es, bei nur einem Grappa zu bleiben, während die beiden anderen sich noch drei weitere genehmigten. Erst als ihm das letzte Fleischbällchen in die Tomatensoße plumpste und ausgerechnet das todschicke Hemd befleckte, das ihm Astrid zum Geburtstag geschenkt hatte, trank er den Rest seines Grappas auf einen Zug aus.

Nach dem Kaffee bestand Simpel darauf, die Rechnung zu übernehmen, was Zanetti natürlich nicht zulassen wollte. Es kam zu einem kleinen Disput. Schließlich zückte Ziegler kurzerhand seine Kreditkarte und reichte sie dem Kellner. Zanetti sah ihn böse an. »Das ist eine Beleidigung für den Gastgeber, wenn der Gast die Rechnung übernimmt, weißt du das nicht?«

Ziegler blieb gelassen. »Ich werde die Rechnung bei meiner Dienststelle einreichen, also bist du heute Gast des Freistaates Bayern. Herzlich willkommen.«

Zanetti grinste über das ganze Gesicht. »*Sono ospite di Bavaria. Grazie mille.*« Er stand auf und verbeugte sich. »Jetzt bring ich euch ins Hotel, nicht dass euch auf dem Weg noch ein Straßenräuber auflauert und ich meine *statistica criminale* neu machen muss.«

In ausgelassener Stimmung verließen die drei die Trattoria. Zum Glück wurden sie auf dem Heimweg nicht überfallen, denn bei der Menge an Alkohol, den Zanetti getrunken hatte, wäre ihnen der italienische *commissario* keine große Hilfe gewesen.

***

Simpel sah auf die Uhr. »Wir fliegen in ein paar Minuten los und landen bereits eine Stunde später in Nürnberg. Dann haben wir noch den halben Samstag vor uns. Was für ein Unterschied zu den dreizehn Stunden Zugfahrt, die wir auf der Hinfahrt gebraucht haben.«

Ziegler fummelte an seinem Sicherheitsgurt herum. »Es gibt eine amerikanische Fernsehserie, da haben die FBI-Leute einen eigenen Jet. So was bräuchten wir auch.«

»Da müsstest du Politiker sein oder beim Personenschutz«, sagte Simpel.

»Oder beim ADAC«, lachte Ziegler. »Da haben sich ja die Bonzen mit dem Rettungshubschrauber herumkutschieren lassen.«

Simpel konnte da nicht mitlachen. Seit seinem 18. Lebensjahr war er Mitglied beim Automobilclub, und er hatte immer viel von den Gelben Engeln gehalten. Durch die Skandale dort kam er sich irgendwie vor, als hätte man ihn sein halbes Leben lang betrogen.

Die zweimotorige Maschine rollte auf die Startbahn. Simpels rechte Hand umklammerte die Sitzlehne. Er wusste zwar, dass Fliegen die sicherste Art zu reisen war, aber trotzdem. Die Motoren heulten auf, und Simpel wartete auf die Beschleunigung, die ihn in den Sitz drücken würde. Aber nichts geschah. Die Motoren fielen wieder in den

Leerlauf zurück. Ziegler deutete aus dem Fenster. Ein Polizeiauto mit Blaulicht näherte sich der Maschine.

»Hast du die Hotelrechnung nicht bezahlt?«, fragte er. Simpel dachte tatsächlich einen Moment an seine Kreditkarte. »Mach keine dummen Witze«, sagte er dann. »Sieh dich lieber mal um, hinter wem die Polizei her sein könnte.«

Die Stewardess schien dasselbe zu tun. Sie schritt den Gang entlang und sah sich die Passagiere genau an. Bei Simpel und Ziegler blieb sie stehen.

»*Commissario Simpel?*«, fragte sie.

»*Si*«, antwortete der völlig verblüffte Simpel.

Bevor die Flugbegleiterin etwas sagen konnte, öffnete sich die Tür, und herein kam – Mario Zanetti. Er winkte mit einem kleinen roten Büchlein.

»Das Tagebuch von Christina Cainelli«, sagte er und übergab Simpel das Buch. »Aus der Zeit, als sie in Deutschland war. Signora Valentini hat sich daran erinnert und es gleich heute Morgen zu mir gebracht. Ich dachte, es wäre vielleicht wichtig.«

»Und da hältst du gleich ein ganzes Flugzeug auf?«, fragte Simpel.

Zanetti grinste. »Das wollte ich schon immer mal machen. Hinter einem Flugzeug herjagen wie in einem James-Bond-Film. Außerdem habe ich noch ein Geschenk für euch. Ich habe extra bei dem Wirt in Brennero angerufen, damit ich die richtige Marke erwische.« Er zog eine Flasche Grappa aus der Manteltasche und überreichte sie Ziegler. »Ihr könnt euch ja revanchieren, wenn ich mal nach Deutschland komme. *Ciao. Bon viaggio!*«

Zehn Minuten später war die Maschine in der Luft. Die Sonne schien, und der Pilot sagte einen ruhigen Flug voraus. Simpel lehnte sich zurück und blätterte in dem Tagebuch.

Natürlich alles auf Italienisch. Da würde Manuel einiges zu tun haben.

»Wollen wir den guten Tropfen schon mal probieren?«, fragte Ziegler und hielt die Grappaflasche hoch.

Doch da kam die Stewardess und sah ihn streng an. »*No, Signore*«, sagte sie, nahm ihm die Flasche ab und verstaute sie im Gepäckfach über den Sitzen.

***

Vogel und Küppers warteten vor Blumes Büro. Der hatte sie ausgerechnet heute, am dienstfreien Samstag, mit großer Dringlichkeit in die Inspektion bestellt. Und jetzt telefonierte er mindestens schon eine halbe Stunde. Endlich öffnete sich die Tür, und ein lächelnder Blume bat sie herein.

»Ich habe gerade mit Oberstaatsanwalt Bauer gesprochen. Er hat mir, das heißt natürlich uns, gratuliert, dass wir die Brandserie und den Mord so schnell aufgeklärt haben. Er will später vielleicht selbst vorbeikommen, wenn wir den Täter verhört haben.«

Vogel holte tief Luft, und auch Küppers atmete einmal tief durch. Doch Blume fuhr fort.

»Kommissar Küppers, Sie habe ich besonders hervorgehoben. Ohne Sie wäre uns der Kerl nämlich durch die Lappen gegangen, und wir dürften jetzt mühsam nach ihm fahnden. Solche jungen, sportlichen Leute wie Sie brauchen wir bei der Polizei.«

»Aber …«, begann Küppers.

»Nichts aber«, wehrte Blume ab. »Das haben Sie sich verdient. Oberkommissar Simpel wird Augen machen, dass wir den Fall so plötzlich gelöst haben, während er es sich in Italien gut gehen lässt.«

Er lachte. Weder Vogel noch Küppers verzogen auch nur eine Miene.

»Nun gut«, Blume sah auf die Uhr. »Sie fragen sich sicher, warum ich Sie gerufen habe. Also, in einer Viertelstunde bringen die Justizbeamten den Täter Oliver Schwab. Das Verhör führe ich natürlich selbst. Aber Sie können gerne dabei sein. Vielleicht lernen Sie noch was. Wenn wir Glück haben, kommt Oberstaatsanwalt Bauer gerade rechtzeitig, um sich das unterschriebene Geständnis abzuholen.«

»Und wenn Schwab es gar nicht war?«, fragte Küppers vorsichtig.

»Papperlapapp, natürlich war er es, das spüre ich bis in die Haarspitzen. Vertrauen Sie einem erfahrenen Kollegen. Die Brandstiftungen hat er vor dem Haftrichter ja schon zugegeben. Jetzt müssen wir ihm nur noch eine Brücke bauen, damit er den Mord ebenfalls gesteht. Lassen Sie mich nur machen. Ich bin bekannt für mein psychologisches Einfühlungsvermögen.«

Küppers tauschte einen schnellen Blick mit Vogel, aber der hatte sich im Stuhl zurückgelehnt und machte einen völlig unbeteiligten Eindruck.

»Nun gut, wir sehen uns in einer halben Stunde im Verhörraum 1. Bis dann, meine Herren.«

Auf dem Gang kam ihnen Tina Kaczmarek entgegen.

»Was machst du denn hier?«, fragte Küppers.

»Ich hatte Sehnsucht nach dir«, lächelte sie ihn an. »Nein, Quatsch – also ich freue mich schon, dich zu sehen, aber leider bin ich dienstlich hier. Der Blume hat mich angerufen, ich soll Protokoll führen. Ist zwar blöd, so am Samstagmorgen, aber die Überstunden kann ich brauchen. Vielleicht springt mal ein verlängertes Wochenende heraus.

Dann könnte man ja mal wohin fahren, mit jemandem, den man mag.« Wieder lächelte sie Küppers an.

»Könnte man«, sagte der und kratzte sich verlegen am Kopf.

»Sagen Sie uns bitte Ihren Namen, für das Protokoll.« Blume sah Schwab betont freundlich an.

»Oliver Schwab.«

»Sie wissen, was Ihnen zur Last gelegt wird, Herr Schwab?«

»Ja, und ich gebe es auch zu. Ich habe die Brände gelegt. Die Container, den alten Stall, den Hochstand, die Scheune und das Gartenhaus. Zufrieden?«

»Ich kann Sie ja verstehen, Herr Schwab. Wissen Sie, als ich ein kleiner Junge war, hat mich Feuer auch fasziniert.«

»Wirklich?«, fragte Schwab.

Vogel warf Küppers einen vielsagenden Blick zu. Die beiden saßen hinter dem Verdächtigen, jeder in einer Ecke des Verhörraumes.

»Wenn ich es Ihnen sage«, bekräftigte Blume. »Ich habe sogar eine Zeit lang mit dem Gedanken gespielt, zur Feuerwehr zu gehen.«

Schwab schnaubte spöttisch durch die Nase.

»Sie können mir das glauben oder nicht«, sagte Blume. »Ich kann mir sehr gut vorstellen, was in einem vorgeht, wenn man einen Brand legt.« Seine Stimme wurde leiser, und er beugte sich ein kleines bisschen vor. »Wenn man das Streichholz anreißt, wenn die ersten zarten Flämmchen züngeln und sich das Ganze langsam ausbreitet.« Er machte eine Pause und beobachtete Schwabs Reaktion. Dessen Pupillen hatten sich geweitet, und er begann, schneller zu atmen. Blume warf Küppers und Vogel einen triumphierenden Blick zu. Dann machte er in dem suggestiven Ton weiter.

»Wenn sich das Feuer dann ausbreitet, mehr und mehr, und es sich schließlich zu einem flammenden Inferno entwickelt, bis man schließlich nicht mehr weiß, soll man dableiben und genießen oder endlich fliehen, um nicht zu Schaden zu kommen.«

Schwab hatte die Augen jetzt weit aufgerissen und atmete in heftigen Stößen.

»Aber wenn …« Blume wurde lauter. »Wenn man die Vorfreude auf das Kommende genießt und bereits das brennende Streichholz in der Hand hat, und dann kommt plötzlich jemand und stört einen.« Blume beugte sich weiter vor. »Dann möchte man den doch am liebsten …«

»… umbringen«, stieß Schwab hervor.

»Genau!«, rief Blume und schaute siegessicher in die Kamera, die das ganze Verhör aufzeichnete.

»Ich habe aber niemanden umgebracht«, sagte Schwab. Er war auf einmal wieder ganz ruhig.

»Was?«, fragte Blume entgeistert.

»Ich habe niemanden umgebracht. Bei meinen Bränden ist niemand zu Schaden gekommen. So etwas hätte ich nie gemacht.«

»Aber was ist mit dem Brand im Eckersloher Gasthof? Da gab es eine Tote. Sie haben die Brände doch zugegeben.«

»Den Brand in Eckerslohe habe ich nicht zugegeben. Mit dem Gasthof habe ich nichts zu tun.«

Blume blickte sich hilfesuchend um, aber sowohl Tina wie auch die beiden Kommissare zuckten mit den Schultern.

»Außerdem können Sie das Verhör sowieso gleich abbrechen. Sie haben mich nämlich nicht vollständig über alle Vorwürfe aufgeklärt. Bisher ging es nur um Brandstiftung.

Von der Toten im Gasthof hat keiner was gepfiffen. Und ich kenne meine Rechte. Ich war nämlich in der U-Haft mit einem Typen zusammen in der Zelle, der hat mir alles genau erklärt. Meine Rechte und dass ein Geständnis strafmildernd wirkt. Und der muss es wissen, der ist schon zwölf Mal verhaftet worden, hat er gemeint. Und auf mein Recht auf einen Anwalt haben Sie mich auch nicht hingewiesen. Und den möchte ich jetzt, also einen Anwalt.«

Schwab verschränkte die Arme. Blume war rot angelaufen. Seine Fingerknöchel traten hervor, so fest umklammerte er die Tischplatte.

»Und eines noch«, sagte Schwab. »Für den Gasthof habe ich sogar ein Alibi. Ich war über Halloween bei meiner Schwester in Neumarkt. Das können Sie gerne nachprüfen.«

Blumes Gesicht färbte sich ins Purpurrote. Tina rutschte mit ihrem Stuhl ein Stück zurück.

»Das ist doch …«, sagte Blume. Er stand auf und stürzte aus dem Zimmer. Ein paar Sekunden später konnte man hören, wie er seine Bürotür zudonnerte.

»Also gut«, sagte Vogel zu Schwab. »Ich denke, damit ist das Verhör beendet. Dann wollen wir Sie mal wieder in die Obhut der Nürnberger Kollegen geben. Selbst wenn Sie niemanden umgebracht haben, Brandstiftung ist immer noch ein Kapitalverbrechen. Sie werden einen wirklich guten Anwalt brauchen.«

Als der Justizbeamte mit Schwab gegangen war, kam ein abgehetzter Staatsanwalt Bauer in den Verhörraum.

»Hab ich was verpasst?«, fragte er.

»Und ob«, sagten Vogel, Küppers und Tina Kaczmarek fast gleichzeitig.

»Dann werde ich mal gratulieren gehen«, sagte Bauer. »Ist Hauptkommissar Blume in seinem Büro?«

Die drei nickten, und als der Staatsanwalt in Blumes Büro verschwunden war, klatschten sie miteinander ab.

***

Im Gegensatz zum herrlichen Winterwetter in Trient war es in Nürnberg grau und trüb. Simpel und Ziegler gingen zum Gepäckband und holten ihre Taschen.

»Und wer von uns beiden nimmt jetzt die Flasche Grappa mit?«, fragte Ziegler.

»Nimm du«, sagte Simpel. »Wir können ja mit den anderen ein Glas trinken, wenn wir den Fall gelöst haben. Ich kann für die nächste Zeit keinen Schnaps mehr sehen. Außerdem will ich jetzt gleich zu Astrid. Sie hat heute frei, und ich will sie überraschen. Sie denkt doch, dass wir erst heute Abend mit dem Zug ankommen. Von dem Flug habe ich ihr nichts erzählt.«

»Also wieder alles in Ordnung mit euch beiden?«, fragte Ziegler, während sie im Shuttlebus zum Flughafengebäude fuhren.

Simpel zuckte mit den Schultern. »Ich freue mich nicht darüber, dass Astrid so lange weg sein wird. Aber es ist eine einmalige Chance für sie. Dann werde ich meine nächsten Urlaube eben in den Staaten verbringen.«

Ziegler klopfte Simpel auf die Schulter. »Mach das. Du wirst sehen, das Jahr ist schneller vorbei, als du denkst.«

Auf dem Weg zum Ausgang des Flughafens fragte Simpel:

»Und bei dir? Wie geht es weiter mit Anne?«

Ziegler zog einen Zigarillo aus der Jackentasche und zündete ihn an, gleich als sie aus dem Flughafengebäude heraus waren.

»Ich weiß noch nicht. Anne ist eine Wahnsinnsfrau. Was soll sie denn mit so einem kauzigen Kerl wie mir?«

»Da hast du recht, das verstehe ich auch nicht«, sagte Simpel. »Aber so wie du sie beschreibst, ist sie intelligent genug, um selbst zu entscheiden, ob sie es mit dir aushält oder nicht. Also hör auf mit dem Gejammer und fahr hin. Ich jedenfalls muss jetzt zu Astrid. Bis Montag.«

Simpel ging zum nächsten Taxi, stieg ein und ließ sich nach Lauf fahren. Er wollte keine Zeit verlieren. Sein Auto stand am Schwabacher Bahnhof und war dort gut aufgehoben. Bei einem Blumenladen ließ er den Fahrer kurz halten und kaufte einen Strauß Rosen. Vom Trentiner Weihnachtsmarkt hatte er in Honig kandierte Kastanien mitgebracht. Eine Flasche Prosecco hatte er ebenfalls dabei. Solche spontanen Aktionen waren eigentlich überhaupt nicht seine Art. Er überlegte, ob er Astrid vielleicht doch noch anrufen sollte. Aber dann waren sie schon fast da. Simpel bezahlte, schloss die Haustür auf und lief die Treppe hinauf zu Astrids Wohnung. Er klingelte. Hoffentlich war sie überhaupt zu Hause, vielleicht besuchte sie ihre Eltern, oder …

»Stefan!«

Astrid umarmte ihn so stürmisch, dass Simpel den Blumenstrauß hoch über seinen Kopf halten musste, sonst wäre nichts mehr von den schönen Rosen übriggeblieben.

***

Simpel sah zum bestimmt hundertsten Mal an diesem Montagmorgen hinüber zu Küppers, der an seinem Schreibtisch über dem Tagebuch von Christina Cainelli brütete. Der junge Kommissar hatte alles stehen und liegen lassen, als Simpel ihm das Büchlein gezeigt hatte. Neben ihm lag ein

Wörterbuch, und hin und wieder machte er sich Notizen. Gerade entfuhr ihm ein »Oho!«. Simpel hätte gern gewusst, ob Manuel auf etwas Wichtiges gestoßen war, wollte ihn aber nicht stören. Morgen mussten sie das Tagebuch an einen offiziellen Übersetzer geben, und dann konnten sie mindestens eine Woche auf Ergebnisse warten.

Deshalb war Küppers' Arbeit so wichtig. Wenn er einen Anhaltspunkt in dem Buch fand, dann kamen sie vielleicht endlich weiter. Sie waren fast wieder am Anfang, nachdem sich die Spur zum Brandstifter, wie erwartet, als Fehlschlag entpuppt hatte.

»Is scho a Ding. Die Cainelli war die Mutter von die Babys«, sagte Vogel.

»Da hat uns die Isotopenanalyse erst mal in die Irre geführt«, sagte Simpel. »Wir haben nach einer Fränkin gesucht, dabei hat die Mutter nur während der Schwangerschaft hier gelebt.«

»Hätt s' halt besser ans Verhüten dacht, des Madla.«

»Die war halt jung und weit weg von zu Hause«, sagte Simpel. »Da hat man andere Sachen im Kopf.«

»Die Männer könnten da auch mal Verantwortung übernehmen.« Tina Kaczmarek legte Simpel die Dienstpost auf den Tisch. »Ist es denn so schwierig, ein Kondom zu benutzen?«

Simpel wollte sich nicht auf eine so heikle Diskussion einlassen. Er deutete auf die Post. »Was soll ich damit? Kommt denn Blume heute nicht mehr?«

»Heute nicht und morgen auch nicht«, antwortete Tina. »Er hat so viele Überstunden, dass er sich ein paar Tage frei nimmt. Hat er vorhin am Telefon gesagt.«

Vogel lachte. »Is ihm ganz schön aufn Magn gschlagn, die Blamage mit dem Schwab. Was muss er auch das Maul so weit aufreißn und gleich den Oberstaatsanwalt einladn, bevor er ein Gständnis hat.«

Simpel nickte. »Unser Blümchen wollte die Lorbeeren halt alleine ernten. War ja eine günstige Gelegenheit, weil Mike und ich nicht da waren. Aber mein Mitleid hält sich in Grenzen. Weiß jemand eigentlich was von Hertle?«

»Ich hab eine Postkarte gekriegt. Vom Chiemsee, aus der Reha. Des is aber auch scho widder zwei Wochn her«, sagte Vogel.

»Ich weiß auch nichts«, beteuerte Tina. »Bei meinem Vater hat es fast ein halbes Jahr gedauert, bis er wieder arbeiten konnte, nach seinem Bandscheibenvorfall.«

»Allmächd«, sagte Vogel. »Noch ein halbes Jahr halt ich des fei ned aus mit dem Blümchen. Dann hätt doch lieber ich die Vertretung machn solln.«

Tina und Simpel starrten Vogel an.

»Was is?«, sagte der. »Glaubt ihr ned, dass ich des könnt hätt?«

Den beiden blieb eine Antwort erspart, denn Küppers kam mit dem Tagebuch herüber. Erwartungsvoll sahen die drei ihn an.

»Also«, begann er. »Ich weiß nicht, ob ich alles richtig verstanden habe. Mein bisschen Schulitalienisch ist da doch nicht ausreichend. Die genaue Übersetzung muss uns der Fachmann geben.«

»Aber …?«, fragte Simpel.

»Aber …«, antwortete Küppers, »so ungefähr kann ich euch erzählen, was damals passiert ist. Irgendwie komme ich mir dabei komisch vor. Ein Tagebuch lesen, das macht man eigentlich nicht, auch wenn es von einer Toten ist.«

»Was steht denn drin, Manuel? In Gotts Namen, red schon!«, sagte Vogel.

Küppers schaute in seine Notizen. »Also, im Dezember 82 sind die beiden Italienerinnen in Eckerslohe angekommen. Ursprünglich wollten sie Silvester noch in Berlin verbringen, aber die WG, in der sie untergekommen waren, hat sie vor die Tür gesetzt, weil sie kein Geld mehr hatten. Ein Freund hat sie dann mit zu sich heimgenommen, nach Eckerslohe. Marianna hat bei ihm auf dem Hof gearbeitet und Christina im *Dorfkrug*. Da hatte sie wegen der Weihnachtsfeiern gut zu tun gehabt. Und die Jungs im Dorf haben ihr gefallen. Einer ganz besonders, und zwar ein Martin.«

»Martin Waldmüller?«, fragte Simpel.

Küppers zuckte mit den Schultern. »Kann ich nicht sagen. Nachnamen nennt sie keine, und es geht eigentlich nur um …« Er räusperte sich. »Ihr wisst schon.«

»Also hatte Christina Cainelli ein Verhältnis«, fasste Simpel zusammen. »Mit jemandem aus dem Dorf mit dem Vornamen Martin. Horst, kannst du bitte nachschauen, welche Martins vor dreißig Jahren in Eckerslohe gelebt haben.«

»Alles klar«, sagte Vogel und tippte auf der Tastatur seines Computers herum. Küppers fuhr fort.

»Auch sonst hat sie die Männerwelt von Eckerslohe ziemlich durcheinandergewirbelt. Es gab da wohl einige Prügeleien wegen ihr.«

»Mit diesem Martin?«, fragte Tina.

»Nein«, sagte Küppers. »Von dem Verhältnis wusste anscheinend niemand. Sie haben es geheim gehalten. Ich glaube, weil dieser Martin verheiratet war.«

»Hast du gehört, Horst?«, sagte Simpel. Vogel nickte nur und hämmerte weiter auf seiner Tastatur herum.

»Das ging eine Zeit lang so«, erzählte Küppers. »Bis Marianna wieder nach Hause fuhr. Christina hat lange überlegt, ob sie mitfahren soll, wollte dann aber noch bleiben, bis sie das Geld für einen Frankreichaufenthalt zusammen hatte. Sie hat sogar Französisch gelernt in der Zeit.«

»Aber daraus wurde nichts«, sagte Simpel.

»Ja. Da gibt es eine Seite im Tagebuch, da ist ihre Schrift auf einmal ganz krakelig, für mich nicht zu entziffern. Das muss sich ein Experte anschauen. Zu der Zeit muss irgendwas passiert sein. Danach schreibt sie wieder normal. Sie hat dann gemerkt, dass sie schwanger war. Ab da sind die Einträge viel seltener geworden. Sie hat über eine Abtreibung nachgedacht, sich dann aber dagegen entschieden. Dann hat sie aufgehört zu arbeiten, und dieser Martin scheint sich um sie gekümmert zu haben. Und dann ist da noch etwas seltsam, aber das liegt vielleicht an meiner Übersetzung.«

»Ich hab's«, rief Vogel. »Drei Martin. Der Martin Waldmüller und der Martin Sterz, die kennen wir ja scho, dann ein Martin Schreiner, und des war's. Und der Martin Sterz war damals als Einziger verheiratet.«

»Der Gastwirt?«, fragte Tina.

»Genau der«, sagte Vogel.

»Typisch«, meinte Tina. »Christina arbeitet im Gasthaus, und der Erste, der sich an das junge Mädchen ranmacht, ist der Wirt. Da muss sie natürlich nachgeben.«

»So war das nicht«, widersprach Küppers. »Der Martin aus den Tagebüchern war genauso jung wie sie, und sie war echt verliebt in ihn. Aber wartet mal. Ich glaube, jetzt verstehe ich das.« Er blätterte in dem Tagebuch und schaute ab und zu auf seine Notizen. Endlich sah er auf. »Ich hab's. Das sind zwei Martins.«

»Drei«, widersprach Vogel.

»Nein«, sagte Küppers. »Zwei Martins, mit denen sie ein Verhältnis hatte. Ich dachte zuerst, es liegt an meinem schlechten Italienisch. Aber das sind eindeutig zwei verschiedene Männer, über die sie da schreibt.«

»Donnerwetter«, sagte Vogel. »Des Fräulein Cainelli hat ja nix anbrennen lassn.« Tina sah ihn böse an. Er zog den Kopf ein und versteckte sich hinter dem Monitor. »Na ja, die war halt jung, damals. Kann man ja verstehn«, fügte er leise hinzu.

Simpel atmete tief durch. Da war die Italienreise ja doch nicht umsonst gewesen. »Jetzt müssen wir nur noch die drei Martins zum DNA-Test antreten lassen, und dann haben wir einen neuen Hauptverdächtigen«, sagte er.

»Schön wär's«, bremste ihn Vogel. »Is ja scho wahrscheinlich, dass der Vater der Babys was mit ihrem Tod zu tun hat. Aber wie wolln wir ihm des nachweisn, so ohne Zeugn. Und wenn der Martin Sterz der Vater war: der is seit einem Jahr tot und kann die Cainelli ned umbracht ham. Außerdem wissn wir immer noch ned, warum die nach dreißig Jahrn wieder zurückkommen is. Und warum is die edz umbracht wordn? Und«, setzte er noch einen drauf, »was hat dem Mike sei Krankenschwester mit der ganzn Sach zu tun?«

Alle drei sahen ihn mit langen Gesichtern an. Schließlich meinte Küppers: »Horst, ich glaube, du wärst doch ein guter Chef gewesen.«

Vogel strahlte.

»Vielleicht abgesehen von deiner Art der Mitarbeitermotivation«, fügte Küppers hinzu.

***

»Sie schon wieder! Was gibt's denn diesmal? Haben Sie uns nicht schon genug heimgesucht?«

Karin Waldmüller, die Altbäuerin, verstellte Simpel und Mayr die Eingangstür.

»Frau Waldmüller«, sagte Simpel. »Wir müssen Ihren Sohn sprechen. Lassen Sie uns bitte durch!«

»Und wenn nicht?« Die alte Frau verschränkte die Arme. »Verhaften Sie mich dann?«

»Mutter, bitte.« Martin Waldmüller kam von hinten und legte ihr die Hand auf die Schulter. »Lass die Polizisten durch.«

Karin Waldmüller drehte sich um. »Damit die noch mehr Unheil anrichten? Das ganze Dorf haben sie durcheinandergebracht mit ihren idiotischen Tests. Die Babette Meier hat drei Nächte nicht schlafen können, so sehr hat sie das aufgeregt. Ein ganzes Dorf zu verdächtigen! Gibt es denn keinen Anstand mehr auf dieser Welt?«

»Karin!« Der Altbauer kam dazu. »Helen braucht dich in der Küche.«

Karin Waldmüller sah ihren Mann wütend an, zog dann aber wortlos ab. Bevor sie die Küchentür hinter sich schloss, warf sie Simpel und Mayr einen hasserfüllten Blick zu.

»Kommen Sie herein.« Adolf Waldmüller öffnete die Tür zur Bauernstube, in der schon einige Männer saßen. Die meisten hatten ein Bier vor sich stehen, und alle sahen ebenso feindselig drein wie die Altbäuerin.

»Seit der Gasthof geschlossen ist«, erklärte Waldmüller junior, »treffen wir uns dienstags zum Stammtisch hier bei uns. Alles enge Freunde. Das hier ist Hannes Barthel …«

Der Reihe nach stellte Waldmüller die Anwesenden vor. Die meisten waren etwa in seinem Alter, nur zwei gehörten der Generation des Altbauern an.

»Herr Waldmüller«, sagte Simpel. »Wir wollen nicht stören, aber wir müssen kurz mit Ihnen alleine reden.«

»Warum? Wir sind hier unter Freunden und haben keine Geheimnisse voreinander.«

»Es geht aber um eine heikle Angelegenheit.«

»Ich kann mir denken, warum Sie hier sind. Jetzt wo Sie wissen, wer die Mutter der Babys ist, sind Sie auf der Suche nach dem Vater. Also sind nach den Frauen jetzt wir Männer dran. Habe ich recht?«

»Woher wissen Sie eigentlich, dass wir die Mutter kennen?«, fragte Simpel scharf. »Darüber ging noch keine Information an die Presse.« Natürlich konnte er sich denken, wer Waldmüller informiert hatte.

»Man hat halt so seine Quellen«, sagte Waldmüller. »Und weil Sie sicherlich einen Gerichtsbeschluss haben, machen Sie schon Ihre DNA-Tests. Je schneller, desto eher haben wir Ruhe vor Ihnen.«

Schweigend beobachteten die Anwesenden, wie Mayr ein Teströhrchen vorbereitete. Simpel war zufrieden. Er hatte mehr Widerstand erwartet.

Doch die Gleichgültigkeit der Männer, die hier saßen, machte ihn wütend.

»Ist es Ihnen eigentlich allen ganz egal, dass zwei Neugeborene einfach so verscharrt wurden? Kinder, deren Vater vermutlich aus dem Dorf stammt. Wer von Ihnen kannte denn Christina Cainelli?«

Einige sahen ihn fragend an, andere wandten den Blick ab.

»Aha.« Simpel hatte das Gefühl, gegen eine Wand zu reden. »Wer von Ihnen hat es denn damals versucht bei der jungen hübschen Italienerin?«

»Genug!« Adolf Waldmüller stand auf. »Das reicht. Machen Sie Ihre verdammten Tests und dann verschwinden Sie!«

Mayr war mit dem Abstrich von Martin Waldmüller fertig und schraubte das Röhrchen zu.

»Machen Sie mit mir weiter«, sagte Adolf Waldmüller. »Oder denken Sie, ich wäre zu alt gewesen für das junge Ding. Mit den Burschen da«, er deutete mit dem Kopf auf die Runde, »habe ich immer mithalten können, was die Frauen betrifft.«

Gezwungenes Gelächter folgte.

»Nein danke«, sagte Simpel. »Wir haben, was wir brauchen. Ich wünsche den Herren noch einen schönen Abend.«

Martin Waldmüller blieb mit offenem Mund stehen. Sein Vater kniff die Augen zusammen. »Von uns anderen wollen Sie nicht …«

»Ich sagte schon, wir haben, was wir brauchen«, unterbrach ihn Simpel.

Ungläubige Blicke richteten sich zuerst auf Simpel, dann auf Martin Waldmüller.

Am Gartentor warf Mayr noch einen Blick zurück. Hinter dem Küchenfenster bewegte sich die Gardine. Ganz kurz war der Kopf der Altbäuerin zu sehen, bevor sie den Vorhang wieder zuzog.

»Eine wirklich nette Gesellschaft«, sagte Mayr.

Simpel nickte.

***

»Herr Simpel, guten Morgen! Sie sollen bitte zu Herrn Hauptkommissar Blume kommen.«

Simpel blickte erstaunt auf. »Frau Gsänger? Was machen Sie denn hier bei uns? Ist Tina krank?«

»Wissen Sie es denn noch nicht? Tina arbeitet ab sofort unten bei der Schutzpolizei, und dafür bin ich jetzt hier bei Ihnen. Keine Ahnung, warum da so plötzlich getauscht wurde, so mitten im Monat.«

Natürlich war Simpel klar, wer hinter der Versetzung steckte. Na, dem würde er aber jetzt seine Meinung sagen.

»Herr Simpel, schön, dass Sie wieder aus Italien zurück sind. Setzen Sie sich doch. Ich bin gleich so weit.« Blume tippte in seinen Computer, ohne aufzusehen.

»Danke, ich stehe lieber.«

»Wie Sie wünschen.« Blume schob die Tastatur zur Seite und blickte Simpel an. Dann stand auch er auf.

»Darf ich fragen, warum Sie Tina versetzt haben? Das geht doch nicht einfach so. Sie gehört zum Team«, platzte es aus Simpel heraus, noch bevor Blume etwas sagen konnte.

»Frau Kaczmarek? Zuerst einmal gehört Frau Kaczmarek nicht zum Team, sondern sie ist eine Schreibkraft, Entgeltgruppe 6, TV-L. Und zum Zweiten ist der Arbeitsplatz von Frau Kaczmarek die gesamte Polizeiinspektion Schwabach, nicht eine bestimmte Abteilung. Und drittens bin ich hier der Chef, und ich entscheide, was richtig für das Team ist, und ich, als der Chef, war der Meinung, dass eine gewisse Umstrukturierung guttun würde.«

»Aber …«

»Ich bin noch nicht fertig, Herr Simpel. Als weitere Maßnahme wird Kommissar Manuel Küppers ab 1.1. zum Kriminaldauerdienst nach Nürnberg versetzt. Damit er sich schon mal eingewöhnen kann, wird er bereits ab nächster Woche dort Dienst tun.«

»Aber dann sind ja nur noch Hauptkommissar Vogel und ich übrig. Wie sollen wir denn da die anstehenden Fälle lösen?«

Blume ging um seinen Schreibtisch herum und baute sich vor Simpel auf. Doch trotz aller Mühe reichte er ihm nur bis zum Kinn. »Frau Hauptkommissarin Mayr hat es geschafft, den Brandstifter noch vor Weihnachten zu fassen. Haben Sie ähnliche Erfolge aufzuweisen?«

Simpel schnappte nach Luft. »Aber den Brandstifter-Fall haben unsere Teams gemeinsam gelöst, und bei den beiden Morden stehen wir kurz vor dem Abschluss.«

Blume blickte sich um. »Ich sehe aber nirgends einen Verdächtigen. Und aus den Berichten kann ich auch nicht herauslesen, dass Sie kurz vor einer Festnahme stehen. Deshalb kommen nächste Woche zwei Kollegen aus Nürnberg zur Verstärkung, einer davon ein erfahrener Mordermittler und Hauptkommissar. Der wird dann auch die Leitung der Dienstgruppe übernehmen. Sie hatten die ja nur kommissarisch inne. Bereiten Sie bitte alle Unterlagen so vor, dass die Kollegen am Montag gleich loslegen können.«

Blume setzte sich wieder und kritzelte etwas auf ein Notizblatt. »Ja, ist noch etwas, Herr Simpel?«

Natürlich war da noch etwas. Simpel kämpfte mit sich. Am liebsten hätte er Blümchen ordentlich die Meinung gesagt, und zwar mit einer nicht jugendfreien Wortwahl. Doch darauf wartete der nur. Deshalb blieb Simpel ruhig, zumindest nach außen hin.

»Ich muss – als derzeit noch amtierender Gruppenleiter – gegen diese Entscheidungen aufs Heftigste protestieren.«

»Protest zur Kenntnis genommen. Auf Wiedersehen, Herr Simpel.«

Blume wandte sich wieder seinem Computer zu.

»Was machen wir jetzt?«, fragte Küppers.

Simpel hatte seine kleine Truppe, inklusive Tina, zur Mittagspause im *Café Zentrum* versammelt. Küppers saß ganz nah neben Tina.

»Wir lösen so schnell wie möglich den Fall. Heute ist Mittwoch, wir haben also noch fünf Tage. Das nimmt Blümchen dann erst einmal den Wind aus den Segeln.«

»Und die Versetzungen?«, fragte Vogel.

»Da ist das letzte Wort noch nicht gesprochen. Der kann nicht einfach alle wegschicken, die bei seiner Blamage mit dem Brandstifter dabeigewesen sind. Dem Mike hat letztes Jahr jemand von der Gewerkschaft geholfen mit seiner Wiedereingliederung. Den rufe ich heute noch an. Ich glaube nämlich nicht, dass ein kommissarischer Dienststellenleiter Entscheidungen einer solchen Tragweite treffen kann.«

»Und Horst?«, fragte Tina.

»Wieso, was ist mit Horst?«, fragte Simpel und sah zu seinem Kollegen hinüber.

Vogel winkte ab. »Der Blümchen will mich zum Polizeiarzt schickn, weil er an meiner Dienstauglichkeit zweifelt. Aber da hat er sich gschnittn. Des geht erst, wenn ich länger als sechs Wochn am Stück krank bin. Da hab ich mich scho erkundigt.«

Simpel schüttelte den Kopf. »Der versucht es echt mit allen Mitteln. Mich provoziert er ständig, damit mir etwas rausrutscht und er mir was anhängen kann. Irgendetwas müssen wir tun.«

»Stimmt!« Vogel schlug mit der Faust auf den Tisch, sodass alle erschrocken zusammenfuhren und die anderen Gäste verstohlen zu ihnen herüberschauten. Leiser sagte er. »Und ich weiß scho, wie wir des machn.«

***

Die Gespräche verstummten, als Martin Waldmüller eintrat. Im Nebenzimmer des *Frankenhofs* in Roth hatte sich der Eckersloher Gemeinderat versammelt, wie jeden zweiten Mittwoch im Monat. Nur dass man heute nicht im Sitzungssaal des Rathauses tagte, denn da wurde gerade renoviert. Außerdem fand heute nach der Sitzung das traditionelle Weihnachtsessen statt. Und im *Frankenhof* gab es die beste Gänsekeule weit und breit.

»Guten Abend, zusammen! Alles wohlauf, wie ich sehe«, begrüßte Waldmüller die Anwesenden. Die Gemeinderäte grüßten eher halbherzig zurück. Johannes Hörl ignorierte den Bürgermeister völlig. Er studierte eingehend die Tagesordnung. Waldmüller begann.

»Ihr habt alle das Protokoll der letzten Sitzung bekommen? Gut. Wer das so genehmigt, hebt die Hand. Einstimmig. Prima. Zweiter Punkt.«

Es folgten Routineangelegenheiten. Die Renovierung der Mitarbeitertoilette im Kindergarten und die Reparatur des Feuerwehreinsatzwagens, der beim letzten Brand durch einen herabstürzenden Balken beschädigt worden war.

»Hätt er eben ned so nah dran parken dürfen. Müssen s' halt a weng aufpassn auf ihr Zeuch«, maulte Johannes Hörl.

»Stell dir vor, es wäre dein Hof, der brennt«, sagte Waldmüller. »Dann wäre dir egal, wie nah die hinfahren, Hauptsache, die löschen.«

»Iich maan ja bloß«, sagte Hörl und hob brav die Hand zur Abstimmung.

Waldmüller bemerkte, dass die Gemeinderäte heute auffallend still waren. Nicht einmal Rita Aumann hatte etwas zu sagen, dabei brachte die den Mund sonst nie zu.

»So, nun zur Landratswahl. Gleich nach Weihnachten beginnen die Parteien mit der Plakatierung. Wir müssen Wahlurnen bestellen und die Wahlhelfer einteilen. Um die Briefwähler kümmern sich die in Roth, damit haben wir diesmal nichts zu tun.«

»Du, Martin«, meldete sich jetzt doch Rita Aumann zu Wort. »Ich bin ja ned in deiner Partei, und hier ist ja der Gemeinderat, und eigentlich geht es mich ja nichts an. Aber irgendwie dann doch. Also, um was es mir geht …« Sie machte eine Pause, dann ließ sie die Bombe platzen. »Kandidierst du eigentlich noch, jetzt, nach dem ganzen Skandal?«

Es wurde totenstill im Raum. Waldmüller sah seine Gemeinderatskollegin lange an. Dann sagte er:

»Ja, Rita, ich kandidiere noch. Ich sehe keinen Grund aufzugeben. Die Polizei ist unter Druck und sucht verzweifelt nach einem Schuldigen. Doch ich habe nichts, aber auch gar nichts mit der Sache zu tun. Also wüsste ich nicht, warum ich nicht kandidieren sollte.«

»Nun gut«, sagte Aumann. »Das musst du selber entscheiden. Aber bei uns in der Partei …«

Waldmüller unterbrach sie.

»Wir sind aber nicht bei euch«, sagte Waldmüller. »Meine Partei hat volles Vertrauen zu mir. Und wer neuer Landrat wird, entscheiden letztendlich immer noch die Wähler. Entschuldige, die Wählerinnen und Wähler. Und die wissen sehr genau, wer der Richtige ist.«

»Und des bist du? Immer noch?«

Diesmal kam der Schuss aus den eigenen Reihen. Siegfried Schwarz, der Schriftführer. Waldmüller blieb die Luft weg. »Was meinst du damit?«, fragte er.

»Ich mein damit, dass wir …«, Schwarz sah sich in der Runde um, einige nickten, andere blickten zu Boden, »dass wir so unsere Zweifel haben. Ob die Wähler dich immer noch haben wollen. Es bleibt halt immer was hängen bei so was.«

Waldmüller stand auf und stützte sich mit den Händen auf den Tisch. »Wer hier Zweifel hat, soll es mir offen ins Gesicht sagen.«

Hörl stand ebenfalls auf und hob die Hand. »Ich hab Zweifl. Scho immer ghabt. Und im Bezirksvorstand machn se sich aa scho Gedankn.«

»Von dir erwarte ich mir auch nichts anderes. Wir beide haben eh noch eine Rechnung offen«, sagte Waldmüller.

Der Nächste meldete sich zu Wort.

»Also, ich denk auch, du solltest auf die Kandidatur verzichten, es wäre noch Zeit, jemand anderen aufzustellen. Du kannst es ja im nächsten Jahr probieren, wenn die Sache ausgestanden ist. Dann ist Kommunalwahl.«

Nach und nach äußerten fast alle ihre Bedenken, die einen deutlich, die anderen weniger deutlich. Die Gemeinderatsmitglieder der anderen Parteien genossen das Spektakel.

»Wir sollten das nicht jetzt diskutieren«, sagte Waldmüller sichtlich getroffen. »Wir sind hier im Gemeinderat und nicht bei einer Parteiversammlung.«

Hörl hob die Hand. »Ich stell den Antrag auf a außerordentliche Fraktionssitzung glei im Anschluss. Wer is dafür?«

»Schluss mit dem Unsinn!« Waldmüller schlug mit der Hand auf den Tisch. »Ich verbitte mir das. Der Ortsvorsitzende der Partei bin immer noch ich, und solange der Franz krank ist, bin ich auch der geschäftsführende Bürgermeister. Und wer meint, er muss mir jetzt in den Rücken fallen, wird mich kennenlernen.«

Johannes Hörl stand wieder auf. »Du bist ned dei Vadder. Vor dir hammer ka Angst. Und iich für mein Deil, iich geh edz zum Essen. Ende der Durchsage.« Damit verließ er den Raum. Ihm folgten drei Gemeinderäte, und zwei weitere erhoben sich schon von den Stühlen.

»Die Sitzung ist hiermit beendet.« Waldmüller sank in seinem Stuhl zusammen.

Als Letzte verließ Rita Aumann den Raum – mit einem breiten Grinsen im Gesicht.

***

»Guten Morgen, Frau Sterz. Hauptkommissar Ziegler kennen Sie ja schon von unserem letzten Gespräch.«

Simpel hatte die Gasthofbesitzerin einbestellt, um sie mit den neuesten Erkenntnissen zu konfrontieren. Er hoffte, dass sie dann endlich ihr Schweigen brechen würde.

Michaela Sterz trug diesmal eine blaue Bluse zum grauen Hosenanzug. Von ihrer Urlaubsbräune war nicht mehr viel zu sehen. Sie saß kerzengerade auf ihrem Stuhl und wirkte sehr angespannt.

»Frau Sterz«, begann Simpel, »Sie haben sicher schon gehört, dass wir die Tote aus Ihrem Gasthof inzwischen identifiziert haben?«

Frau Sterz nickte.

»Der Name der Toten ist Christina Cainelli, und wir wissen, dass Sie die Frau gekannt haben.«

»Ja, die Chris und ihre Freundin haben mal bei uns im Gasthof gewohnt, aber das ist ewig her.«

»Mehr als dreißig Jahre. Was haben Sie denn gedacht, als Sie erfahren haben, dass es sich bei der Toten um Christina Cainelli handelt?«

Frau Sterz' Mundwinkel zuckten. »Ich habe mich gefragt, was sie nach so vielen Jahren hier wollte. Ich wusste nicht, dass sie noch zu jemandem Kontakt hatte.«

»Auch nicht zu Ihrem Mann, als er noch lebte?«

»Zu meinem Mann, nein, warum denn?«

»Nun, er hatte damals ein Verhältnis mit Christina. Wussten Sie das nicht?«

Michaela Sterz zuckte mit den Schultern.

»Schon, aber das war nichts Ernstes. Der Sterz und die Chris haben halt ein bisschen rumgemacht. Aber nachdem sie wieder in Italien war, hatte mein Mann keinen Kontakt mehr zur Chris. Das weiß ich sicher.«

»Frau Cainelli ist wieder nach Italien zurückgefahren, nachdem sie zwei Kinder geboren hatte, vielleicht Kinder von Ihrem Mann. Die Babys, die dreißig Jahre unter Ihrem Walnussbaum gelegen haben.«

Frau Sterz sagte gar nichts. Nur ihre Mundwinkel zuckten stärker.

»Wussten Sie von der Schwangerschaft, Frau Sterz? Christina Cainelli hat schließlich in Ihrem Gasthof gewohnt.«

Michaela Sterz räusperte sich. »Kann schon sein, dass ich was gemerkt habe, aber dann war sie ja plötzlich wieder in Italien. Ich habe nicht weiter darüber nachgedacht. Wir hatten mit dem Gasthof genug zu tun.«

»Eine Schwangere, die monatelang unter Ihrem Dach wohnt. Zwei Babys, die unter Ihrem Walnussbaum liegen. Und Sie wollen *vielleicht* etwas gemerkt haben. Mehr fällt Ihnen nicht ein?«

Michaela Sterz schüttelte den Kopf.

»Was soll ich denn dazu sagen? Vielleicht hatte Chris Angst vor ihren Eltern und hat die Babys dort vergraben. Ich habe nichts von einer Geburt mitbekommen, wirklich nicht.«

»Oder Ihr Mann hat die Babys dort verscharrt.«

»Der Sterz? Nein, der auf keinen Fall!«

Ziegler löste sich von seinem Platz am Fenster und setzte sich auf den Stuhl neben Michaela Sterz.

»Lassen wir mal fürs Erste die Vergangenheit. Wenden wir uns dem zu, was erst vor Kurzem geschah. Vor einigen Wochen kommt Christina Cainelli zurück nach Eckersloh, dreißig Jahre, nachdem sie das Dorf verlassen hat. Sie geht zum Grab ihrer Babys und legt dort einen Rosenkranz ab. Kurz darauf wird sie erschlagen, und der Gasthof wird angezündet. Ein paar Tage später bringt sich Ute Schneider um. Sie gibt sich aus irgendeinem Grund die Schuld an Christina Cainellis Tod. Außerdem wissen wir, dass Frau Schneider brieflichen Kontakt zu Christina Cainelli hatte. Und Ihnen fällt dazu überhaupt nichts ein? In Ihrem Gasthof wird die ehemalige Geliebte Ihres Mannes erschlagen. Die Kinder dieser Frau, vielleicht auch die Ihres Mannes, liegen unter Ihrem Walnussbaum in Ihrem Garten. Eine Frau, mit der Sie ebenfalls vor dreißig Jahren befreundet waren, stürzt sich vom Dach des Südklinikums. Und Sie bleiben dabei, dass Sie keinerlei Vermutung haben, wie das alles zusammenhängen könnte?«

Frau Sterz war jetzt kalkweiß im Gesicht, und ihr Mund zuckte unaufhörlich.

»Ich … weiß es nicht. Ich habe ewig nichts mehr von Ute Schneider gehört. Ute und Chris haben sich auch nur ganz oberflächlich gekannt. Ich kann Ihnen dazu nichts sagen. Aber der Sterz war kein schlechter Mensch. Der hat mit den toten Babys nichts zu tun.«

Ziegler schlug kurz mit der Hand auf die Armlehne seines Stuhles, stand auf und ging wieder ans Fenster. Er zog sein Handy aus der Hosentasche, schaute kurz darauf und steckte es wieder weg.

»Warum helfen Sie uns nicht, Frau Sterz?«, sagte Simpel. »Sie wissen doch mehr, als Sie uns verraten. Wollen Sie einen Mörder decken?«

»Nein, das will ich nicht. Sie irren sich, Herr Kommissar. Ich habe Ihnen alles gesagt, was es zu sagen gibt. Sind wir jetzt fertig? Ich habe noch einen Termin bei der Versicherung …«

Simpel sah Ziegler an, der nickte.

»Sie können gehen, Frau Sterz. Wenn Ihnen doch noch etwas einfällt, dann rufen Sie mich oder meine Kollegen jederzeit an.«

Frau Sterz schüttelte den Kopf, stand auf, verabschiedete sich und ging.

»Warum sagt sie nichts? Wir hatten sie doch fast so weit. Und mir sitzt dieser Blume im Nacken. In vier Tagen bin ich den Fall los. Hätte ich sie vielleicht härter anfassen sollen?«, fragte Simpel und ging zu Ziegler ans Fenster.

»Ich weiß nicht«, sagte der. »Es könnte sein, dass sie vor jemandem Angst hat.«

»Du meinst, sie weiß vielleicht, wer Christina Cainelli umgebracht hat?«

Ziegler zuckte mit den Schultern.

»Ich gehe erst mal einen rauchen. Außerdem habe ich vorhin eine SMS von Anne bekommen. Ich soll sie unbedingt anrufen. Sie hat Infos zu unserem Fall, schreibt sie.«

»Hast du eigentlich schon mit ihr gesprochen, seit wir aus Italien zurück sind?«, fragte Simpel.

»Nein. Einmal habe ich versucht, sie anzurufen, aber sie war nicht da. – Und dann hat es sich nicht mehr ergeben.« Ziegler fummelte an seiner Packung Cohibas herum und sah Simpel dabei nicht an.

»Du bist ein Feigling, Mike Ziegler!«, sagte Simpel. »Wer hätte gedacht, dass ich das einmal zu dem toughen Herrn Hauptkommissar sagen muss.«

»Pah«, war alles, was Ziegler von sich gab, und dann verschwand er schnell nach draußen.

***

»Hallo, Mike!«

Anne stand schon an der Gartentür, als Ziegler sein Auto vor ihrem Haus parkte und ausstieg.

»Hallo, Anne.«

Sie sahen sich kurz in die Augen, aber bevor einer von ihnen etwas sagen konnte, erschien ein Mädchen hinter Anne. Ziegler hatte sie schon in der *Arche* gesehen, Bianca, soweit er sich erinnerte.

»Mike, das ist Bianca, und sie möchte dir etwas erzählen«, sagte Anne und ging voran ins Wohnzimmer. Auf dem Sofa neben dem Holzofen lagen die Katzen. Sie schielten einmal kurz, wer es hier wagte, ihre Ruhe zu stören, und dösten dann weiter.

»Ich hole den Tee, soll ich deine Jacke mitnehmen?«

Anne nahm Ziegler die Lederjacke ab. Sie strich ihm dabei einmal über den Arm und verschwand dann in der Küche. Ziegler und Bianca setzten sich an den Tisch.

»Was möchten Sie mir denn erzählen, Bianca?«, fragte Ziegler das Mädchen.

»Erst, wenn Anne wieder da ist«, sagte das Mädchen und spielte nervös an ihren Haarspitzen.

Anne kam mit Tee und Plätzchen. »Ich habe heute Vormittag einen kleinen Workshop in der *Arche* gemacht«, sagte sie. »Blumentöpfe mosaizieren für den Weihnachtsbazar, und da hat sich Bianca mir anvertraut. Es bedrückt sie schon lange etwas, aber sie hat sich bisher nicht getraut, es der Polizei zu erzählen.«

Sie nickte dem Mädchen aufmunternd zu. Die legte das Plätzchen weg, das sie schon in der Hand gehabt hatte, und begann.

»Also, eigentlich will ich mit der Polizei nichts zu tun haben. Da hab ich echt schlechte Erfahrungen gemacht. Aber Anne hat gesagt, dass Sie in Ordnung sind.« Bianca nahm einen kleinen Schluck Tee. »Und Daffi hat auch gemeint, dass man mit Ihnen reden kann und dass Sie ein Freund von ihr sind.« Sie sah hinüber zu Anne, bevor sie weitererzählte. »An Halloween, also an dem Abend, als der Brand war, da bin ich an dem Hof vom Waldmüller vorbeigekommen. Den kennen Sie bestimmt, der, der uns am liebsten schnell loshaben möchte.« Sie hob ihr Kinn und sah Ziegler in die Augen. »Ich wollte hinter der alten Scheune einen Joint rauchen, deshalb bin ich da gewesen, falls Sie das wissen wollen.«

Ziegler trank einen Schluck Tee und nahm sich ein Plätzchen. Das Mädchen fuhr fort. »Die Scheune grenzt an den Hof vom Waldmüller, und als ich da so gegangen bin, habe ich vom Haus her eine Frau gehört, die irgendwas geschrien hat. Sie hat dabei dauernd aufgeschluchzt, deshalb hab ich auch nicht verstanden, was sie geschrien hat. Ich bin dann hinter die alte Scheune und hab mir den Joint angezündet. Das Geschrei der Frau war bis dahin zu hören, obwohl das ein Stück weit weg ist. Dann habe ich ihn selber gehört, also den Waldmüller. Der hat zwar nicht geschrien, aber er hat laut und schnell gesprochen, irgendwie so schneidend. Das hat mich an die Schlange vom Dschungelbuch erinnert. Ich habe gedacht, der streitet halt mit seiner Frau und – also mit dem Arsch möchte ich nicht verheiratet sein. In dem Moment ging die Tür auf, und eine Frau ist rausgerannt und der Waldmüller nach kurzer Zeit hinterher. Richtung Gasthof sind beide gelaufen, und eins weiß ich sicher, Waldmüllers Frau war das nicht. Die kenne ich, die ist dicker und größer.«

Das Mädchen biss von ihrem Plätzchen ab.

»Ich habe dann zu Ende geraucht und bin wieder heim. Der Waldmüller und die fremde Frau sind nicht wieder aufgetaucht. Kurz danach war dann der Alarm wegen dem Brand.«

»Einen Moment«, sagte Ziegler und stand auf. »Ich habe in meiner Jackentasche ein Foto, vielleicht erkennen Sie die Frau darauf.« Er ging zur Garderobe im Flur und holte das Bild aus seiner Jacke. Das Mädchen sah sich das Foto von Christina Cainelli lange an.

»Das Gesicht habe ich natürlich nicht gesehen, es war ja auch dunkel. Aber die Figur würde passen, und schick angezogen war sie auch, soweit ich sehen konnte. Die war sowieso irgendwie elegant. Daran habe ich gleich gesehen, dass das keine von hier ist. Ja, ich glaube schon, das könnte sie sein.«

»Würden Sie das auch aussagen, zum Beispiel vor Gericht?«, fragte Ziegler. Bianca schaute ängstlich zu Anne, die nickte ihr zu.

»Wenn es sein muss. Hat der Waldmüller die Frau umgebracht?« Das Mädchen spielte wieder nervös an ihren Haarspitzen.

»Das wissen wir noch nicht. Haben die Frau oder Waldmüller Sie bemerkt, an dem Abend?«

Bianca schüttelte den Kopf.

»Nein, ich war ja hinter der Scheune. Kann ich jetzt gehen?«

»Ja. Und vielen Dank. Sie sind ganz schön mutig«, sagte Ziegler. »Sie müssen Ihre Aussage aber noch offiziell bei der Polizei machen. Und bis dahin sprechen Sie mit niemandem darüber. Wir melden uns bei Ihnen. Ist das in Ordnung?«

Bianca nickte und stand auf. Anne brachte sie hinaus. Ziegler telefonierte unterdessen mit Simpel und berichtete ihm von der Zeugin. Als er das Gespräch beendete, kam Anne zurück.

»Das arme Ding. Sie hatte furchtbare Angst, dass die Polizei ihr nicht glauben würde. Sie hat ein paar Monate in Berlin auf der Straße gelebt.« Anne scheuchte die Katzen vom Sofa und setzte sich. »Es war doch richtig, dass ich dich deshalb angerufen habe?«

»Natürlich. Ich habe schon mit meinem Kollegen telefoniert. Das passt zu einigen anderen Dingen, die wir herausgefunden haben. Das war auf jeden Fall richtig von dir.«

Ziegler stand unschlüssig im Zimmer. Dann gab er sich einen Ruck und setzte sich zu Anne aufs Sofa.

»Anne. Es tut mir leid, dass ich mich nicht mehr gemeldet habe, seit … letztem Mal. Ich war ziemlich durcheinander.«

Anne wollte etwas sagen, aber Ziegler ließ sie nicht zu Wort kommen.

»Bitte, lass erst mich reden. Ich habe nicht mehr damit gerechnet, dass mir so etwas noch mal passieren würde. Ich meine, dass eine so tolle Frau wie du sich für mich interessiert. Das hat mich umgehauen. Und ich weiß nicht, wie ich damit umgehen soll. Ich hatte mich ganz gut eingerichtet, als Einsiedler, und dann kommst du und alles ist durcheinander. Vor allem bin ich durcheinander und …«, Ziegler wusste überhaupt nicht, wo er hinschauen sollte, »und ich habe mich in dich verliebt und …«

Anne nahm seine Hand.

»Darf ich jetzt auch mal etwas sagen, Herr Kommissar?«

»Ja, natürlich, entschuldige …« Ziegler verstummte.

Anne sah ihn an. »Aber eigentlich gibt es gar nichts zu sagen.« Sie zog ihn an sich und küsste ihn.

Irgendwann begann Zieglers Handy, das auf dem Tisch lag, zu brummen. »Simpel« leuchtete auf dem Display. Doch Hauptkommissar Ziegler war die nächsten Stunden für niemanden zu sprechen, auch nicht für Stefan Simpel.

***

»Ich denke, der Waldmüller hat lange genug geschmort«, sagte Simpel. »Willst du mit rein, Mike?«

Ziegler nickte. »Gerne. Ich möchte noch ein bisschen mehr über Ute Schneider erfahren. Eigentlich könnte ich den Fall ja abschließen. Aber ich bin sicher, die Krankenschwester hat etwas mit euren toten Babys zu tun. Sie war im selben Alter wie die anderen Beteiligten, war mit denen befreundet und als Schwesternschülerin kannte sie sich mit Geburten aus. Es müsste ja mit dem Teufel zugehen, wenn es da keinen Zusammenhang gibt. Waldmüller, Cainelli und Schneider.«

»Vergesst ned den Sterz und sei Frau. Die warn auch Anfang zwanzig damals. Und der Sterz hat auch was mit der Cainelli ghabt«, ergänzte Vogel.

»Wir wissen leider immer noch nicht, wer der Vater ist«, sagte Simpel. »Dr. Pfeiffer meint, die DNA der Babys ist nur unvollständig erhalten. Dass man die Mutter so eindeutig bestimmen konnte, war reines Glück. Außerdem war die

Exhumierung von Martin Sterz erst gestern. Sie macht aber Druck und hat schon ein privates Labor beauftragt, weil es in München nicht schnell genug geht.«

»Herr Waldmüller, möchten Sie uns etwas erzählen? Etwas, das Sie uns bisher verschwiegen haben?« Simpel legte sich demonstrativ ein Blatt Papier und einen Stift zurecht und wartete.

»Ich wüsste nicht, was ich Ihnen zu sagen hätte.« Waldmüller verschränkte die Arme und lehnte sich zurück.

»Zum Beispiel, dass Christina Cainelli am Abend des 31. Oktober bei Ihnen war und dass Sie einen Streit mit ihr hatten. Ging es um die beiden Babys?«

Waldmüller sah auf. »Die Babys? Wissen Sie denn schon, wer der Vater war?«

»Das können wir noch nicht sagen. Die Tests dauern noch an. Schließlich ist Ihr Freund schon eine Zeit lang tot.«

»Haben Sie ihn etwa …?« Er verzichtete darauf, die Frage zu Ende zu bringen.

Simpel machte weiter. »Geben Sie zu, dass Christina Cainelli an diesem Abend bei Ihnen war?«

»Kein Wort sagst du mehr, verstanden!«

Simpel und Ziegler drehten sich um. In der Tür standen der alte Waldmüller und ein zweiter Mann, dem man den teuren Anwalt schon von Weitem ansah. Dahinter Frau Gsänger, die entschuldigend die Hände hob.

»Ich bin Dr. Schrödinger von Schrödinger und Partner, den Anwälten der Familie Waldmüller«, stellte sich der Mann vor. »Ich vertrete Herrn Martin Waldmüller und muss zunächst wissen, was meinem Mandanten vorgeworfen wird. Danach möchte ich mich gerne mit ihm besprechen.« Er sah sich um. »Vielleicht haben Sie dafür einen geeigneteren Raum als diesen.«

»Ich bedaure«, sagte Simpel. »Bei uns sehen alle Räume gleich aus. Bis auf das Büro unseres Dienststellenleiters, und in das kann ich Sie leider nicht bitten, denn der ist heute in München.«

»Deshalb konnte ich Sven nicht …«, begann Waldmüller, verstummte aber sofort, als ihm der Anwalt einen Blick zuwarf.

Simpel klärte den Juristen über die Vorwürfe gegen Waldmüller auf und verließ dann mit Ziegler den Raum. Sie hatten kaum die Tür hinter sich geschlossen, da kam Adolf Waldmüller ebenfalls heraus.

»Der will mich nicht dabeihaben, der Rechtsverdreher«, brummte er. »Wegen eventueller Interessenskonflikte. Schwachsinn! Ich habe doch keine Interessenskonflikte mit meinem eigenen Sohn.«

Simpel führte Waldmüller senior in das Wartezimmer. Ziegler nutzte die Gelegenheit, nach draußen zu gehen und einen zu rauchen. Es dauerte zwei Zigarillos, bis der Anwalt fertig war und sie hereinbat.

»Mein Mandant wird Ihnen zu allem Auskunft geben, was die Ereignisse vom 31. Oktober betrifft, ebenso über das Geschehen von vor dreißig Jahren, sofern er sich daran erinnern kann. Und …«

»Sofern er sich nicht selbst belastet. Über diese Rechte haben wir ihn schon aufgeklärt«, ergänzte Simpel.

Simpel und Ziegler setzten sich auf die andere Seite des Tisches.

»Beginnen wir bei der Geschichte von vor dreißig Jahren. Wie war damals Ihr Verhältnis zu Christina Cainelli?«

»Die beiden Italienerinnen haben einige Zeit in unserem Dorf verbracht«, erzählte Waldmüller. »Sie benahmen sich sehr freizügig, vor allem Christina. Alle jungen Burschen haben es bei ihr probiert.«

»Sie auch?«, fragte Ziegler.

»Ja«, antwortete Waldmüller zögernd. »Ich war damals schließlich erst einundzwanzig.«

»Und haben Sie Glück gehabt? Bei ihr, meine ich?«

»Nein, aber das ging den anderen auch so. Sie hat zwar mit jedem rumgeschäkert, beim Dorffest getanzt und aufs Heftigste geflirtet, aber mehr nicht. Zumindest nicht, dass ich davon wüsste. Mit einer Ausnahme. Ich habe sie mal mit dem Sterz erwischt. In flagranti sozusagen.«

»Mit Martin Sterz?«, fragte Simpel. Waldmüller nickte. »Und Frau Sterz hat nichts mitbekommen von der Geschichte?«

Waldmüller zuckte die Achseln. »Das weiß ich nicht. Ich habe ihr jedenfalls nichts erzählt. Und wenn sie es gewusst hat, dann hat sie nichts gesagt oder es hat sie nicht gestört. Die beiden waren ja ziemlich beschäftigt mit dem Gasthof. Sie hatten kaum Zeit füreinander. Bestimmt hat Martin deswegen …«

»Es geht hier nicht um die Untreue von Martin Sterz«, sagte Simpel, »sondern um Ihr Verhältnis zu Christina Cainelli.«

Waldmüller tauschte einen Blick mit seinem Anwalt.

»Ich sagte ja schon, da gab es kein Verhältnis. Von heute auf morgen war Christina von der Bildfläche verschwunden. Sie blieb andauernd in ihrem Zimmer. Im Dorf hat man natürlich geredet.«

Dr. Schrödinger unterbrach. »Dorftratsch ist Hörensagen und tut nichts zur Sache. Mein Mandant hatte bis zur Abreise von Christina Cainelli nach Italien keinen Kontakt mehr und danach ebenfalls nicht. Er kann Ihnen dazu nichts weiter sagen.«

»Wir fragen uns natürlich, warum Christina sich damals von allem abgekapselt hat und dann so plötzlich zurück nach Hause fuhr? Wissen Sie das?«

Waldmüller sah wieder kurz zu Dr. Schrödinger, der nickte.

»Damals wusste ich es nicht. Martin hatte sie jedenfalls ziemlich unter Verschluss gehalten. Wochenlang hat sie keiner gesehen, und dann ist sie Hals über Kopf zurück nach Italien. Jetzt, wo ich von den Babys weiß, kann ich mir auch denken, wieso. Martin war sicher der Vater. Und als Christina die armen Dinger zur Welt gebracht hat …« Er schüttelte den Kopf.

Simpel und Ziegler sahen sich an.

»Dann wird auch klar«, fuhr Waldmüller fort, »warum Christina so schlecht aussah bei ihrer Abreise. Ganz bleich war sie und abgemagert.«

»Sie haben Christina bei ihrer Abreise gesehen? Gerade sagte Ihr Anwalt, sie hätten keinen Kontakt mehr gehabt«, sagte Simpel.

»Bis zu ihrer Abreise, ja. Aber mein Vater hat ein gutes Herz, wissen Sie. Damals mehr als heute. Er hat dem armen Ding die Fahrkarte bezahlt und hat ihr Geld gegeben. Ich habe Christina dann zum Bahnhof gefahren. Das hätte zwar eigentlich Martin machen müssen, aber … Danach habe ich nie mehr etwas von ihr gehört.«

»Bis zum 31. Oktober«, stellte Simpel fest.

»Ja. Sie können sich nicht vorstellen, wie verblüfft ich war, als sie plötzlich vor der Tür stand«, sagte Waldmüller. »Zuerst habe ich sie nicht erkannt. Erst als sie mit diesem Akzent geredet hat.«

»Gut«, sagte Simpel. »Dann erzählen Sie mal, was Frau Cainelli von Ihnen wollte.«

»Ursprünglich wollte sie nicht zu mir, sondern zu Martin. Und weil Martin tot war, ist sie zu mir gekommen. Sie hat mir dann die ganze traurige Geschichte erzählt.« Er schüttelte den Kopf. »Das Mädchen hat die Babys in ihrer Kammer zur Welt gebracht, aber vor Erschöpfung hat sie davon kaum etwas mitbekommen. Am nächsten Tag hat ihr der Sterz erzählt, das Kind – von dem zweiten hat er ihr nichts gesagt – wäre tot geboren. Er würde sich um alles kümmern. Christina war dann sogar irgendwie froh, sie war ja noch sehr jung damals. Sie ist jedenfalls zurück nach Italien, ohne weiter Fragen zu stellen.« Er atmete tief durch. »Wie kann man jemandem so etwas antun? Die unschuldigen kleinen Würmchen. Der Sterz hat Glück, dass ich ihn nicht mehr in die Finger bekomme. Ich habe dann versucht, Frau Cainelli zu beruhigen, und dann ist sie gegangen.«

»Wie erklären Sie es dann, dass eine Zeugin gesehen hat, wie Sie hinter Frau Cainelli hergelaufen sind. Richtung Gasthof.«

»Ach so, ja, ich habe mir Sorgen gemacht, weil sie so aufgewühlt war. Ich wollte nicht, dass sie etwas Dummes anstellt, und bin deshalb hinter ihr her. Aber sie hat mich beschimpft und gesagt, ich solle mich zum Teufel scheren. Was sollte ich denn da machen? Ich bin dann zurück. Wäre ich nur hartnäckig geblieben, vielleicht wäre sie dann noch am Leben. Jedenfalls war das das letzte Mal, dass ich Frau Cainelli gesehen habe.«

»Das war das letzte Mal, dass überhaupt jemand Frau Cainelli gesehen hat, lebend meine ich«, sagte Simpel.

»Nein«, schaltete sich der Anwalt ein. »Sie vergessen den Mörder.«

»Danke für den Hinweis«, sagte Simpel. »Den vergesse ich nicht. Ich glaube nämlich, es hat sich alles ganz anders abgespielt. Sie, Herr Waldmüller, hatten damals doch ein Verhältnis mit Christina, vielleicht sogar gleichzeitig mit Herrn Sterz. Nach Aussage ihrer Freundin Marianna war Christina kein Kind von Traurigkeit, und Sie waren alle sehr jung damals, das haben Sie selbst gesagt.«

»Das ist nur eine Theorie«, widersprach der Anwalt.

»Natürlich, aber lassen Sie mich meine Theorie noch ein wenig weiter ausführen. Christina wurde schwanger. Ob von Ihnen oder jemand anderem spielt erst mal keine Rolle. Sie allerdings hatten am meisten zu verlieren. Der Sohn des reichsten Bauern im Dorf, mit einer guten Partie in Aussicht. Und vergessen wir nicht die hochfliegenden Pläne Ihres Vaters.«

Bei der Erwähnung seines Vaters erbleichte Waldmüller.

»Und dann«, fuhr Simpel fort, »haben Sie Christina weggesperrt, damit der Skandal nicht offenkundig wird. Und als die Kinder auf die Welt gekommen sind, haben Sie die armen Würmchen umgebracht. Vielleicht war Martin Sterz sogar beteiligt, so weit könnte Ihre Geschichte stimmen.«

»Ich glaube nicht, dass wir uns das länger anhören müssen«, sagte Dr. Schrödinger. »Ich denke, wir gehen jetzt.«

»Warten Sie noch einen Augenblick«, sagte Simpel. »Ich bin gleich fertig. Als dann Christina Cainelli plötzlich vor Ihrer Tür stand und nach den Babys fragte, hatten Sie Angst, dass die alte Geschichte wieder hochkommt. Ausgerechnet jetzt, wo Sie und Ihr Vater endlich am Ziel waren. Einen Landrat als Sohn zu haben würde ihm sicher viel bedeuten.«

»Lassen Sie meinen Vater aus dem Spiel«, zischte Waldmüller durch die zusammengebissenen Zähne.

»In Ordnung, es geht schließlich um Sie. Sie, der alles zu verlieren hatte, woran er und sein Vater – oh, Entschuldigung, den wollten wir ja aus dem Spiel lassen. Also Sie, der alles zu verlieren hatte, wussten sich nicht anders zu helfen, als Christina Cainelli umzubringen. Vielleicht hat sie gedroht, zur Polizei zu gehen, oder sie wollte alles Ihrer Frau erzählen. Und nach dem Mord haben Sie den Gasthof angezündet, um alles dem Feuerteufel von Roth in die Schuhe zu schieben.«

Waldmüller saß wie erstarrt auf seinem Stuhl. Er blickte an Simpel vorbei ins Leere. Deshalb ergriff der Anwalt das Wort. »Das ist eine interessante Theorie, Herr Kommissar. Aber eben nur eine Theorie. Wenn Sie Beweise haben, kommen wir gerne wieder. Ansonsten werden wir Sie jetzt verlassen.«

»Sie können jederzeit gehen.« Simpel zeigte zur Tür. »Nur eines müssen Sie mir noch erklären, Herr Waldmüller.«

Der Bürgermeister erwachte aus seiner Trance. »Ja?«

»Woher wusste Frau Cainelli, wo ihre Kinder begraben waren? Unmittelbar nachdem sie bei Ihnen gewesen ist, legt sie dort einen Rosenkranz nieder. Woher weiß sie auf einmal die Stelle, und wer soll es ihr gesagt haben, wenn nicht Sie, Herr Waldmüller! Und Sie kennen die Stelle, weil Sie die Kinder dort eigenhändig verscharrt haben.«

Waldmüller war immer noch totenbleich, aber man konnte sehen, wie es hinter seiner Stirn arbeitete.

»Der Einzige …«, begann er schließlich, »der Einzige, der wusste, wo die Babys lagen, war der Sterz. Und vielleicht seine Frau. Ja, bestimmt hat er der Michaela davon erzählt, vielleicht als ihn auf dem Totenbett das Gewissen gedrückt hat.« In Waldmüllers Gesicht kehrte die Farbe zurück. »Und irgendwie hat es die Micha dann Christina erzählt. Ja, so muss es gewesen sein.«

Waldmüller und der Anwalt standen auf.

»Ich hätte auch noch eine Frage«, sagte Ziegler, als Waldmüller schon den Türgriff in der Hand hatte. »Sagt Ihnen der Name Ute Schneider etwas?«

»Schneider, Schneider … nein, wer soll das sein?«, fragte Waldmüller.

»Ute Schneider wohnte damals in Roth, war aber anscheinend öfter in Ihrem Dorf. Etwa zu der Zeit, als die beiden Italienerinnen da waren.«

»Ach, die Ute aus Roth. Ja, jetzt erinnere ich mich. Die war mit unseren Mädchen befreundet. Warum fragen Sie?«

»Sie hat sich umgebracht«, sagte Ziegler. »Ist vom Dach gesprungen. Direkt nachdem sie von Christinas Tod in der Zeitung gelesen hat.«

Waldmüller schluckte. »Das tut mir leid. War ein nettes Mädchen.«

»Sind wir jetzt endlich fertig?«, fragte der Anwalt.

»Sie können gehen«, sagte Simpel. »Wenn wir noch Fragen haben, melden wir uns.«

Waldmüller drehte sich noch einmal um. »Ich hätte Martin Sterz so etwas wirklich nicht zugetraut. Wie man sich doch in Menschen täuschen kann!«

Simpel hatte schon eine Entgegnung auf der Zunge, da fiel ihm etwas ein. »Könnten Sie Ihren Vater bitten, kurz zu uns zu kommen. Wir haben auch an ihn ein paar Fragen.«

Waldmüller drehte sich um. »Was?« Er wurde leichenblass.

»Bedaure«, sagte der Anwalt. »Herr Adolf Waldmüller ist ebenfalls Klient unserer Kanzlei. Wenn Sie mit ihm reden möchten, müssen Sie warten, bis ein Kollege kommt. Ich darf immer nur einen Beschuldigten vertreten.«

Beim Wort *Beschuldigten* wurde Waldmüller noch eine Spur blasser. Er öffnete den Mund, aber da schob ihn der Anwalt schon durch die Tür.

»Donnerwetter, dem hast du ja ganz schön zugesetzt. Aber was willst du denn vom Vater?«, fragte Ziegler, als die beiden draußen waren. »Glaubst du, der Alte weiß was?«

»Der Alte weiß ganz sicher was«, sagte Simpel. »Aber das wird er uns nie erzählen, ob mit oder ohne Anwalt. Ich wollte nur die Reaktion seines Sohnes sehen.«

»Verstehe. Der sah aus wie ein Schuljunge, dem der Lehrer droht, zu den Eltern zu gehen«, sagte Ziegler. »Steht ganz schön unter der Fuchtel seines Vaters, der Herr Bürgermeister.«

»Nicht nur der. Die ganze Familie kuscht, wenn der Alte nur mit dem Finger schnippt. Du hättest miterleben sollen, in welchem Ton der mit seiner Frau und seiner Schwiegertochter spricht.«

»Der Sohn ist aber auch nicht besser. Wie er ohne mit der Wimper zu zucken seinen toten Freund beschuldigt hat …«

»Aber leider hat der Anwalt recht. Wir haben keinerlei Beweise, dass Waldmüller etwas mit den Babys zu tun hat. Und dass er Christina Cainelli getroffen hat, ist ebenfalls noch kein Verbrechen. Ohne Zeugen oder Geständnis können wir ihm nichts anhaben.«

»Die Einzige, die noch etwas wissen könnte, ist Frau Sterz, aber die schweigt, um den Ruf ihres Mannes zu schützen.«

Simpel blätterte in seinen Notizen.

»Vielleicht ändert sie ihre Meinung doch noch«, sagte er und griff zum Telefon.

***

»Ich verstehe nicht, was Sie schon wieder von mir wollen. Ich habe Ihnen gestern alles gesagt, was ich weiß.«

Michaela Sterz sah von Simpel zu Ziegler. Der hatte wie bei den vorhergehenden Befragungen seine Position am Fenster eingenommen.

»Frau Sterz«, sagte Simpel. »Heute haben wir auch keine Fragen an Sie. Wir möchten Ihnen vielmehr etwas erzählen.«

Frau Sterz sah ihn fragend an. »Mir etwas erzählen?«

»Ja«, fuhr Simpel fort. »Wir hatten gestern noch ein Gespräch mit Martin Waldmüller, dessen Inhalt Sie vielleicht interessieren könnte.«

»Mit dem Martin?«

Simpel nickte. »Genau, und der hat uns eine nette Geschichte erzählt.«

Er wiederholte sehr ausführlich die Aussage, die der Bürgermeister am Tag zuvor gemacht hatte.

»Sie sehen also, Herr Waldmüller gibt ausschließlich Ihrem Mann die Schuld. Und Sie bezichtigt er der Mitwisserschaft.«

Simpel schwieg und sah Frau Sterz an. Ihre Mundwinkel zuckten heftig, und sie umklammerte ihre Handtasche, sagte aber nichts. Simpel blätterte in seinen Papieren. »Ich möchte Ihnen etwas vorlesen. Da ist es: *Wie kann man jemandem so etwas antun? Die unschuldigen kleinen Würmchen. Der Sterz hat Glück, dass ich ihn nicht mehr in die Finger bekomme.* Das waren Martin Waldmüllers Worte.«

Die Kommissare warteten.

Michaela Sterz atmete einmal tief durch. Dann nahm ihr Gesicht einen entschlossenen Ausdruck an. »Es reicht«, sagte sie. »Jetzt erzähle ich Ihnen eine Geschichte. Die wahre Geschichte von Christina Cainelli und den Babys.«

Frau Sterz sah zu Ziegler hinüber und wandte sich dann wieder Simpel zu.

»Der Sterz hatte was mit der Chris, das habe ich schnell mitbekommen. Aber nicht nur er, der Martin Waldmüller hatte auch was mit ihr. Ich habe die beiden mal in der Scheune überrascht. Ich dachte, ich erwische meinen Mann, aber es war der Martin. Und das war nicht das einzige Mal. Wie die sich immer angesehen haben. Und einmal schlich sich der Martin mitten in der Nacht aus Christinas Zimmer. Ich hatte ein Geräusch gehört und wollte nachsehen. Martin hat nur den Finger auf die Lippen gelegt und dreckig gegrinst.«

Michaela Sterz räusperte sich.

»Und als die Chris wieder zurück in Italien war, da kam kurze Zeit später die Ute Schneider zu mir. Die ging damals auf die Schwesternschule und war mit ein paar Mädchen im Dorf befreundet. Der ging es gar nicht gut, und sie suchte jemanden zum Aussprechen. Zu uns Wirtsleuten hatten die jungen Leute Vertrauen, vielleicht weil wir nicht viel älter waren als sie selbst. Ute hat mir dann unter Tränen erzählt, was passiert war. Die Chris war wirklich schwanger gewesen, das haben ja eigentlich alle im Dorf gewusst. Nur offen darüber geredet hat niemand. Der Martin Waldmüller und mein Mann, der Sterz, haben die Ute abgeholt aus Roth. Ganz plötzlich standen sie bei ihr vor der Tür. Dabei tobte draußen ein Schneesturm. Ute war zwar noch keine fertige Krankenschwester, aber sonst kannten die zwei ja niemanden, und zu einem Arzt konnten sie nicht gehen, da wäre der Skandal zu groß gewesen. Als Ute zu Chris ins Zimmer kam, wusste sie sofort, was los war. Chris lag in den Wehen. Es dauerte ziemlich lange, und schließlich merkte Ute, dass etwas nicht in Ordnung war. Sie hat auf die beiden eingeredet, Chris in ein Krankenhaus zu bringen, aber die haben darauf bestanden, dass sie das Kind ohne Arzt auf die Welt bringt. Außerdem war es schon zu spät. Ute hat dann das erste Baby geholt, aber das war schon tot. Dann kam noch eines, das war schwach, aber es lebte. Ute wollte es in die Klinik bringen, aber die Männer, also der Sterz und der Martin, schickten sie weg. Sie hat aber noch gesehen, dass der Martin die beiden Babys hinausgetragen hat.«

»Der Martin Waldmüller?«, fragte Ziegler.

Michaela Sterz nickte.

»Ja, der Martin Waldmüller. Was weiter passiert ist, wusste die Ute nicht. Gleich nachdem sie weg war, habe ich den Sterz zur Rede gestellt, und eigentlich wollte ich mich von ihm trennen. Aber er hat mir hoch und heilig versichert, dass es ihm furchtbar leidtut und dass er nur dabeigestanden hat. Er wollte die Babys wirklich ins Krankenhaus bringen, aber da war der Martin, also der Waldmüller, schon weg. Der hat ihm dann erzählt, er habe das lebende Baby tatsächlich noch ins Krankenhaus gebracht und dort sei es ebenfalls gestorben. Der Sterz hat nicht weiter gefragt. Er wollte das einfach glauben, auch wenn er es tief im Innern besser gewusst hat.

Ich bin erst einmal ein paar Tage zu meinen Eltern gefahren. Aber dann bin ich doch zurückgekommen. Ich wollte den Sterz nicht verlieren, er war ja sonst ein sehr anständiger und liebevoller Mensch. Und schließlich hatten wir auch noch den Gasthof. Der Martin Waldmüller hat sich ab da kaum noch bei uns blicken lassen. Nur seine Hochzeit mit Helen hat er bei uns gefeiert, aber nur, weil es im Dorf sonst Gerede gegeben hätte. Freunde waren wir da schon lange nicht mehr. Er ist dann in die Politik gegangen, wie sein Vater es schon immer wollte. Zur Beerdigung vom Sterz hat er einen Kranz geschickt, hat sich aber selber nicht blicken lassen. Und jetzt beschuldigt dieser Drecksack meinen toten Mann und mich.«

Sie holte ein Taschentuch aus der Handtasche und schnäuzte sich. »Wir haben nie mehr über die Sache gesprochen, der Sterz und ich, aber er hat den Babys nichts angetan, das weiß ich. Doch wenn ich gewusst hätte, dass unter unserem Walnussbaum …«

Sie starrte an Ziegler vorbei aus dem Fenster, wo ein heftiger Wind die Schneeflocken durcheinanderwirbelte.

»Danke, Frau Sterz«, sagte Simpel. »Ich weiß, wie schwer das alles für Sie sein muss. Vielen Dank. Das war's dann erst einmal. Natürlich müssen wir Ihre Aussage noch protokollieren, und Sie müssen das alles vor Gericht wiederholen. Schaffen Sie das?«

Michaela Sterz packte ihr Taschentuch weg und nickte. »Der Kerl darf nicht davonkommen. Mein Sterz war sicher kein Heiliger, aber er hat nicht verdient, dass der Martin die Schuld auf ihn schiebt. Und umgebracht kann er die Chris nicht haben, er ist ja tot.«

Sie stand auf, und Ziegler begleitete sie nach draußen.

»Was meinst du zu der Sache?«, fragte Simpel, als Ziegler wieder zurückkam.

»Für mich ist jetzt jedenfalls klar, welche Rolle Ute Schneider in der Geschichte gespielt hat.«

Ziegler holte sein Päckchen Cohibas heraus und spielte damit herum.

»Lass mich mal laut denken. Ute Schneider war unheilbar krank und außerdem sehr gläubig. Ungefähr zu dem

Zeitpunkt, als sie die Krebsdiagnose bekommen hat, nimmt sie Kontakt mit Christina Cainelli auf. Sieht so aus, als ob sie vor ihrem Tod die alte Schuld bereinigen wollte. Frau Cainelli fährt daraufhin nach Deutschland und spricht mit Martin Waldmüller. Kurz darauf ist sie tot.«

»Waldmüller behauptet, er hätte mit der Toten kein Verhältnis gehabt. Frau Sterz erzählt uns da etwas anderes«, sagte Simpel.

»Er lügt also. Aber wir können ihm das nur nachweisen, wenn er tatsächlich der Vater der Babys ist. Ein Motiv hat er trotzdem, sowohl für die Kindstötung als auch für den Mord an Christina Cainelli.«

Simpel nickte. »Es ist zwar nahezu unmöglich, ihm die Kindstötung nachzuweisen, aber seine Karriere wäre zu Ende gewesen, wenn das alles herausgekommen wäre, das wusste er. Da musste er Christina aus dem Weg schaffen.«

»Bianca, das Mädchen aus der *Arche,* sagt, dass Waldmüller und die Frau gestritten haben. Vermutlich hat Christina gewusst, dass Waldmüller die Babys auf dem Gewissen hat«, sagte Ziegler.

»Richtig. Weil ihr das Ute Schneider geschrieben hat. Das stand vermutlich in dem Brief, den du in der Wohnung gesehen hast.«

Ziegler holte einen Zigarillo aus der Packung.

»Ja, aber ohne den Brief können wir wieder nichts beweisen. Allein auf die Aussage des Mädchens aus der *Arche* wird uns kein Staatsanwalt einen Haftbefehl ausstellen. Und dass Waldmüller Christina verraten hat, wo die Babys vergraben sind, können wir auch nicht beweisen. Wir brauchen mehr. Ich bin mir sicher, wenn du den Waldmüller noch mal so richtig durch die Mangel drehst, fällt er um und packt aus. Aber für ein erneutes Verhör brauchen wir neue Beweise. Freiwillig wird er nicht kommen. Also, der Selbstmord ist jetzt endgültig geklärt. Mein Fall ist abgeschlossen. Aber wenn du mich brauchst …«

Da klingelte Simpels Telefon. Ziegler wollte schon gehen, da machte Simpel ihm ein Zeichen, noch zu warten. Simpel hörte eine Zeit lang dem Gesprächspartner zu und legte dann auf. Er schaute Ziegler triumphierend an.

»Was ist?«, fragte Ziegler.

Da begann das Fax zu rattern. Simpel nahm die Blätter heraus und reichte sie ihm wortlos.

Ziegler studierte die Seiten, dann legte er sie zur Seite. »Donnerwetter!«, entfuhr es ihm. »Das ist ein Ding!«

***

Sie starrte auf das Blatt Papier, unfähig zu irgendeiner Bewegung. Nach einer Weile fing sie an zu zittern. So stark, dass sie den Brief mit beiden Händen festhalten musste. Sie las ihn noch einmal und noch ein drittes Mal.

Nach so vielen Jahren die Bestätigung für das, was sie immer geahnt hatte. Es hatte an ihr genagt, hatte ihre Ehe mit Claudio zerstört und verfolgte sie seit dreißig Jahren, jede Nacht. Sie hatte sich schon an dieses schlechte Gewissen gewöhnt und hatte alles, so gut es eben ging, verdrängt. Und jetzt dieser Brief.

Sie hielt ihn immer noch mit beiden Händen fest. Ihre Hände wurden nass, und auch das Papier weichte langsam durch. Sie weinte. Sie weinte, das erste Mal seit dreißig Jahren. Das letzte Mal hatte sie geweint, als sie mit dem Zug von Eckerslohe nach Hause, nach Trento, gefahren war. Danach nie mehr. Nicht einmal als ihre Eltern starben, hatte sie weinen können. Ihre Tränen hatte sie mit den Babys begraben. Und jetzt kamen sie wieder hervor.

Wie konnte es sein, dass sie nicht gemerkt hatte, dass sie Zwillinge geboren hatte. Zwei Kinder. Musste eine Mutter das nicht wissen?

Mit einem riesigen Lebenshunger waren sie damals aufgebrochen, Marianna und sie. Die spießige Enge des Trentino wollten sie hinter sich lassen. Ihren Eltern hatten sie etwas von einem Praktikum und der Verbesserung ihrer Deutschkenntnisse erzählt. Ihr erstes Etappenziel war München gewesen. Sie hatten auf dem Oktoberfest Brezen verkauft, sich Blasen an den Füßen geholt, aber auch gutes Geld verdient. Danach waren sie nach Berlin und Hamburg weitergezogen. In beiden Städten waren sie in Studenten-WGs untergekommen und hatten in Cafés gejobbt. Ihr Deutsch wurde wirklich besser, das sagten sie auch ihren Eltern, wenn sie mal anriefen. Die waren natürlich besorgt, aber die beiden Mädchen machten weiter. Sie lebten in den Tag hinein. Dieses Leben war locker und lustig. Um die Weihnachtszeit ging ihnen das Geld aus, und ein befreundeter Student nahm sie mit in sein Heimatdorf in Franken. Christina arbeitete dort im Gasthaus bei dem jungen Gastwirtsehepaar und Marianna auf einem Bauernhof. Mit dem verdienten Geld wollten sie im Frühjahr nach Frankreich reisen. Als Marianna dann plötzlich nach Hause fuhr, weil es ihrem Vater nicht gut ging, blieb sie noch. Da war diese prickelnde Affäre mit dem Gastwirt, und gleichzeitig hatte sie etwas mit dem Sohn eines Großbauern angefangen. Sie genoss die Macht, die sie über die beiden Männer hatte. Alleine nach Frankreich wollte sie sowieso nicht, also blieb sie. Dann passierte das Schreckliche, an das sie seitdem vergeblich versuchte, nicht mehr zu denken. Dieses Schwein! Und dann wurde sie schwanger. Von wem, wusste sie bis heute nicht. Aber bestimmt von einem der beiden, etwas anderes war undenkbar. Als die zwei davon erfuhren, drängten sie zur Abtreibung. Fast hätte sie eingewilligt, aber kurz bevor sie gemeinsam nach Holland fahren wollten, hatte sie ihre Meinung geändert. Abtreibung war eine große Sünde, dafür war sie nun doch zu katholisch erzogen worden. Ihre beiden Liebhaber waren ganz und gar nicht begeistert. Der Gastwirt war verheiratet, und der Sohn des Großbauern war mit einer guten Partie verlobt. Die nächsten Monate waren dann schrecklich gewesen. Als sie die Schwangerschaft nicht mehr unter Pullovern und Tüchern verbergen konnte, verließ sie ihr Zimmer kaum noch. Die beiden versorgten sie zwar, aber sie spürte ganz genau, dass sie sie eigentlich loswerden wollten. Sie wäre ja auch am liebsten abgehauen, doch in diesem Zustand konnte sie ihren Eltern nicht unter die Augen treten. Wenn das Kind erst da war, würde sie ihre Sachen packen und nach Hause fahren. Ihre Eltern würden zwar entsetzt sein, sie aber mit dem Baby bestimmt nicht wegschicken.

Sie erinnerte sich genau an den Schneesturm, der begann, als die Wehen einsetzten. So einen hatte sie noch nie erlebt, nicht einmal daheim auf der Berghütte ihres Großvaters. Sie hatte furchtbare Schmerzen. Die Schwesternschülerin, die die beiden geholt hatten, versuchte ihr zu helfen, so gut sie konnte, aber die Geburt dauerte ewig, und am Schluss war sie kaum mehr bei Bewusstsein. Als sie am nächsten Tag wieder aufwachte und nach dem Baby fragte, sagten sie ihr, dass es tot geboren worden war. Sie war traurig und erleichtert zugleich. Nach zwei Wochen war sie wieder einigermaßen bei Kräften. Der Drecksack bot ihr eine große Summe Geld an. Er dachte wohl, er könnte sich damit reinwaschen. Erst hatte sie es nicht nehmen wollen, aber er redete immer wieder auf sie ein. Und es war viel Geld gewesen für die damalige Zeit. Schließlich nahm sie es, packte ihre Sachen und fuhr nach Hause. Sie hatte die ganzen Jahre nie jemandem von dieser Schwangerschaft erzählt. Nicht einmal Marianna oder Claudio. Ihre Ehe zerbrach schon nach wenigen

Jahren. Sie hätte so gerne Kinder bekommen, aber das klappte nicht, wofür sie die Schuld ihrem dunklen Geheimnis gab. Sie machte sich ständig Vorwürfe und litt unter Depressionen. Ihr Mann ließ sich schließlich scheiden. Ihre kleine Boutique, die sie sich zum großen Teil von dem Geld aus Deutschland aufgebaut hatte, wurde zu ihrem Lebensinhalt. In den letzten Jahren war sie eigentlich ganz zufrieden. Nur die Albträume wurde sie nie ganz los.

Und jetzt war dieser Brief gekommen.

***

Es war eine sehr ungemütliche Fahrt. Nicht nur weil Blume bei Simpel im Auto saß. Es war auch glatt geworden auf den Straßen. Durch das Tauwetter gestern und den Kälteeinbruch in der Nacht war die Straße durch den Wald völlig vereist.

»Können die nicht anständig streuen?!«, schimpfte Blume.

Simpel reagierte nicht darauf. Er sah in den Rückspiegel. Die anderen beiden Fahrzeuge waren zurückgefallen. Kein Wunder, hatte sich Blume doch den Audi Quattro gesichert, und der Rest durfte mit den Kleinbussen hinter ihnen herrutschen.

Trotzdem schafften es alle unfallfrei bis Eckerslohe. Sie parkten vor dem Hof der Waldmüllers. Sofort versammelten sich ein paar Schaulustige. Die Dorf-Fama funktionierte bestens, da war Facebook ein Dreck dagegen. Selbst von der *Arche* kamen ein paar Jugendliche herüber, noch bevor die Polizisten geklopft hatten.

Die Tür öffnete sich, und Adolf Waldmüller kam heraus. »Was soll dieses Spektakel? Ich dachte, Dr. Schrödinger hätte Ihnen klargemacht, dass Sie meinen Sohn in Ruhe lassen sollen.« Er zog den Kragen seines Trachtenjankers hoch, um sich vor dem schneidenden Wind zu schützen.

Simpel holte den Durchsuchungsbeschluss aus der Tasche. »Sie sollten Dr. Schrödinger am besten gleich anrufen.«

Der Altbauer überflog die Papiere, dann fixierte er Blume. »Sven! Was soll das alles? Du hast gesagt, du sorgst dafür, dass deine Leute Ruhe geben. Und jetzt das!«

Blume lief rot an. »*Herr* Waldmüller, lassen Sie bitte meine Leute ihre Arbeit machen. Und außerdem: Ich bin in amtlicher Funktion hier. Da spielt unsere frühere Freundschaft keine Rolle. Der einzige Rat, den ich Ihnen noch geben kann, tun Sie das, was Oberkommissar Simpel gesagt hat, rufen Sie Dr. Schrödinger an.«

Aha, dachte Simpel, die Ratte verlässt das sinkende Schiff. Offenbar war Waldmüller senior derselben Meinung.

»So sieht das aus! *Herr* Waldmüller bin ich plötzlich. Der saubere Sven Blume vergisst, wer ihm mehr als einmal geholfen hat. Wenn ich nicht letztes Jahr beim Staatssekretär interveniert hätte, wärst du heute nicht …«

»Bitte … Adolf! Mach es nicht schlimmer, als es ist«, presste Blume heraus.

Simpel hatte genug. »Herr Waldmüller, klären Sie das bitte später. Wo ist Ihr Sohn?«

Martin Waldmüller schob seinen Vater zur Seite. Er hatte alles von der Küche aus mit angehört. »Ist schon gut, Vater.« Zu Simpel gewandt fügte er hinzu: »Hier bin ich. Was wollen Sie von mir? Können Sie nicht endlich meine Eltern und meine Frau in Ruhe lassen!«

»Das wird leider nicht gehen, wir müssen Ihren Hof durchsuchen«, sagte Simpel. »Außerdem nehme ich Sie hiermit fest, Herr Martin Waldmüller. Sie werden dringend des Mordes an Christina Cainelli verdächtigt sowie der Kindstötung und nicht zuletzt der Brandstiftung.«

Vogel und Küppers nahmen den Ex-Landratskandidaten mit. Die beiden Frauen sahen von der Küche aus mit weit aufgerissenen Augen zu. »Mach was, Adolf«, zischte Karin Waldmüller, doch der schüttelte nur den Kopf. Simpel wandte sich jetzt an den Altbauern.

»Herr Adolf Waldmüller. Sie nehme ich ebenfalls fest. Sie werden verdächtigt, die genannten Straftaten gemeinsam mit Ihrem Sohn begangen zu haben, beziehungsweise bei der Vereitelung der Strafverfolgung mitgewirkt zu haben. Sie werden beide zum Verhör in die Inspektion gebracht und anschließend dem Haftrichter überstellt, der über alles Weitere entscheiden wird.«

Ohne eine Miene zu verziehen, ließ sich Adolf Waldmüller abführen. Nur als er an Blume vorbeikam, verzog sich sein Gesicht zu einer hasserfüllten Fratze. »Das wirst du mir büßen!«, zischte er.

Blume wischte sich den Schweiß von der Stirn. Karin Waldmüller sah aus, als wollte sie sich jeden Moment auf ihn stürzen. »Ich geh dann mal«, sagte Blume. »Machen Sie allein weiter.«

Simpel sah ihm nach. Was für ein Feigling!

»Tun Sie das, was Herr Blume Ihnen geraten hat«, sagte er zu den beiden Frauen. »Rufen Sie Ihren Anwalt an. Auf Wiedersehen.«

Helen Waldmüller begann zu weinen.

Simpel ging zum Wagen, Blume saß schon auf dem Beifahrersitz. Draußen schwärmten die Kollegen von der Spurensicherung aus, um auf dem Hof das Unterste zuoberst zu kehren. Zwei Polizeitaucher machten sich bereit, den zugefrorenen Feuerlöschteich gleich neben dem Hof zu durchkämmen. Simpel fröstelte bei dem Anblick. Auch im Auto wurde ihm nicht so recht warm, denn neben ihm saß ein eisig schweigender Blume.

***

»Wie gehen wir jetzt weiter vor?«, fragte Küppers. »Wir haben zwei Verdächtige. Wenn jetzt keiner von beiden gesteht, könnte es sein, dass wir den Kürzeren ziehen. Die Beweislage ist ziemlich dürftig.«

Vogel nickte. »Die Kollegen ham zwar den Zimmermannshammer gfundn und auch den Kanister mit dem Brandbeschleuniger. Aber nach sechs Wochn im Wasser werdn wir wohl kaum verwendbare Spurn drauf findn.«

Ziegler hatte zwar nicht bei der Verhaftung dabei sein können, wollte sich aber den Schluss der Geschichte nicht entgehen lassen. Deshalb war er nach Schwabach gekommen. »Natürlich wäre ein Geständnis das Beste«, sagte er.

»Wie denn«, sagte Vogel. »Beide ham ihre Anwälte dabei. Die werdn scho dafür sorgn, dass uns der Schnabl trockn bleibt.«

Blume kam herein. »Und? Haben Sie schon entschieden, wer das Verhör führt? Ich bin gerne behilflich.«

»Herr Blume«, sagte Simpel. »Sie wissen sehr genau, dass Sie, als Bekannter der beiden Beschuldigten, nicht weiter am Verfahren teilnehmen dürfen. Ich muss Sie also bitten zu gehen.«

Blume fixierte erst Simpel, dann einen nach dem anderen, besonders Vogel, der sich nicht mehr bemühte, seine Erheiterung zu verstecken.

»Gut«, sagte Blume schließlich. »Noch ist das Ihr Team, Herr Simpel. Noch!« Damit zog er ab.

»Wow!«, sagte Ziegler. »Das hat gesessen.«

»Ich habe keine Lust mehr, vor dem zu kuschen«, sagte Simpel. »Unser Blümchen muss sowieso aufpassen. Seine Freundschaft zu den Waldmüllers könnte ihn Kopf und Kragen kosten. Da ist das letzte Wort noch nicht gesprochen, und das weiß er. Aber jetzt zum Verhör. Ich schlage vor, dass wir folgendermaßen vorgehen …«

Eine halbe Stunde später saßen Küppers und Vogel bei Adolf Waldmüller im Verhörraum 1, während Simpel und Ziegler im Verhörraum 2 den Sohn vernahmen.

»Also, Herr Waldmüller«, begann Küppers. »Wie war Ihr Verhältnis zu Christina Cainelli?«

Bevor Adolf Waldmüller antworten konnte, zog ihn sein Anwalt zur Seite und wisperte ihm etwas ins Ohr. Unwillig überließ der Altbauer seinem Rechtsvertreter das Wort.

»Sie müssen Ihre Frage bitte präziser stellen, Herr Kommissar. Sie meinen doch sicher das Verhältnis vor dreißig Jahren, oder?«

»Ääh«, stotterte Küppers und tat verunsichert. »Entschuldigung. Genau, das meinte ich, also das vor dreißig Jahren.«

»Verhältnis war da keines«, sagte Adolf Waldmüller. »Da sind auf einmal die zwei jungen Dinger in unserem Dorf aufgetaucht. Eine hübscher als die andere. Die haben die männliche Dorfjugend gehörig durcheinandergebracht.«

»Was maaner Sie edz mit ›durcheinanderbrachd‹, Herr Waldmüller?«, fragte Vogel in seinem breitesten Fränkisch.

»Na den Kopf verdreht haben sie denen. Besonders Christina, die hat ganz schön rumkokettiert. Und soweit ich weiß, hat sie auch einige rangelassen, wenn Sie verstehen, was ich meine.« Er grinste anzüglich. Der Anwalt beugte sich zu ihm und flüsterte ihm wieder ins Ohr. Unwillig schüttelte Waldmüller den Kopf.

Vogel fuhr fort. »Könner S' uns a boar Naama sogn, mit wem hat s' denn a Gschbusi ghabt, die Christina?«

Ungeduldig zupfte der Anwalt seinen Mandanten am Ärmel. Doch der schüttelte die Hand ab.

»Das halbe Dorf hat sich gerühmt, was mit einer der Italienerinnen zu haben. Aber das war nur dummes Geschwätz, wenn Sie meine Meinung hören wollen. Die Einzigen, die wirklich infrage kommen –«

»Mein Mandant gibt nur Hörensagen wieder«, unterbrach der Anwalt. »Das sind keinerlei Fakten.«

»Und ob das Fakten sind«, sagte Waldmüller. »Ich habe sie doch selber dabei erwischt.«

Im anderen Raum waren Simpel und Ziegler bei der gleichen Frage angekommen, und auch Waldmüller junior gab an, dass es wohl ein paar Männer gegeben habe, mit denen Christina Cainelli sich eingelassen hatte.

»Der Martin Sterz auf jeden Fall. Das habe ich selbst beobachtet«, sagte er. »Und bei ein paar anderen bin ich mir so gut wie sicher.«

Im Gegensatz zu seinem Vater hörte Martin Waldmüller auf den Rat seines Anwaltes, Dr. Schrödinger, und weigerte sich, weitere Namen zu nennen. »Ich habe keine Lust, eine Verleumdungsklage am Hals zu haben. Ich war schließlich nicht dabei, nur den Sterz hab ich einmal erwischt. Jedenfalls gab es einige, die behaupteten, Christina rumgekriegt zu haben.«

»Und was ist mit Ihnen?«, fragte Simpel. »Haben Sie es auch versucht bei den Italienerinnen? Hatten Sie Glück?«

»Das habe ich Ihnen doch alles schon einmal gesagt. Ich habe es natürlich probiert, aber nicht ernsthaft«, sagte Waldmüller mit einem Seitenblick auf Dr. Schrödinger. »Ich war damals doch schon so gut wie verlobt.«

»Und bei all der Konkurrenz war es auch schwer gewesen, oder?«, fragte Ziegler.

»Ach was, fünf hätte ich haben können, an jeder Hand. Ich war ein hübscher Bursche damals und noch dazu die beste Partie weit und breit.« Er wechselte wieder einen Blick mit Dr. Schrödinger. »Aber bei uns gilt die Ehe noch als heilig. Die setzt man nicht so leichtfertig aufs Spiel.«

»Sie waren aber noch nicht verheiratet«, sagte Ziegler. »Doch sicher hatte Ihr Vater die Verlobung eingefädelt, und Sie hatten Angst, der würde dahinterkommen. Oder möchten Sie uns weismachen, dass Sie unberührt in die Ehe gehen wollten?«

»Herr Kommissar«, mischte sich Dr. Schrödinger ein. »Ich wüsste nicht, was die Sexualmoral meines Mandanten mit dem Fall zu tun hat. Und im Übrigen passt mir Ihr Ton nicht.«

»Ob ich es versucht habe bei der Kleinen, wollen Sie wissen«, sagte Waldmüller senior zu Küppers und Vogel. »Was meinen Sie denn? Zwei so junge Schneggala und meistens ohne BH unter dem T-Shirt, da müsste man ja Mönch sein, um da ungerührt zu bleiben.«

»Herr Waldmüller!«, sagte der Anwalt.

»Ach was, ich weiß sehr genau, was ich sagen darf und was nicht, da brauch ich keinen neunmalklugen Rechtsverdreher dazu. Gehen Sie ruhig. Mit denen da komm ich auch ohne Sie zurecht.«

Küppers lächelte unmerklich. Adolf Waldmüller verhielt sich genauso arrogant, wie sie gehofft hatten.

»Noch mal für das Protokoll: Sie verzichten auf anwaltlichen Beistand, Herr Waldmüller?«

»Den brauch ich nicht. Ich kann für mich selber sprechen, ohne dass mich andauernd jemand unterbricht.«

»Ich bring Sie raus«, sagte Vogel zum Anwalt und öffnete die Tür.

»Ob Ihnen mein Ton gefällt oder nicht, ist mir ziemlich egal«, sagte Ziegler. »Ich kann nur nicht glauben, dass ein Einundzwanzigjähriger, nach eigener Aussage gutaussehend, es nicht ernsthaft probiert, bei den schönsten Mädchen des Dorfes zu landen. Noch dazu, wenn das völlig ungefährlich ist. Die beiden waren ja nur ein paar Monate da, und es war klar, dass sie nach einiger Zeit für immer verschwinden würden.«

»Daran gedacht habe ich natürlich«, sagte Waldmüller. »Ich bin ja auch nur ein Mann. Aber ich schwöre, ich habe nie etwas mit einer der beiden gehabt.«

»Das mit dem Schwören würde ich an Ihrer Stelle besser bleiben lassen«, sagte Simpel. »Dazu haben Sie vor Gericht noch genug Gelegenheit.« Er sah auf die Uhr. »Machen wir fünf Minuten Pause. Ich würde mir jetzt gerne einen Kaffee holen. Kann ich Ihnen auch etwas bringen?«

Aus den fünf Minuten wurden zehn, denn Simpel musste sich kurz mit Küppers besprechen, der ebenfalls eine kleine Pause gemacht hatte. Bei Waldmüller senior lief es besser als gedacht. Dass der seinen Rechtsbeistand zum Teufel geschickt hatte, war ein ungeplanter Glücksfall. Es war nur eine Frage der Zeit, bis ihm vor lauter Überheblichkeit etwas herausrutschte. Jetzt galt es, den Sohn zu knacken.

Simpel ging zurück ins Verhörzimmer.

»Sie hatten also niemals eine sexuelle Beziehung zu Christina Cainelli? Wie erklären Sie es sich dann, dass eine Zeugin beobachtet hat, wie Sie sich mitten in der Nacht aus Christinas Zimmer geschlichen haben?«, fragte Simpel.

»Und erzählen Sie uns jetzt nicht, Sie hätten ihr nur die Briefmarkensammlung gezeigt«, fügte Ziegler hinzu.

Waldmüller sah ihn wütend an. »Lassen Sie den Unsinn!« Und zu Simpel gewandt: »Ich kann mir schon denken, wer so etwas behauptet. Natürlich Michaela Sterz, die will immer noch die Ehre ihres Mannes retten. Aber sie lügt.«

»Wenn Frau Sterz die Unwahrheit sagt, wie erklären Sie sich das.« Simpel legte das DNA-Gutachten auf den Tisch. Er deutete auf eine Zahl, die er mit Leuchtstift markiert hatte. »Dort steht, dass Sie zu 95,3 Prozent der Vater der beiden Babys sind.«

Waldmüller nahm das Blatt in die Hand. Ungläubig starrte er darauf. »Aber ich dachte … der Sterz … ich habe doch nur ein paar Mal …«, stammelte er.

»Sie sagen jetzt nichts mehr!«, sagte Dr. Schrödinger. »Lassen Sie mich das mal sehen.«

Er überflog das Blatt, dann drehte er es um. »Da steht Seite 1 von 3. Wo ist der Rest?«

Im Verhörraum 1 legte Küppers Waldmüller senior das gleiche Schreiben vor, aber mit allen drei Seiten.

»Wir haben hier den Vaterschaftstest. Sie erinnern sich, dass wir eine Speichelprobe von Ihrem Sohn genommen haben.«

Adolf Waldmüller schnaubte durch die Nase. »Und ob! Eingedrungen sind Sie bei uns, vor den Augen unserer Freunde. So, als wären wir gemeine Verbrecher.«

»Blättern Sie vor auf Seite drei«, sagte Vogel, der jetzt reinstes Hochdeutsch sprach. »Dort werden Sie etwas Interessantes finden. Hier der letzte Satz.« Vogel deutete auf den entsprechenden Absatz.

Waldmüller zog das Blatt weg. »Ich kann selber lesen, danke.«

»Ich sage Ihnen trotzdem, was da steht«, sagte Küppers.

»Zu 95,3 Prozent sind Sie der Vater der Babys«, sagte Simpel zu Martin Waldmüller. »Aber wie Sie sehen, kommt das Gutachten zu dem Schluss, dass mit noch höherer Wahrscheinlichkeit ein Verwandter ersten Grades von Ihnen der Vater ist. Und da Sie keinen Bruder haben, bleibt nur noch …«

»Mein Vater!«, sagte Waldmüller. Er sank auf seinem Stuhl in sich zusammen. »Dann ist es also wahr!«

»Dacht ich's mir doch, dass die Kinder nicht von meinem Versager von Sohn sind. Der hat bisher noch nicht ein einziges Enkelkind zustande gebracht.«

»Sie selber haben auch nur ein Kind«, sagte Küppers.

»Wer weiß! Vielleicht laufen da draußen noch mehr rum, die meine Gene tragen, ich habe nichts anbrennen lassen. Als junger Mann nicht und später auch nicht.«

»Und jetzt? Sie sind ja nicht mehr der Jüngste«, wollte Küppers wissen.

»Wie meinen Sie das? Bloß weil Sie so ein junger Hupfer sind, meinen Sie, wir Alten hätten nichts mehr drauf. Geschichten könnte ich Ihnen erzählen. Sie würden sich wundern.«

»Wollen wir meinen jungen Kollegen nicht in Verlegenheit bringen!«, sagte Vogel. »Mich würde nur interessieren:

Wie haben Sie Christina rumgekriegt? Nach unseren Informationen hat sie sich nur für Männer in ihrem Alter interessiert.«

»Manchmal muss man den jungen Dingern einfach zeigen, was ein richtiger Mann ist. Die warten doch nur drauf, mit ihren durchsichtigen Blusen und engen Hosen.«

»Wie meinen Sie das jetzt?«, hakte Vogel nach.

Adolf Waldmüller schnaubte durch die Nase. »Das können Sie sich doch denken. Und jetzt sage ich nichts mehr.«

»Was ist wahr?«, fragte Simpel. »Dass Ihr Vater sogar bei den jungen Mädchen erfolgreicher war als Sie? Hat er damit geprahlt und Sie verspottet? Sie als Versager bezeichnet?«

Martin Waldmüller schlug mit der Faust auf den Tisch. »Unsinn! Ich bin kein Versager. Und mein Vater …« Er zögerte und sah hinüber zu seinem Anwalt. Doch bevor der eingreifen konnte, fuhr er fort. »Der war nicht erfolgreicher als ich. Er hat Christina vergewaltigt!« Er lehnte sich auf seinem Stuhl zurück und ließ den Kopf hängen. »Der Sterz hat das behauptet. Kurz vor seinem Tod war ich bei ihm, und da hat er mir erzählt, er hätte Christina damals nach der Vergewaltigung gefunden, in unserer Scheune. Ich habe es nicht glauben wollen, aber hier ist ja der Beweis.« Martin Waldmüller deutete auf den Bericht. »Wenn ich das eher gewusst hätte …«

»Die Babys waren von Ihrem Vater, es waren also Ihre Brüder, die damals umgebracht wurden. Hat Ihnen Christina von der Vergewaltigung erzählt, als sie vor sechs Wochen zu Ihnen kam? Haben Sie sie deshalb erschlagen?«, fragte Simpel.

»Ich möchte mich gerne mit meinem Mandanten besprechen«, sagte Dr. Schrödinger.

Simpel sah auf die Uhr. »In Ordnung, aber nur eine Viertelstunde.«

Die beiden Kommissare gingen nach draußen. Ziegler wollte einen rauchen. »Meinst du, er ist so weit, sich gegen seinen Vater zu wenden?«, fragte Simpel.

»Provoziert haben wir ihn genug. Jetzt kommt es auf den Anwalt an«, sagte Ziegler und steckte sich einen Zigarillo an.

Küppers beugte sich vor. »Sie brauchen uns nichts zu sagen. Ich erzähle Ihnen, wie es war. Sie haben Christina Cainelli vergewaltigt. Und als sie dann plötzlich vor Ihrer Tür auftauchte, hatten Sie Angst, dass die Vergewaltigung herauskommt. Auch wenn die Straftat verjährt ist, die Schande wäre zu groß gewesen. Dazu die Babys, die wahrscheinlich ebenfalls Sie auf dem Gewissen haben. Da sind Sie Frau Cainelli gefolgt, haben sie erschlagen und den Gasthof angezündet. War ja ungemein praktisch, dass gerade ein Brandstifter sein Unwesen trieb.«

Adolf Waldmüller schnaubte wieder durch die Nase. »Das behaupten Sie, beweisen können Sie gar nichts. Und außerdem, eines der Babys war ja schon tot.«

»Woher wissen Sie das?« Vogel beugte sich vor. »Diese Information haben wir nie rausgegeben.«

Irritiert sah Waldmüller ihn an. »Das weiß ich eben. Martin wird es mir wohl gesagt haben.«

»Dann werden wir ihn wohl einmal fragen gehen.« Küppers stand auf und ließ Waldmüller mit Vogel alleine.

Diesmal dauerte es nur einen Zigarillo, bis Dr. Schrödinger fertig war. Ziegler und Simpel gingen zurück in den Verhörraum.

»Mein Mandant möchte eine Aussage machen. Ich weise Sie darauf hin, dass diese Aussage freiwillig erfolgt und er seinen Vater belastet, obwohl er in diesem Fall ein Aussageverweigerungsrecht hätte. Dies muss unbedingt strafmildernd berücksichtigt werden.«

»Ich werde es so im Protokoll vermerken. Aber dass Herr Waldmüller um eine Gefängnisstrafe herumkommt, kann ich natürlich nicht versprechen. Ihm wird in jedem Fall Mittäterschaft und Strafvereitelung vorgeworfen.«

»Das wird das Gericht entscheiden«, sagte der Anwalt und nickte Waldmüller zu.

»Christina war vor sechs Wochen bei mir. Das habe ich Ihnen ja schon gesagt. Ich habe ihr erzählt, wo die Babys begraben sind. Sie hat sich dann furchtbar aufgeregt und gedroht, zur Polizei zu gehen, wenn ich den Kleinen kein christliches Begräbnis verschaffe. Und dass dann auch mein Vater sein blaues Wunder erleben würde.« Waldmüller knetete seine Hände. »Mir war natürlich klar, was sie damit gemeint hat. Ich bin ihr dann jedenfalls hinterher, aber sie hat mich weggestoßen und ist zum Gasthof gerannt.«

Wieder blickte er auf seine Hände. »Ich habe gewartet, ob sie vielleicht zurückkommt. Und als ich los wollte, um nach ihr zu sehen, da kam mein Vater herein. Er hatte Blutflecken an seiner Kleidung. ›Komm mit!‹, hat er gesagt. Ich habe ihm dann geholfen, Christinas Leiche in die Gaststube zu tragen. Dann habe ich die Verdünnung aus dem Schuppen geholt und das Feuer gelegt.« Waldmüller blickte auf und sah Simpel an. »Was sollte ich tun? Er war doch mein Vater!«

»Und gegen den wollten Sie sich nicht auflehnen. Wie Sie es schon Ihr ganzes Leben lang nicht gewagt haben, ihm zu widersprechen.«

»Verdammt noch mal!« Waldmüller stand auf und schlug mit der Faust auf den Tisch. »Seit ich in die Schule kam, habe ich nur getan, was er für mich geplant hat. Ich wollte einfach nur Bauer sein, aber nein, ich musste ja aufs Gymnasium und auf die Landwirtschaftshochschule. Und seit der Geschichte mit den Babys war ich ihm völlig ausgeliefert. Aber jetzt drehe ich den Spieß um. Ich will nicht ins Gefängnis wegen ihm. Das muss er jetzt alleine ausbaden.«

Er setzte sich wieder hin und vergrub sein Gesicht in den Händen. Dann sah er Simpel fest an. »Jetzt sage ich Ihnen, wie sich das damals mit den Babys wirklich abgespielt hat.«

Vogel sah Adolf Waldmüller lange an. »Ich verstehe das nicht«, sagte er. »Die Vergewaltigung ist doch längst verjährt. Und wenn das Gericht bei den Babys auf Totschlag entscheidet, bleiben Sie dafür nach der langen Zeit ebenfalls straffrei. Warum musste Christina Cainelli dann sterben?«

»Sie müssten das doch verstehen«, sagte Waldmüller. »Sie sind doch noch vom alten Schlag. Sie wissen doch noch, was Ehre ist. Was es bedeutet, einen guten Ruf zu haben und den zu verlieren. Die Jungen haben davon doch keine Ahnung mehr. Als das Italiener-Flittchen gedroht hat, alles auffliegen zu lassen, bin ich eben durchgedreht.«

»Sie geben also zu, Christina Cainelli getötet zu haben?«

Waldmüller schwieg.

»Oder war es doch Ihr Sohn, der zum Hammer gegriffen hat?«

»Der? Der bringt doch nicht einmal was zustande, wenn ich ihm die Hand führe. Über zwanzig Jahre macht er jetzt schon Politik, und wie weit hat er es gebracht? Zum Zweiten Bürgermeister! Wo andere in seinem Alter schon längst im Landtag sitzen. Und nicht einmal das wäre er ohne meine Hilfe geworden. Ja, ich habe sie erschlagen und den kleinen Italiener-Bastard damals habe ich auch umgebracht! Zufrieden?«

»Als ich mit den Kleinen nach draußen bin, stand Vater da. ›Ich mach das schon‹, hat er gesagt. Erst Jahre später hat er mir die Stelle gezeigt, wo er die Babys vergraben hat.«

»Und Sie haben das niemandem erzählt, auch nicht Ute Schneider?«, fragte Ziegler.

»Ute habe ich seit der Nacht nicht mehr gesprochen. Vielleicht hat Vater ihr noch mal Geld gegeben oder ihr gedroht, ich weiß es nicht. Jedenfalls ist sie mir immer ausgewichen, und später kam sie gar nicht mehr ins Dorf. Ich habe auch nicht nach ihr gefragt. Hat sie sich wirklich wegen dieser alten Geschichte umgebracht?«

»Ja und nein«, sagte Ziegler. »Ute Schneider hatte Krebs. Aber sie hat eine Nachricht hinterlassen. Quer über die Zeitungsmeldung zu Christinas Tod: *Mea Culpa.*«

»Meine Schuld!«, sagte Waldmüller und starrte ins Leere.

***

Kaum war der Adventsgottesdienst vorüber, war die Kirche auch schon leer. Pater José, der sich sonst an der Tür persönlich von allen verabschiedete, hatte diesmal das Nachsehen. Als er aus der Sakristei kam, hatten sich schon alle Einwohner von Eckerslohe vor der Kirche versammelt. Wer nicht am Gottesdienst teilgenommen hatte, gesellte sich jetzt dazu. Einziges Gesprächsthema war natürlich die Verhaftung von Martin und Adolf Waldmüller.

»Hast gsehn, die Karin war im Gottesdienst. Schlecht ausgschaut hat s', aber des is natürlich ka Wunder.«

»Naa, kannst du dir vorstellen, wie's in der aussieht. Ihr Sohn und ihr Mann, beide Mörder! Erst vor dreißig Jahren die unschuldigen Kinder und jetzt die Italienerin.«

»Hast du die gekannt? Du bist doch nur ein paar Jahre älter als der Martin, du musst die doch gekannt haben?«

»Ja, da waren mal zwei Mädchen aus Italien für einige Zeit hier. Ich hatte keinen Kontakt zu denen. Aber der Martin Waldmüller, daran kann ich mich schon erinnern, der ist immer rumgschwänzelt um die eine.«

»Stellt euch vor, erst schwängert er des Madla, und dann bringt er die unschuldigen Würmer um und schickt das junge Ding einfach so heim nach Italien.«

»Der Adolf hat ihr angeblich noch einen Batzen Geld gegeben.«

»Das war ja wohl das Mindeste, bei allem, was er ihr angetan hat.«

»Das war schon immer eine ziemlich skrupellose Sippe, die Waldmüllers. Wisst ihr noch, die Sache mit dem Kanal, da hat der Adolf zwei Jahre vorher plötzlich lauter Äcker dazugekauft und dann den großen Reibach gemacht, als der Kanal gebaut wurde. Der hat das doch gewusst, mit seinen Verbindungen in die Politik. Und meine Eltern haben nichts bekommen.«

»Meine auch nicht. Und der Martin, der kommt ganz nach seinem Vater. Weil er nicht will, dass die alte Geschichte rauskommt und ihn seinen Landrat kostet, bringt er mit dem Alten gemeinsam die arme Frau um. Aber mir war der noch nie so ganz geheuer.«

»Ach, hast du nicht gemeinsam mit dem Martin für die Schließung der *Arche* gekämpft?«

»Nein, der Waldmüller wollte die weghaben. Ich habe nur gedacht, dass dieser alte Hof ziemlich baufällig ist und nicht geeignet für so ein soziales Projekt. Deshalb habe ich nach einem anderen Ort für die gesucht.«

»Aha.«

»Und den Gasthof haben die doch auch deshalb angezündet, damit das mit dem Asylbewerberheim endgültig vom Tisch ist. Die Frau tot, der Gasthof abgebrannt, und der Feuerteufel von Roth war es. So hatten sie sich das wohl gedacht. Aber den perfekten Mord gibt es halt nicht.«

»Also ganz ehrlich, dass des mit dem Asylbewerberheim edz vom Tisch is, da simmer scho froh.«

»Du meinst, des rechtfertigt einen Mord?«

»Quatsch, dreh mer ned des Wort im Mund rum.«

So ging das noch eine ganze Weile weiter. Erst als der Wind stärker wurde und Schneefall einsetzte, zogen sich die Eckersloher in ihre Häuser zum Sonntagsbraten zurück.

***

»Mutter!«

Das Schlafzimmer ihrer Schwiegereltern war leer.

Wo war ihre Schwiegermutter? Die Kirche war schon lange vorbei. Babette Meier war eben vorbeigekommen, um nach Karin zu sehen, weil die nach der Kirche gleich verschwunden war.

Jetzt machte sich Helen ernsthaft Sorgen. Sie ging vor das Haus. Da fiel ihr Blick auf das Scheunentor. Es stand einen Spalt offen. War sie etwa da drin? Was wollte sie denn dort?

Als Helen eintrat, war es zunächst dunkel. Sie schob das Tor ganz auf. Außer dem alten Traktor und dem Mähdrescher war nichts zu sehen. Sie hörte ein Quietschen und blickte nach oben.

Der Wind, der durch das Scheunendach drang, ließ Karin Waldmüller sanft hin- und herschaukeln, und der Haken, an dem sie das Seil festgemacht hatte, quietschte.

***

Simpel saß mit Vogel und Küppers, wie von Blume befohlen, in der ersten Reihe. Blume hatte sich vorne am Podiumstisch breitgemacht. Eigenartigerweise saß ausgerechnet Tina neben ihm, um Protokoll zu führen. Blümchen wollte wohl seinen Triumph voll auskosten. Diesmal waren deutlich mehr Journalisten anwesend als bei der großen Blamage eine Woche vorher. Sogar von zwei überregionalen Zeitungen waren Korrespondenten da, und Franken-TV hatte eine Fernsehkamera aufgebaut.

»Meine Damen und Herren«, begann Blume. »Ich begrüße Sie zu unserer heutigen Pressekonferenz. Ich kann Ihnen diesmal die Lösung gleich mehrerer Verbrechen präsentieren. Die Beamten der Polizeiinspektion Schwabach konnten innerhalb von nur sechs Wochen zwei Tötungsdelikte und eine Brandstiftungsserie aufklären. Zu verdanken ist dies unter anderem der von mir initiierten Zusammenarbeit, einmal der verschiedensten Abteilungen hier in Schwabach, dann der Kooperation mit dem Nürnberger Polizeipräsidium und sogar der internationalen Zusammenarbeit mit der italienischen *Polizia di Stato* in der *Questura di Trento*.«

Simpel rutschte auf seinem Stuhl hin und her. Wenn dieser aufgeblasene Fatzke so weitermachte, dann … Vogel neben ihm schaute auf seine Uhr. Dann stand er auf und verließ den Raum. Beim Hinausgehen zwinkerte er Simpel zu.

»… haben wir also nicht nur den Mord an der italienischen Staatsbürgerin Christina Cainelli, sondern auch …« Blume unterbrach kurz, denn die Tür öffnete sich. Er blickte zum Eingang, bereit, dem Störenfried ordentlich die Leviten zu lesen. Doch dann erstarrte er. Durch die Tür kam Hauptkommissar Hertle, gefolgt von einem über beide Ohren grinsenden Vogel.

»Danke, Herr Hauptkommissar Blume«, sagte Hertle. »Ab jetzt übernehme ich. Warum warten Sie nicht in meinem Büro, bis wir hier fertig sind?«

Blume blickte sich irritiert um. »Aber …«, sagte er.

»Ich bin ab sofort wieder im Dienst«, erklärte Hertle. »Und als amtierender Dienststellenleiter gehört es zu *meinen* Aufgaben, die Damen und Herren von der Presse über unsere Erfolge zu informieren. Bis später, Herr Blume.«

Blume krallte sich kurz am Podium fest, doch dann verließ er den Saal ohne weitere Kommentare. Die Journalisten tuschelten und machten eifrig Notizen.

Hertle trat ans Rednerpult. Er ignorierte die Wortmeldungen, setzte ein Lächeln auf und begann.

»Wie Sie sehen, bin ich wieder da. Leider hat mich ein Bandscheibenvorfall daran gehindert, einen der größten Erfolge der Schwabacher Polizeiinspektion persönlich mitzuerleben. Und wenn *ich* behaupten würde, dies wäre *mein* Erfolg, hätte man *mich* sofort als Lügner entlarvt.« Er nickte Simpel zu.

»Der Erfolg ist allein, und ich wiederhole: allein den Beamten der Mordkommission und des Branddezernates anzurechnen. Trotz vieler Widerstände ist es den Kommissaren Simpel, Vogel und Küppers sowie Kommissarin Mayr mit ihrem Team gelungen, drei schwierige Fälle innerhalb kürzester Zeit aufzuklären. Ich bitte jetzt die vier, sich zu erheben, damit jedermann sehen kann, wer hier die hervorragende Arbeit geleistet hat.«

Simpel war es ungemein peinlich aufzustehen, während Vogel es sichtlich genoss. Schnell setzte er sich wieder hin.

»Einen hätte ich fast vergessen«, fuhr Hertle fort. »Hauptkommissar Ziegler aus Nürnberg, dessen eigener Fall eng mit dem unseren zusammenhing und der mit seiner Erfahrung eine große Hilfe gewesen ist.« Hertle sah sich um. »Ich kann ihn leider nirgends entdecken, aber ich habe gehört, er soll noch kommen.«

Simpel sah Vogel, der endlich wieder seinen Platz eingenommen hatte, fragend an. Der schüttelte aber nur den Kopf und legte den Finger auf die Lippen.

»Jetzt aber genug der Selbstbeweihräucherung«, sagte Hertle. »Sie sind schließlich hier, um Fakten zu hören. Ich habe mich auch während meiner Reha auf dem Laufenden halten lassen. Online, auch wenn viele glauben, die Polizei arbeitet noch mit reitenden Boten.«

Gelächter. Hertle berichtete über die Lösung des Mordfalles und über die Erkenntnisse bezüglich der toten Babys. Am Schluss drückte er sein Bedauern über den Selbstmord von Karin Waldmüller aus.

»Vermutlich hat sie nicht verkraftet, was ihr Mann und ihr Sohn getan haben. Sie steht jedenfalls in keinerlei Verbindung mit deren Taten. Man kann sie ohne Weiteres zu den Opfern der beiden Männer zählen. Aber diese der gerechten Strafe zuzuführen, ist jetzt Aufgabe der Gerichte. Unsere Arbeit ist getan.«

Hertles Vortrag kam gut an, einige applaudierten spontan. Nachdem alle Fragen gestellt und alle Reporter gegangen waren, ging Simpel zu Hertle und schüttelte ihm die Hand. »Schön, dass du wieder da bist, Hans-Georg, aber was …«

»Keine Zeit«, wehrte Hertle ab. »Der Delinquent wartet.«

»Delinquent?«, fragte Simpel. Da war Hertle auch schon auf dem Weg zur Tür. Vogel folgte ihm, und sein Grinsen wurde immer breiter. Er wusste wohl als Einziger, was los war, denn auch Küppers blickte recht ratlos drein.

***

Die kleine Gruppe hatte die Tür zu Hertles Büro gerade erreicht, da kam Ziegler aus dem Aufzug gestürzt.

»Hab ich die Show etwa verpasst?«, keuchte er.

»Naa, du bist grad richtig. Geht gleich los«, sagte Vogel.

Als sie alle das Büro betraten, saß Blume an Hertles Schreibtisch und packte seine Sachen in einen kleinen Karton.

»Herr Blume«, sagte Hertle. »Schön, dass ich Sie einmal persönlich kennenlerne. Ich habe schon viel von Ihnen gehört. Aber jetzt lassen Sie mich bitte wieder an meinen Platz.«

Immer noch völlig verdattert setzte sich Blume auf den Besucherstuhl. Den Karton stellte er auf seinen Schoß. Hertle fummelte an der Einstellung des Schreibtischstuhls herum, dann streckte er seine Beine aus und verschränkte die Arme hinter dem Kopf. »Endlich wieder zu Hause«, sagte er.

»Es freut mich, dass Sie wieder dienstfähig sind, Herr Hauptkommissar«, sagte Blume. »Dann mache ich mich wohl auf den Weg zurück nach Nürnberg. Ich habe schon versucht, Polizeirat Bräuninger zu erreichen, aber bisher bin ich noch nicht zu ihm durchgekommen. Ich muss das wohl später mit ihm persönlich besprechen. Ich packe nur noch meine Sachen zusammen, dann bin ich weg.«

Er stand auf, wurde aber von Hertle zurückgerufen. »Einen Moment noch, Herr Blume. Da gibt es noch ein paar Dinge, die wir klären müssten.«

Blume setzte sich wieder. Er sah sich um. Hinter ihm stand die versammelte Mannschaft. »Ich denke, wir sollten dienstliche Angelegenheiten unter vier Augen besprechen«, sagte er.

»Ich denke das nicht«, erwiderte Hertle. »Ganz im Gegenteil. Was ich zu sagen habe, betrifft alle hier Anwesenden. Aber ganz besonders Sie, Herr Blume.«

»Wieso? Meine Arbeit hier ist erledigt. Sie sind wieder da, und damit ist meine Abordnung zu Ende. Polizeirat Bräuninger …«

»Polizeirat Bräuninger ist für Sie nicht zuständig«, sagte Hertle. »Ich habe mir Ihre Abordnung genau angesehen.« Er schob ein Blatt über den Schreibtisch. »Darin steht, dass Sie als stellvertretender Dienststellenleiter vorübergehend nach Schwabach versetzt sind. Stellvertretender Dienststellenleiter! In meiner Abwesenheit hatten Sie die Leitung inne, aber ich bin wieder da. Und jetzt bin *ich* Ihr unmittelbarer Vorgesetzter und nicht mehr der Kollege Bräuninger, der übrigens jede meiner Maßnahmen nicht nur billigt, sondern überaus begrüßt.«

»Welche Maßnahmen?«, fragte Blume.

»Zunächst einmal habe ich die von Ihnen angeordneten, schikanösen Versetzungen mit sofortiger Wirkung rückgängig gemacht.«

»Ich muss wohl bitten.« Blume stand auf.

»Setzen Sie sich wieder. Ich wiederhole gerne: schikanöse Versetzungen. Und damit bin ich schon bei den weiteren Maßnahmen. Ich habe ein Disziplinarverfahren gegen Sie eingeleitet.«

»Aber Sie können nicht …«

»Doch, ich kann, Herr Blume. Artikel 19, Absatz 5, Bayerisches Disziplinargesetz. Aber das wird Ihnen Ihr Anwalt sicherlich erklären.«

»Anwalt?« Blumes Hände krallten sich um seine Kiste.

»Ja, den werden Sie brauchen«, sagte Hertle. »Die Liste Ihrer Verfehlungen als Vorgesetzter ist lang. Ich will nicht alles aufzählen, aber etliche Verstöße gegen die Fürsorgepflicht waren dabei, dann Mobbing, vor allem gegen ältere und gegen behinderte Untergebene. Mir liegen Berichte über frauenfeindliche Aussagen gegenüber Sekretärinnen vor, und so weiter. Eine ausführliche schriftliche Aufstellung geht Ihnen in den nächsten Tagen zu.«

»Das ist doch alles aus der Luft gegriffen.« Blume hatte sich wieder gefangen. »Lächerlich.«

»Ob das alles so lächerlich ist, werden wir ja sehen, wenn die Ermittlungen abgeschlossen sind. Ich denke nicht, dass Sie sich da rauswinden können. Und selbst wenn Sie bei der Disziplinarkommission mit einem blauen Auge davonkommen sollten, dem Staatsanwalt werden Sie nicht so leicht entgehen.«

»Staatsanwalt?!« Blumes Augen weiteten sich.

»Paragraf 353b Strafgesetzbuch, Verrat von Dienstgeheimnissen. Sie haben Informationen aus laufenden Ermittlungen weitergegeben. Und zwar an Verdächtige, das heißt, es kommt noch Strafvereitelung im Amt dazu, Paragraf 258a. Da wird Ihnen auch ein noch so guter Anwalt nicht helfen können. Und weil meine Beamten hier in Schwabach direkt betroffen sind, werden Nürnberger Kollegen die Ermittlungen übernehmen. Wie ich höre, gibt es da einige, die sich für diese Aufgabe schon freiwillig gemeldet haben.«

Hertle machte eine Pause, um Blume die Gelegenheit zu geben, etwas zu sagen, doch der schwieg und starrte zu Boden.

»Gut. Außerdem suspendiere ich Sie bis auf Weiteres vom Dienst. Ihr Gehalt wird um fünfzig Prozent gekürzt.« Hertle reichte Blume die schriftliche Anordnung. »Gegen diese Maßnahme können Sie innerhalb einer Woche beim Verwaltungsgericht Einspruch erheben. Und jetzt geben Sie mir bitte Ihren Dienstausweis und alle Schlüssel, die Sie von uns oder von der Nürnberger Dienststelle haben.«

Blume gab das Gewünschte wortlos heraus. Dann nahm er seine Kiste und ging zur Tür.

»Halt, Herr Blume«, rief ihm Hertle nach. »Die Sachen aus Ihrem Schreibtisch bleiben hier, ebenso Ihr Handy. Wir werden alles als Beweismittel versiegeln und den Kollegen übergeben, sobald die hier eintreffen.«

Immer noch wortlos stellte Blume die Kiste zurück und gab sein Handy heraus. Die Augen hatte er eng zusammengekniffen. Er holte tief Luft, aber dann verließ er den Raum, ohne noch etwas zu sagen. Hertle öffnete das Fenster.

»So, jetzt wäre ein Cognac recht«, sagte er. »Ich hatte immer einen für besondere Anlässe im Schrank, aber den habe ich natürlich mitgenommen, als ich auf Reha bin.«

»Da kann ich aushelfen«, sagte Ziegler. »Als Horst mich angerufen hat, wusste ich gleich, dass wir das hier brauchen werden.«

Er zog den Grappa hervor, den er und Simpel von Zanetti geschenkt bekommen hatten. Tina holte ein paar Gläser, und kurz darauf stießen alle miteinander an.

»Auf unsern Chef!«, sagte Vogel.

»Auf euch!«, erwiderte Hertle. »Und hiermit verordne ich Feierabend, mit sofortiger Wirkung. Nicht, dass ich noch ein Disziplinarverfahren wegen Alkohol im Dienst gegen mich selber einleiten muss.«

Als Ziegler die Flasche eine Stunde später wieder einpackte, war sie so gut wie leer.

***

Hertle wartete, bis die Bedienung vom *Goldenen Lamm* jedem einen Prosecco hingestellt hatte. Dann hob er sein Glas. »Trinken wir auf ein erfolgreiches Jahr und darauf, dass wir alle gesund bleiben und Weihnachten mit unseren Lieben feiern können.«

Die gesamte Mordkommission mit Anhang prostete dem Dienststellenleiter zu. Simpel war mit Astrid da, Vogel mit seiner Frau, Küppers hielt Tina im Arm und der ebenfalls eingeladene Ziegler hatte Anne mitgebracht.

Hertle stand auf. »Keine Angst, ich werde nicht lange reden. Aber eine kleine Weihnachtsansprache muss sein.« Er räusperte sich. »Ein gutes Jahr liegt hinter uns. Die Aufklärungsquote kann sich sehen lassen. Weit über dem Landesdurchschnitt, und zwar in allen Bereichen. Bei den Eigentumsdelikten, den Brandstiftungen und auch bei den Gewaltverbrechen. Morde gibt es ja in unserer beschaulichen Gegend zum Glück nicht jeden Tag, aber auch da hatten wir gut zu tun.«

»Wohl wahr«, sagte Vogel.

»Und die Fälle waren durchaus kniffelig. Wenn ich da nur an die Goldleiche im Sommer denke. Und der Fall Cainelli plus deren Babys war eine echte Glanzleistung. Vor allem, wenn man bedenkt, dass ihr unterbesetzt seid und wen ihr als Vorgesetzten hattet.«

»Edz bist ja du widder da. Prost!«, sagte Vogel, und alle stießen auf Hertles Wohl an.

»Ich bin noch nicht ganz fertig. Ihr müsst mir noch ein bisschen zuhören«, setzte Hertle seine Ansprache fort. »Eigentlich sollte sich meine Rekonvaleszenz bis ins neue Jahr hineinziehen. Aber nachdem feststand, wer meine Vertretung übernimmt, habe ich ein bisschen herumtelefoniert. Dann war mir sehr schnell klar, dass ich möglichst bald wieder zurückkommen muss. Und Tina hat mich dann informiert, wie es bei euch so läuft, oder nicht läuft, besser gesagt.«

Tina Kaczmarek schaute verlegen. »Das musste ich doch«, sagte sie. »Von euch hat ja keiner was gegen Blümchen unternehmen können. Ihr wart seine direkten Untergebenen. Da habe eben ich beim Chef angerufen.« Küppers zog sie noch näher an sich und gab ihr einen Kuss. Die anderen stießen mit ihr an.

»Ich bin so gut wie fertig«, sagte Hertle. »Nachdem ihr die Idee hattet, alles schriftlich festzuhalten, was Blume sich geleistet hat, und Horst sich sogar vom Fernsehen die Aufzeichnung dieser unsäglichen Pressekonferenz hat geben lassen, war der Rest ein Klacks. Ich habe mit einem Kollegen aus dem Personalrat gesprochen, und dem war der Blume schon durch mehrere Beschwerden bekannt. Ihr seid nicht die erste Abteilung, die er völlig durcheinandergewirbelt hat. Bisher hatten sie nichts Konkretes in der Hand. Doch so, wie es jetzt aussieht, ist Blume die längste Zeit Polizist gewesen.«

Diesmal dauerte es eine ganze Weile, bis jeder mit jedem angestoßen und alle sich gegenseitig beglückwünscht hatten.

»Zum Ende noch eines«, sagte Hertle. »Ich freue mich sehr, wieder bei euch zu sein, und wenn ich mich so umsehe, läuft bei euch auch privat alles bestens. Ich bin offenbar der Einzige, der keine schöne Frau an seiner Seite hat.«

Tina strahlte. Ziegler drückte Annes Hand und Astrid gab Simpel einen lauten Schmatz auf die Wange.

»Aber das ist heute nur eine Ausnahme. Rosi hat Generalprobe für das Weihnachtskonzert. So, jetzt habe ich aber genug gelabert. Frohe Weihnachten euch allen, und die Getränke gehen heute Abend selbstverständlich auf mich. Prost!«

»Und wie geht es bei euch weiter?«, fragte Ziegler, nachdem das Essen abgetragen war. »Ist ganz schön weit von Schwabach nach Chicago.«

»Halb so wild«, sagte Simpel. »Ich habe schon den ersten Flug gebucht, gleich im Februar. Mein alter Urlaub muss sowieso mal weg.«

»Ich werde allerdings nicht viel Zeit für dich haben, Stefan«, sagte Astrid. »Ich bin den ganzen Tag in der Akademie.«

»Aber doch nur tagsüber«, sagte Simpel. »Die Abende haben wir für uns.«

Ziegler lachte. »Vergessen wir die Nächte nicht. Vielleicht gibt's nächstes Jahr wirklich ein Baby, ein deutsch-amerikanisches.«

Simpel wurde rot, und Astrid widersprach, klang dabei aber nicht sehr überzeugend.

Hertle, der sich bisher mit Vogel und dessen Frau unterhalten hatte, kam zu ihnen.

»Mike, willst du mir nicht deine Begleitung vorstellen?«

»Ich bin Anne«, ergriff sie die Initiative. »Ich habe schon viel von Ihnen gehört, Herr Hertle.«

Hertle reichte ihr die Hand. »Ich bin der Hans-Georg. Aber sag mal, wie ist es dir denn gelungen, diesen alten Wolf aus seiner Höhle zu locken?«

Anne lachte. »Alter Wolf? Das trifft es gut. Na ja, manchmal sind auch alte Wölfe erstaunlich beweglich.«

Ziegler drückte sie an sich und grinste.

»Dann gratuliere ich euch beiden ganz herzlich«, sagte Hertle. »Doch jetzt was Dienstliches, Mike. Hast du nicht Lust, bei uns einzusteigen? Die Stelle von Jochen Bauer als Dienstgruppenleiter ist immer noch frei. Ich könnte da was drehen. Nach der Geschichte mit Blume sind mir die da oben einen Gefallen schuldig.«

Ziegler schüttelte den Kopf. Dann stand er langsam auf und klopfte mit dem Messer an sein Glas. Erwartungsvoll blickten ihn alle an.

»Ich muss euch etwas mitteilen«, sagte er und räusperte sich. »Es wäre mir eine große Ehre, Teil eurer Truppe zu sein.«

»Des glaub ich gern«, rief Vogel und hob sein Glas.

»Aber«, fuhr Ziegler fort. »In den letzten Wochen ist mir einiges klar geworden.« Er machte eine Pause. »Die Polizei und ich, wir haben uns zu stark verändert. Wir passen nicht mehr zueinander.«

Vogel stellte sein Glas wieder ab. »Aber …«, sagte er.

»Nein, Horst«, sagte Ziegler. »Ich will kein *aber* mehr. Ich bin nicht mehr der Jüngste, aber auch noch nicht alt. Vor mir liegt ein neuer Lebensabschnitt.« Er lächelte Anne an. »Ich weiß nicht, was er bringen wird, aber eines weiß ich mit Sicherheit: Ich habe jemanden gefunden, mit dem ich diesen Lebensabschnitt teilen möchte. Kurz und gut: Ich habe meinen Antrag auf Wiedereingliederung zurückgezogen. Ab 1.1. bin ich kein Polizist mehr, sondern Privatmann. Und ich habe vor, das diesmal zu genießen.«

Er setzte sich. Zunächst sagte keiner etwas. Dann stand Simpel auf. »Mike, du hast mir ja schon ein paar Mal deine Zweifel angedeutet. Ich denke, du hast die richtige Entscheidung für dich getroffen. Und das sage ich nicht nur, weil ich echt froh bin, dass du nicht mein Vorgesetzter wirst.«

Die Spannung entlud sich in allgemeinem Gelächter.

»Ich wünsche dir und Anne alles Gute. Und ich habe dir was mitgebracht. Es war als Weihnachtsgeschenk gedacht, nimm es jetzt als mein Abschiedsgeschenk an einen Kollegen und Freund. Nein, nur an den Kollegen, den Freund darf ich ja wohl behalten.«

Er zog eine Flasche aus der Tüte, die schon den ganzen Abend über seinem Stuhl hing. »Als Erinnerung an die italienischen Schneewehen habe ich etwas für dich. Der Kollege Zanetti hat es mir besorgt, und heute früh kam es per Expresslieferung. Das ist der gleiche Grappa, den wir in Brennero gemeinsam geleert haben. Lass ihn dir schmecken!«

Ziegler ging zu Simpel hinüber und nahm die Flasche. »Den werde ich in Ehren halten«, sagte er. »Und wenn du einmal gar nicht mehr weiterweißt, kommst du vorbei, wir trinken zusammen ein Glas und ich stehe dir mit meiner jahrhundertelangen Berufserfahrung zur Verfügung.«

Ziegler hob die Flasche Grappa hoch und sah sie an. »Ach was, gebt eure Gläser her, die leeren wir jetzt und hier. Wir können doch wohl genauso gut feiern wie die Kollegen in Italien. *Salute!*«

***

Späte Rache oder Ehrenmord?

Simpels und Zieglers erster Fall

Kunigundentod
Klappenbroschur, 205 Seiten
ISBN 978-3-86913-060-6

Auf dem Kunigundenberg im beschaulichen Lauf an der Pegnitz wird die Leiche eines türkischen Mädchens im Kostüm der Kaiserin Kunigunde gefunden. Kommissar Simpel ist neu bei der Kripo Schwabach und übernimmt den Fall. Seine Ermittlungen führen zu einem rechtsextremen Lehrer, in eine Moschee und zu einer Mittelalter-Rockband. Nun steht aber das Kunigundenfest unmittelbar bevor, die Dienststelle ist wegen einer bösen Grippewelle völlig unterbesetzt, und zu allem Überfluss mischt sich der ortsansässige Ex-Polizist Mike Ziegler ständig ungefragt ein. Als dann auch noch die 15-jährige Jessica, eine Freundin des ermordeten Mädchens, verschwindet, ist das kleine Städtchen Lauf in hellem Aufruhr.

»Gelungen sind die pointierten Dialoge, die vom Kontrast des Dialekts und der Hochsprache leben.« *Pegnitz-Zeitung*

Eine Stadt sieht gold ...

Simpels und Zieglers zweiter Fall

Goldschlägernacht
Klappenbroschur, 288 Seiten
ISBN 978-3-86913-173-3

Die Besucher der Schwabacher Goldschlägernacht sind schockiert: Als ein vorwitziger Hund das Goldpapier von einem vermeintlichen Kunstwerk zerrt, kommt darunter die Leiche des ortsansässigen Künstlers Benedict Dombrowski zum Vorschein. Der hatte zu Lebzeiten viele Feinde, wie sich schnell herausstellt. Die Ermittlungen führen Hauptkommissar Simpel und seinen Kollegen Ziegler aus Lauf tief hinein in die fränkische Kunstszene, von der örtlichen Kulturschickeria bis hin zur Nürnberger Kunstakademie – und fördern höchst pikante Wahrheiten zutage ...